樂律

法醫檔案
罪惡計畫

Evil plan

著

人不為己，天誅地滅！

法醫從業者的半寫實懸疑小說

把人肉當豬肉精細切片的外科醫生、

對骨頭極其迷戀的「骨頭收藏家」、

像是跳著怪異舞蹈的「亨廷頓舞蹈症」、

被挖去雙眼的可愛女童們……

因為二十年前的傷痛，她成為法醫，

盡力為痛失親人的家屬們做出一點貢獻，

為偵破案件提供有用線索。

但當躺在手術檯上的人是自己的親人時，

她只想知道，要怎麼把凶手送進地獄？

目錄

每個人臉上都戴著面具，
因為不想被別人看到面具下那不堪一擊的自己。

第一章　夢魘初現

　　章桐撇了撇嘴，又換上了一臉嚴肅的表情。此刻，儘管她的心裡對手中物證的性質已經有了八九成的把握，但是還要進一步看清楚才能下結論。想到這裡，章桐毅然把手伸進了深藍色旅行袋的底層，一點一點地摸進去。終於，她的心裡一喜，手指觸控到了一個硬硬的東西，光憑觸感，章桐就已經可以判斷出這是一截人類的小手指骨。

在一片望不到邊際的森林裡，沒有陽光，四周靜悄悄的，眼前雲霧迷濛，黑壓壓的樹枝就像一個個怪物的觸角一般向不同的方向伸展著，隱約間耳邊不斷地傳來一個小女孩悲傷的哭泣聲。

章桐心驚肉跳地循著聲音四處張望，她一步步小心翼翼地向前走著，腳底下是溼滑的地面，好幾次差點滑倒了。她已經筋疲力盡，越來越濃的霧氣讓她根本就辨別不清方向，小女孩的哭泣聲依舊在耳邊斷斷續續。

突然，身邊不遠處傳來樹枝折斷的輕微響聲。有人！章桐的心立刻懸到了嗓子眼，她開始加快了腳步，想盡快逃離這個可怕的地方。漸漸地，她開始跑了起來，最後，變得拚命地向前奔跑，身後似乎有一個無形的鬼影在緊緊地尾隨著自己。鬼影步步逼近，章桐分明感覺到了從脖頸處傳來可怕的沉重呼吸聲。她快要窒息了，雙腳變得癱軟無力，腳步越來越慢，眼前的濃霧越來越重。章桐實在跑不動了，鬼影就近在咫尺，她絕望地掙扎著向前邁著步伐，開始無聲地哭泣，淚水模糊了她的雙眼。

最終，章桐再也跑不動了，她放棄了逃離，只能恐懼而又徒勞地用雙手摀住雙眼。小女孩哭泣的聲音夾雜著鬼影沉重的呼吸聲漸漸地變得越來越響，越來越響，直至匯成了絕望的尖叫……

啪！屋外的狂風把窗子吹開了，重重砸在窗框上，一陣徹骨的寒意瞬間填滿了整間小屋。章桐從噩夢中驚醒，屋外狂風咆哮著，就像無數支笛子同時發出尖銳的嘯聲，又猶如成群的披著黑斗篷的幽靈急速飄過。

章桐毫無睡意，她知道今晚再想睡著已經不可能了。她沮喪地抬起頭，發現屋裡屋外一片漆黑，於是坐起身來扭亮檯燈。

「阿嚏！」章桐重重地打了個噴嚏，這時，她才發覺自己竟然冒了一身冷汗，激烈的心跳讓她幾近窒息。

儘管檯燈散發出的暈黃色光線讓整個屋子裡看起來似乎溫暖了許多，但章桐心有餘悸，仍覺得冰冷。她皺了皺眉，抬眼望去，桌上的鬧鐘顯示現在是凌晨兩點半。作為天長市警局僅有的兩名法醫之一，章桐每天的工作量是可想而知的，多得甚至沒有時間來考慮自己個人的事，所以每天晚上下班後回到家，章桐的腦子裡就只有一個字——累。可是在床上睡不了多久，又會被噩夢驚醒。長期的睡眠不足讓章桐有種說不出的疲憊，做這樣一個不斷重複著的噩夢已經有很長一段時間了，對於夢境，她說不出個所以然，只知道那是記憶深處的一段夢魘。

　　剛把被風吹開的窗戶關上，章桐就聽到隔壁傳來一陣劇烈的咳嗽聲，緊接著就是拉開抽屜翻找東西的聲音。章桐紛亂的思緒被打斷了，她輕輕地嘆了口氣，披上外衣，下床走到母親的臥室門口，敲了敲，然後推門進去，「媽，我來吧！」說著，章桐從床頭櫃裡那一堆亂七八糟的藥瓶中很快找到了母親需要的藥，倒了杯水後，看著母親把藥吃了下去。

　　「媽，好些了嗎？」章桐的眼中充滿了關切。

　　母親點點頭，微微一笑：「桐桐，快去睡吧，妳明天還要上班呢！身體要緊啊！」

　　「沒事的，媽，反正我也睡不著，我就在這裡陪妳吧！」章桐不敢把剛才的噩夢告訴母親，她伸手關了面前的床頭燈，無邊的黑暗又一次把她緊緊籠罩了起來。章桐瞪大了雙眼，心情沉重地看著窗外黑漆漆的天空。

＊　　＊　　＊

　　每個處理凶殺案的警察都有一個極限，問題是到極限之前，誰也不知道極限在哪裡。這裡的「極限」指的是多少具屍體。章桐相信，每個警察能夠容忍的數目是有一定限度的，每個人的數目都不一樣，有些人很快就

到了極限，有些人則在處理了這麼多年的凶殺案後，仍離極限還很遠。章桐就是如此，她從十二年前走進刑警大隊技術中隊法醫室以後就沒有離開過，並且幾乎天天都和死亡打交道。但是章桐心裡很清楚，自己也有極限，只不過還沒有到而已。

在刑警隊中，死亡是法醫的領域，但凡碰到「死亡」這個問題，即使是分管刑偵的副局長，在章桐面前也要客客氣氣地不恥下問。每天，章桐都要遊走在生者與死者之間，面對前來認領屍體的死者家屬，章桐面帶憂鬱，眼裡充滿同情，但只要拿起解剖刀，對待面前的死者，她就像一個技術嫻熟的技工一樣。不管死者是什麼樣的死法，章桐都能做到泰然處之，因為她有一個工作原則，那就是跟死亡保持一定的距離，別讓它的氣息沾上自己的臉龐。

可是面對眼前這個案發現場時，章桐的心開始顫抖了。她蹲在人潮如織的新街口拐角處的大垃圾箱裡，鼻孔裡充斥著垃圾酸腐的臭味，耳朵裡塞滿的都是來往行人和車輛的吵鬧聲，可是這滿滿的大垃圾箱裡，卻彷彿是另外一個世界，一個讓人毛骨悚然的世界。

「小桐，怎麼樣？確定了嗎？」不用回頭，章桐就知道說話的人正是自己的閨密，同時也是工作搭檔的隊長王亞楠。她朝身後揮揮手：「別急，我再仔細看看！」

王亞楠悻悻地嘀咕了一句：「哪有那麼多時間給妳耗啊！」接著就轉身走開了。

章桐撇了撇嘴，又換上了一臉嚴肅的表情。此刻，儘管她的心裡對手中物證的性質已經有了八九成的把握，但是還要進一步看清楚才能下結論。想到這裡，章桐毅然把手伸進了深藍色旅行袋的底層，一點一點地摸

進去。終於，她的心裡一喜，手指觸控到了一個硬硬的東西，這是一節人類的小手指骨。她小心翼翼地把手指骨抽了出來，抬起頭，對著早晨八九點鐘的日光，仔細看了看，又低頭看看旅行袋中那兩大包疑似煮熟的豬肉片的東西，那熟悉的肉片的紋路和組織結構讓章桐臉上的笑容頓時消失了，一陣徹骨的寒意湧滿全身。她立刻站了起來，不顧髒兮兮的工作服，腦袋探出齊肩膀的垃圾箱，雙手緊緊地扒著垃圾箱的邊緣，讓自己站穩，然後衝著不遠處的王亞楠高聲叫了起來：「亞楠，應該沒錯！」

此話一出，王亞楠立刻三步並作兩步迅速走到垃圾箱旁，戴著手套的雙手扒著垃圾箱的邊緣，雙眼就像錐子一般緊緊地盯著面前的章桐，一字一頓地說道：「妳真的確定？」

章桐認真地點點頭，迎著王亞楠的目光，伸手指了指身旁垃圾箱表面的那個已經被打開的深藍色旅行袋，嚴肅地說：「我工作時從不開玩笑的！這裡面應該是一具人類屍體！確切地說，有可能是被加工過的一個人的部分屍體！具體的還要等我回去化驗對比後才能完全肯定。」章桐並沒有把話講透，而只是用一個籠統的詞彙「加工」簡單地一帶而過。

「妳先把屍體帶回去，我回局裡後來找妳！」王亞楠的表情變得很複雜。她掏出了手機，開始邊走邊撥號。

見此情景，章桐朝身邊人高馬大的助手潘建點點頭，兩人合力提起了沉重的旅行袋，抬高，遞給了站在垃圾箱外的同事。章桐身材屬於嬌小玲瓏型，力氣小得可憐，所以每逢此時，她都不得不尷尬地咬著牙來配合別人的工作，生怕自己一旦顯露出一點點的抱怨就會被關心自己的上司迅速地調離法醫的職位，理由是女性不適合出外勤。

章桐最初的預感沒多久就被證明是正確的，自己剛剛接手的這個案子

並沒有想像中那麼簡單。她前腳剛剛回到局裡的辦公室，電話鈴聲立刻就響了起來。

「小桐，我是亞楠，馬上再出趟現場，就是剛才那個案子，我想我們找到屍體的另外一些部分了！所以需要妳盡快過來確認！」電話中，王亞楠的口氣不容一點質疑。

這一次現場是在位於新街口附近御牌樓巷的一戶普通人家的廚房裡。看著簡訊中這奇怪的地址，章桐一臉狐疑，自己的周圍依舊人來人往，由於是大雜院，又正逢中午下班時間，所以住在一個大院裡的鄰居雖然說目光中充滿了好奇，但是一切還都照舊，該做飯的做飯，該洗衣服的洗衣服。難道自己走錯了？可是分明王亞楠的助手趙雲在大門口撞見自己時，並沒有多說什麼，還提醒自己王亞楠正在裡面等著。章桐下意識地嘀咕著，和助手一前一後走進了最裡面的那間違章搭建的小廚房。

很多住大雜院的老百姓都希望自己狹窄不堪的居所能夠盡可能地擴大一點，所以儘管是違章建築，這間小廚房裡還是麻雀雖小五臟俱全，只不過由於位置偏陰，所以即使是大白天，都得開著燈。

站在王亞楠身邊的是一個年近五旬的老婦人，皮膚粗糙的臉上流露出茫然和驚恐。章桐看得出來，在自己跨進這個小廚房之前，王亞楠顯然已經做好了這個老婦人的思想工作，所以看見一身警服、提著工具箱的章桐，老婦人並沒有感到驚訝，只是有些緊張，目光不時地朝著章桐身後看過去，像極了一隻受驚過度，隨時準備逃命的兔子。由於廚房的燈泡是那種便宜到極點的老式二十瓦的，所以乍一看過去，章桐沒有辦法分辨清楚老婦人土黃的臉色究竟是被嚇的，還是被燈光給照的。

「屍體呢？」章桐放下了手中的工具箱，邊說邊打開箱子拿出了一副

醫用橡膠手套認真地戴了起來。

一聽這話，老婦人不由得愣了一下，吃驚的目光轉而投向了身邊的王亞楠。

王亞楠趕緊朝章桐使個眼色，緊接著就迅速轉身把早就準備好的一個洗菜用的笊籬遞給了章桐。

「妳看看吧。」

章桐看看手中的笊籬，又抬頭四處打量了一下這矮小的廚房，煤球爐子上還在燉著東西，砂鍋裡散發出一陣陣誘人的香味。章桐皺了皺眉，剛想脫口說出自己心裡的疑慮，突然意識到什麼，趕緊又嚥了回去。她轉頭對身邊的助手吩咐道：「用手電筒替我照著，這屋裡的亮光不夠！」

助手在工具箱裡找出一支小小的強光手電，扭亮後，對準了章桐手中的笊籬。笊籬裡是一堆白花花略帶粉紅色的肉片狀物體，刀工細緻講究，每一片的厚薄程度幾乎都是一模一樣的。手電發白的光束穿透了肉片，把特殊的肉質纖維結構照射得一清二楚。

章桐皺了皺眉，她看了看自己面前的老婦人，映入眼簾的是一張表情惶恐的臉。屋外雖然是陽光明媚的春天，但是章桐卻分明感覺到自己渾身一陣冰涼。她下意識地咬起了下嘴唇，一臉神情嚴肅的樣子。

看著好友許久都不吱聲，王亞楠憋不住了：「怎麼樣？」

章桐點點頭：「和我在新街口那邊見到的非常相似！但是我目前手頭沒有參照物，不好進一步確認，要帶回實驗室那邊才知道。」

一聽這話，王亞楠臉上的表情頓時凝固住了，她深吸一口氣，竭力使自己鎮定下來。

「警察小姐，什麼意思啊？我不懂妳在說什麼！」老婦人的神情有些

焦急，她忍不住喋喋不休了起來，「我不就是拿了撿來的東西嗎？貪圖一點小便宜而已，現在的肉價這麼貴，我見到了，想肯定是別人丟掉不要的，又那麼新鮮，摸上去還溫溫的，看來剛出鍋沒多久，我當然就把它拿回來了，這應該不犯法吧！警察小姐，我現在全都交給妳，不就沒事了嗎……」

王亞楠尷尬地笑了笑：「老人家，沒說妳犯法，妳放心吧！妳把妳撿到的那個裝肉的袋子拿來給我們看看，好嗎？」

老婦人臉上的神情這才顯得輕鬆許多，她大大地鬆了口氣，跑到廚房一角的雜物櫃子邊上，彎著腰撅著屁股猛一通亂翻，很快就找出了一個普通的蛇皮袋，轉身遞給了王亞楠：「喏，就在這裡面放著的，我看這個袋子還好用，就拿回來了。」

王亞楠戴上手套後接過蛇皮袋，緊接著又問道：「肉是直接裝在裡面的嗎？」

「看我這記性！」老婦人一拍腦袋，轉身回去又一通亂翻，不一會兒直起腰，漲紅了臉，手裡拿著三個塑膠袋，是那種樣式很普通，在農貿市場裡隨處可見的塑膠袋。

「就在這裡面裝著的，肉拿出來後，我還沒有洗，想著也不髒，就懶得洗了。」

聽了這話，王亞楠和章桐不由得面面相覷。

＊　　＊　　＊

回到局裡的時候，時間已經接近下午三點，章桐在辦完交接手續後，打算趁屍檢前先偷空去食堂吃點東西。多年飲食規律的紊亂使得章桐只要一過吃飯的點，就會感到胃部強烈的不適。

剛走到樓梯口，迎面就碰上了分管刑偵的副局長李浩然。

「哎，小章，我正找妳呢，妳等等！」

章桐停下了腳步，一臉的尷尬：「李局，你找我有什麼事？」

「來我辦公室一趟，有個人要見見妳！」

「誰？找我幹嘛？」章桐一臉狐疑，自己的朋友圈子很小，一隻手就能數得過來，並且個個都忙得要命，一有空就倒頭大睡，更別提如今在工作時間裡有閒情逸致來拜訪自己了。

話音剛落，李局卻已經走出了將近兩公尺外，他頭也不回地揮揮手：「妳去就是了，他找妳很久了！」

＊　　＊　　＊

手裡抓著兩個表皮已經有些硬的包子，章桐匆匆走上樓梯，正要習慣性地拐彎朝自己辦公室走去時，腦子裡突然想起了李局剛才叮囑的話。她皺了皺眉，無奈地改變了主意，轉身快步朝電梯口走去，邊走邊抽空狠狠地咬上幾口包子，好讓自己逐漸緊縮抽搐的胃感到舒服些。

李局的辦公室在大樓的三樓，靠近會議室，平時如果沒有會議的話，辦公室裡就會非常安靜。章桐總共來過這個辦公室三次，每一次都是因為公事，只有今天，感覺有點怪怪的。

辦公室的門虛掩著，裡面一點聲音都沒有。章桐把手裡啃了一半的包子用塑膠袋裝好，塞進了外衣口袋，伸手輕輕敲了敲門。

還沒等到敲第三下，門就被迅速打開了，章桐趕緊把手縮了回來，一臉的歉意：「不好意思，差點打到你！」

出現在章桐面前的是一張娃娃臉，確切點說是一個長著張娃娃臉的男

人。一見到章桐，這個男人上上下下仔細打量了一番後，最終將目光停留在了章桐脖子上掛著的工作證上，等讀清楚了上面的字，他頓時面露喜色。

「章法醫，我等的就是妳！快進來！」說著，他把身體朝後一縮，滿臉堆笑，彷彿身後的房間就是屬於他自己的一樣，邊客套邊忙著介紹自己，「我是天長日報社《犯罪記錄》專欄的記者趙俊傑，這一次特地來找你是想和妳談談有關案子的問題。」

「不進去了，有什麼事情就在這裡說吧，簡短點，我還有事呢！」章桐用眼角的餘光不耐煩地掃了下自己手腕上的錶，兩隻腳就像扎了根一樣牢牢地站在門口，根本就沒有要進去坐一坐的打算。

趙俊傑顯得有些難堪，他伸手撓了撓頭，換上了懇求的語氣：「就一下下，章法醫，不會耽誤妳多少時間的！再說了，我也已經向妳們李副局長請示過了，妳就放心吧！」

一聽到對方竟然把李副局長的名頭擺了出來，章桐無奈地意識到自己的退路已經被堵死了。她微微嘆了口氣，一聲不吭地走進了辦公室。

在沙發上坐下後，章桐開門見山地說道：「你要是為了我手中這個案子來的話，我現在只能說『無可奉告』。等案子破了，我們有專門的對外公共關係科可以解答你的一切問題的。」

一聽這話，剛剛從公文包裡掏出一個小筆記本的趙俊傑搖搖頭，神祕地笑了笑：「章法醫，妳誤會了，我不是為了這個案子而來的。不過話說回來，我們記者可是很敏感的，如果妳所說的這個案子破了的話，我們《天長日報》可是要拿頭條的啊！」他伸出細皮嫩肉的左手，輕輕拍了拍自己那個寶貝似的公文包，「我這裡面可有你們公共關係科的王科長和我們

簽署的媒體協定啊！」

「哦？」章桐皺了皺眉，「那你是為了哪個案子來的？方便透露一點嗎？不然我可幫不了你。」

趙俊傑繼續翻開自己手中的筆記本寫滿字的前幾頁，仔細看了看，然後抬起頭，換了種口吻，臉上的神色也隨即變得有些凝重，「我想知道的是二十年前發生在天長市郊外胡楊林裡那宗離奇的女性幼童失蹤案的詳細經過。那個案子當時轟動了整個天長市，並且至今還未破，活不見人死不見屍，成了一樁徹頭徹尾的懸案。」說到這裡，他略微遲疑了一下，緊接著小聲補充道，「當然了，妳的心情我是能夠理解的，我知道失蹤的女童就是妳的妹妹 —— 章秋，而妳是當時現場的唯一目擊證人，我這上面都有記錄。我查了原始的案件卷宗。章法醫，我知道妳當時被凶手注射了麻醉藥，險些成為植物人，在昏迷一個月之後方才甦醒，卻失去了記憶。只是，現在都過去這麼多年了，妳是否回想起當時的一些場景了？當時發生了什麼妳還有大概印象嗎？還有，妳為什麼要選擇法醫而不是其他工作呢……」

儘管趙俊傑已經非常刻意地斟酌每一個字眼，生怕再一次刺激到章桐，但是他卻絲毫沒有注意到章桐的臉色已經變得越來越冰冷，本來插在白色工作外套裡的手也因為不舒服而拿了出來，而那兩個剛咬了幾口的包子也在下意識中被她捏得面目全非。

終於，章桐實在忍不住了，她咬了咬嘴唇，皺著眉頭打斷了趙俊傑的話：「趙大記者，我現在沒有時間陪你了，下面還有工作正等著我呢。至於那二十年前發生的事情，對不起，時間都過去這麼久了，我早就忘了，你去找別人吧！」說著，她站起身，不管趙俊傑臉上的表情顯得多麼驚

訝，頭也不回地直接走出了李副局長的辦公室。

　　走廊裡的窗戶開著，一股清新的空氣撲面而來，章桐深吸一口，頓時感覺渾身輕鬆了許多。為什麼要選擇法醫這個職業？其實章桐自己也不清楚，或許緣於妹妹的失蹤，所以才會對於犯罪有著超出正常人的痛恨，希望能夠盡自己一點綿薄之力，為那些痛失親人的人做出一點貢獻。二十年來，章桐幾乎每個晚上都在做著同樣的噩夢。看著別人就要揭開自己內心深處的傷疤，章桐除了逃離，什麼都做不了。

　　迎面匆匆走來了李局，一見到章桐，他就叫住了她：「小章，這麼快就出來了？」

　　章桐尷尬地點點頭，注意到李局的目光落在了自己手中那兩個已經涼了的包子上，她的耳根子頓時有些發熱，趕緊把包子塞進口袋：「沒事，他不過是隨便問問案子，我也幫不上忙。李局，那我忙去了，下面還有工作呢！」

　　「哦，那就不耽誤妳了。」說著，李局轉身一臉狐疑地繼續向自己的辦公室走去了。

＊　　＊　　＊

　　不到萬不得已，沒有人會願意來法醫工作的地方敲門，特別是面前擺著一具屍體的時候。警察也是人，只要是人，都會對死了的人有著一種與生俱來的敬畏。

　　王亞楠推門進來的時候，臉色有些說不出的灰白，整個人看上去一副沒精打采的樣子。

　　「亞楠，怎麼了？身體不舒服？」章桐一邊把那些怪異的肉片小心翼翼地整齊擺放好，一邊隨口問道。

「唉！」王亞楠長嘆一聲，皺緊了眉頭，手下意識地摸著自己的胃部，「還不都是這些『肉』給鬧的，現場回來後，我中午都沒吃食堂那道蒜泥肉片，連飯也沒吃幾口，胃到現在還在疼著呢。偏偏還得到這邊來看妳！」

章桐無奈地笑了笑，說：「我比妳強，至少還啃了幾口包子，儘管已經涼了！」她伸手指了指身後辦公桌上放著的那袋包子，「喏，瞧見沒？還有一個幫妳留著，妳要吃不？」

王亞楠趕緊擺手搖頭：「妳饒了我吧，在這地方吃東西？我寧願餓死。」

「那我就幫不了妳了。」章桐聳了聳肩膀，繼續埋頭檢視面前的一大堆肉片。

王亞楠湊了過去：「小桐，怎麼樣？目前來看，能確定屍體是男性的還是女性的嗎？」

「還不行，光靠這些肉片，我只能說這個人手藝很高超，每一片都保持在厚零點五公分左右，長三公分，寬一點八公分。屍體在切成肉片後經過高溫水煮，有用的 DNA 結構都被破壞了，所以，除了蛋白質結構上可以分辨出來這是我們人類的肌肉組織外，我真的是一點別的辦法都沒有，就連他是活著被切成這樣還是死了以後被分割成這樣的都沒有辦法去做最終判定。」說到這裡，章桐停頓了一會兒，檢視了一下助手遞過來的資料登記簿後，想了想，繼續說道，「還有，最主要的一點是，目前肉片的總重量是三十二點八斤。而一般人體總共有兩百零六塊骨頭，占人體總重量的五分之一左右，但我目前除了一小截一公分左右長的手指骨外，一塊都沒有見到，尤其是死者的頭骨。」

「你怎麼從這麼小一截骨頭就確認是人類的屍骨？」王亞楠指著托盤中那塊孤零零的有些發黃的骨頭，一眼看過去，還真的看不出這骨頭原本是屬於人類的。

章桐微微一笑：「人體骸骨的橫截面構造和動物的骸骨不一樣，它有特殊的環狀結構，我在顯微鏡下仔細看過了，可以確定是人類的手指骨。要不是也經過了高溫水煮的話，我就可以提取到有用的骨髓 DNA 了。」

「這麼說，外面還有這樣類似的『包裹』？」王亞楠的臉色更難看了。

章桐點點頭，神色嚴峻：「我想應該還不止一個！」

＊　　＊　　＊

會議室裡正中央的圓桌上鋪著一張大號的天長市市區地圖，上面在新街口和御牌樓巷的位置上用醒目的紅筆打上了兩個小叉。圓桌的周圍坐滿了局主管和各個單位負責這件「碎屍案」的相關人員，大家的目光都緊緊地盯著正在陳述案情的王亞楠。

「110 在今天早上八點零三分時接到報案說有人在新街口附近開口的垃圾箱頂上見到了一個奇特的旅行袋，外觀沒有絲毫破損，九成新，也很乾淨，猜想是剛剛丟棄沒有多久，打開後見到裡面裝了很多來歷不明的肉片。於是，報案人懷疑有人私宰豬肉販賣，就撥打 110 報了警。為了排除刑事案件的嫌疑，我請求我們局裡的法醫協助，結果被證實是人體組織。報案人提供線索說當他發現旅行袋時，旁邊還有一個蛇皮袋，打開後看過，裡面也是一模一樣的肉片，但是卻被一個穿著『綠潔家園』保潔工作服的六十多歲的女清潔工拿走了。我們馬上根據這條線索找到了該名女清潔工的家裡，順利拿到了剩下的那些肉片。章法醫經過現場檢驗，證實所發現的肉片均屬於人體組織。但是由於被高溫水煮，所有能用來辨明身分

的 DNA 結構都被破壞了，所以，我覺得目前我們最要緊的就是趕緊把剩下的那些人體碎片找到，盡量確定屍源。」

「我補充一點，」章桐站了起來，「人類的頭骨是整個人體構成部分中最為堅硬的部位，用一般的工具是沒有辦法把它輕易分解成小塊的，而就目前手頭的線索來看，只有這個頭骨是唯一能夠幫我確定屍源特徵的有用線索了。」

李局點點頭：「這樣看來，大家目前的主攻方向就要放在死者的頭骨的搜尋上，並且搜尋工作宜早不宜遲，等到確定屍源了，我們才可以著手破案。這個人非常狡猾，對我們刑偵技術工作應該有一定的了解，所以大家都要打起十分的精神來認真對待！」他回過頭看了看王亞楠，「小王啊，妳是第一個接手這個案子的人，以後就由妳來負責。現在妳分配一下搜尋任務吧！」

「好！」王亞楠站起身，用手指在地圖上新街口的周圍畫了個大圈，「按照以往的破案經驗來說，殺人後的拋屍一般都選擇比較隱蔽的地方，因為犯罪嫌疑人不希望那麼快就被別人發現。但是這個案子卻有些不同，凶手把兩個裝有屍塊的袋子放在了我們天長市最熱鬧的新街口大街上，而據報案者提供線索說，當時兩個袋子是並排放著的，非常搶眼，正因為這點，本來早晨鍛鍊時他已經走過了那個垃圾箱，可是這突出的一幕卻立刻讓他意識到了不對頭。由此可以看出，自負的犯罪嫌疑人擺明了就是想讓別人發現這兩個特殊的袋子，從而發現屍體。據此我大膽地推論，犯罪嫌疑人所選擇的拋屍地點應該都是熱鬧的公共場所。所以，我們要搜尋剩下的屍塊組織，就得先把目標放在新街口一帶的垃圾箱、街道拐角處等一些人口密集的地方，以此作為圓心，再慢慢向外擴張。只要看到類似的可疑的物品，馬上彙報！」說著，她伸手指了指那張拍有現場棄屍用的蛇皮袋

和旅行袋的相片。

　　散會後，王亞楠走在了最後面，她一邊整理檔案，一邊叫住了章桐。

　　「小桐，等我一下！」

　　章桐迴轉身：「有事嗎？」

　　「聽說那個專門寫犯罪案件的大名鼎鼎的《天長日報》大記者今天來採訪妳了，說說看，有什麼好消息嗎？什麼時候見報？這下妳可出名了！到時候一定要請客啊！」王亞楠一臉的興奮。

　　章桐皺了皺眉頭：「也沒什麼，一樁老案子，被我趕跑了。」

　　「不會吧，妳居然敢把他趕走？」王亞楠瞪大了眼珠，滿臉吃驚的表情。

　　「這又有什麼大驚小怪的？話不投機半句多，我懶得理他！」

　　王亞楠聽了直搖頭。

　　說話間，兩個人一起肩並肩地向會議室外面走去。

　　去辦公室的路上，王亞楠還是不死心：「不會吧？我們李局找他都得預約呢，妳怎麼那麼大架子就把他趕跑了呢？」

　　章桐一臉的苦笑：「妳就別刨根問底了，大小姐，我真的煩透了這種人了。明天再來的話，就叫他找妳去！讓妳出名不就得了？」

　　「妳呀，別死腦筋！走，我們吃點東西去！等等還得跑現場呢！」王亞楠把手裡的資料夾順手塞給了迎面走來的自己的助手趙雲，沒好氣地吩咐道：「幫我拿去辦公室，我一會兒就回來！」

　　趙雲乖乖地捧著資料夾轉身走了。

　　「我說亞楠，妳對妳的副手別這麼狠，人家可是個好人！好歹還是個

副隊長呢，搞得跟個跟班似的，你也不怕人家心裡有想法？」章桐看不下去了，忍不住嘀咕了起來。

王亞楠大大咧咧地一揮手：「一個男人，連點脾氣都沒有，辦事拖拖拉拉的，不管他！我們走！」

＊　　＊　　＊

「章法醫，李局五分鐘前來電話，叫妳馬上去他辦公室一趟，說有要事找妳。」助手潘建一見到剛吃完飯回來的章桐，趕緊就把消息轉告給了她。

「他有說什麼事嗎？」

「沒有，口氣挺急的，章法醫，妳趕緊去吧，別耽誤了。」

章桐沒有吱聲，她放下手中的報告單，轉身走出了辦公室。走到樓道拐角處，她心裡隱隱約約地意識到了可能又是那個鍥而不捨的記者，今天把他甩在那裡，他可是一臉的不甘心。

果然，剛走到李局辦公室的門口，那虛掩著的房門裡傳出來的說話聲就讓章桐皺了皺眉。她忍不住嘟囔了一句：「怎麼跟個牛皮糖一樣！」

＊　　＊　　＊

見到章桐這麼快就推門進來，身後還跟著個人，正在埋頭整理標本的潘建不由得感到很好奇：「章法醫，這麼快就回來啦？我還以為李局找妳有什麼大事呢！」

章桐卻並沒有正面回答，她伸手指了指身後站著的滿臉堆笑的趙俊傑，沒好氣地說道：「小潘，從今天開始，我們有了新的實習生了，有什麼事情儘管叫他做好了！別客氣！」

「這位是？」

「我是《天長日報》的記者，我叫趙俊傑，請多多關照！」趙俊傑笑容可掬地上前伸出了手。

「記者？哦，我想起來了，就是那個專門寫大案子的趙俊傑，對吧？我可是你的粉絲啊！幸會幸會！」說著，潘建激動地剛想伸出手，想了想，又縮了回來，滿臉的歉意，「不好意思，我剛剛……」

「我能理解，我能理解！哈哈！」趙俊傑依舊面不改色，一副笑瞇瞇的樣子。

章桐忍不住瞪了趙俊傑一眼，冷冷地說道：「趙大記者，你那是白費心機，我幫不了你的。如果你真是來蹲點找別的案子的素材，我沒意見，但是如果你是醉翁之意不在酒，對不起，馬上走人！別老拿李局來壓我，明白嗎？我不吃那一套的！」

「章法醫，妳放心，我說話算話的！」

章桐沒有吱聲，自顧自地戴上了手套，回頭對潘建吼了一句：「快點做事，還愣著幹嘛？想忙到天黑啊！」

潘建撇了撇嘴，把趙俊傑晾在一邊，繼續低頭忙碌。

＊　　＊　　＊

下班回到家時已經晚上九點多了，章桐疲憊不堪地晃出了電梯，經過樓道，來到自己家的房門前，掏出鑰匙打開了家門。

屋裡靜悄悄的，一點聲音都沒有。

「媽，我回來了！妳在哪裡？」章桐一邊放下挎包和鑰匙，一邊大聲招呼道。

可是房間裡卻半天沒有人回答自己。章桐不由得一愣，往常這個時候，母親都應該是在家的，怎麼今天卻有些反常？章桐的心裡不由得劃過一絲不祥的感覺。她立刻穿上拖鞋，開始一個房間一個房間地尋找了起來。

幾分鐘後，章桐終於在臥室大衣櫃的角落裡找到了憔悴不堪、滿臉淚痕的母親。看著她縮成一團、渾身瑟瑟發抖的樣子，章桐心疼地連忙伸手把母親扶了起來：「媽，妳在這裡幹嘛？別嚇唬我！我不就是晚了一點下班嘛，我這不是好好的，妳別哭啊！……」

母親下意識地抓緊了章桐的手臂，一聲不吭，兩眼發直。

回到客廳後，章桐扶母親在沙發上坐下，剛想轉身去倒杯水，目光卻在不經意間被茶几上的一封信吸引住了，信封旁擺著一束已經快枯萎的百合花。章桐若有所思地看了母親一眼，伸手拿起了信封，顯然已經被母親拆開過了。這封信表面看上去沒有一點特殊的地方，和平常的信件沒什麼兩樣，收信人寫的是母親的名字，落款卻只是簡簡單單的兩個字 ── 內詳。

「媽，這到底是誰給妳的信和花？」章桐抬起頭看向母親，母親卻不知何時已經合上雙眼靠著沙發睡著了。

她剛想把信放下，轉念一想，隨即打開了信封，倒出了裡面的東西。一張薄薄的信紙輕飄飄地落在了她的手中，上面寫著「對不起」三個字。除此之外，沒有抬頭稱呼也沒有落款。

章桐的視線又落向了茶几上那束快枯萎的百合花，心裡不由得咯噔一下。整整二十年了，每年的今天，母親都會收到這麼一封奇怪的來信，還有一束怪異的百合花。這到底是什麼意思？難道其中隱藏著什麼不可告人

的祕密？家裡人除了母親以外，沒有人再對妹妹的生存抱有任何幻想，而每年的今天，妹妹失蹤的日子，母親都會因為這一封奇怪的來信和花而變得情緒異常激動。

章桐迅速收好了信件，伸手拿過茶几旁的電話，撥了一個號碼。電話接通後，她想了想說道：「老舅，我是小桐，我媽又犯病了，你過來看一下吧。」

在得到肯定的答覆後，章桐掛上了電話，幫母親脫去腳上的鞋子，輕輕地把她的雙腳挪到沙發上，緊接著又從臥室抱了一床毯子過來，蓋在了母親的身上。

十多分鐘後，門鈴響了，來人正是同住一個小區的章桐的舅舅，他一臉焦急地走了進來。

章桐做了個手勢，小聲說道：「老舅，我媽睡著了，你輕一點！」

老舅點了點頭。

來到客廳的沙發旁，看著母親熟睡中眼角依舊掛著淚痕的樣子，章桐的心裡感到酸酸的。二十年前妹妹離奇失蹤後，緊接著就是父親的自殺，這雙重致命打擊讓母親的精神頓時走到了崩潰的邊緣。要不是她那當醫生的老舅多年來的細心呵護，章桐很清楚母親或許早就已經不在人世了。

「她什麼時候發病的？」老舅一邊檢查一邊問道。

「我不知道。我九點多回來時，她就躲在臥室的大衣櫃裡發抖。」章桐感覺喉嚨有些發乾。

老舅想了想，緊接著問道：「上次發病到現在已經隔了有大半年了，她平時沒什麼異常吧？」

章桐搖了搖頭：「沒有，很正常，也按時服藥了。」

老舅神色嚴峻地說道：「小桐，妳一定要注意，千萬不能再刺激妳媽了，她現在的神經已經非常脆弱，再這麼來兩次的話，她就得住院了！」

「不！我不想讓她住院！」章桐脫口而出。

老舅站起身，一臉的無奈：「那妳們為什麼不搬家呢？都這麼多年了，還是住在這個老房子裡。很容易會讓她想起以前的事情的。」

章桐無奈地搖搖頭：「我也沒有辦法，勸過她很多次，我媽卻總說妹妹會回來，如果她搬走了，妹妹就找不到回家的路了。」

聽了這話，老舅不由得長嘆一聲：「明天妳抽空來我們醫院找我，我開點藥給妳。」

「好，謝謝老舅！」

送走老舅後，章桐關上了門，無力地癱坐在了地板上。看著面前依舊睡得很香的母親，章桐的心裡有一種說不出來的苦悶。

窗外已是一片寂靜，小區裡的燈在一盞盞地熄滅，夜深了，章桐卻一點睡意都沒有。她從房間抱來了毯子和枕頭，默默地鋪在沙發旁的地毯上，關了燈，躺下來，身邊傳來了母親均勻的呼吸聲。章桐卻只能心事重重地瞪大著雙眼，呆呆地看著窗外漆黑一片的夜空。

＊　　＊　　＊

「亞楠，我需要妳幫個忙！」

「說吧，我們兩人之間還分那麼清幹嘛！」

章桐伸手遞給王亞楠一個塑膠袋，裡面裝著那封信和一束已經枯敗的百合花：「幫我查查線索！信上有我和我母親的指紋。別的，能查到多少是多少。」

　　王亞楠不由得愣住了：「小桐，又收到了？」她晃了晃手中的塑膠袋，「我記得去年和前年也是一模一樣的東西？日期前後也差不了幾天。究竟怎麼回事？和我說說，看我能不能幫妳想想辦法！妳一個人扛著也不是回事！」

　　「沒關係的，我習慣了，」章桐頓了頓，說，「謝謝妳的好意，妳也不用問我那麼多了，我不會說的，妳就當看在我們多年的交情上，幫我這個忙，我不會忘了妳的！」說著，章桐站起身，拿起挎包，「我回辦公室了，亞楠，有結果就打電話給我。」

　　「好！」王亞楠點點頭。看著章桐的身影消失在了門口，王亞楠下意識地皺起了眉頭，要是自己沒有記錯的話，去年和前年也是這一天，章桐找到了自己。她隨手拿過了桌上的塑膠袋，並沒有打開，只是仔細地端詳著，信封一模一樣，就連百合花的品種也是一樣的。王亞楠不用看這封信，就已經可以猜到這封信裡的內容。隱隱約約之間，王亞楠有種不祥的感覺，這封信和百合花的背後肯定有一個天大的祕密，章桐對這個祕密如此鍥而不捨地堅守著，就連和她關係很不錯的自己，也被毫不留情地拒之門外。王亞楠發愁了，也對好友章桐充滿了擔憂，她想了想，無奈地站起身，拿著裝有證據的塑膠袋直接走向了隔壁的技術中隊痕跡檢驗室。

　　發現死者頭顱的消息是在下午快要下班的時候傳來的，地點就在天長市天子廟的一個觀景臺下面。天子廟位於天長市的市中心繁華地帶，只要來天長市旅遊的人，天子廟是必去之地，可以說，一天之中這裡的人流就從來沒有斷過。可是此時此刻，整條天子廟前的大街被警察專用的藍白相間警戒帶圍得很緊，好奇的人們只能聚集在警戒帶外，踮著腳尖緊張地關注著警戒帶裡面的一舉一動。

當章桐的法醫車出現在天子廟大街口時，圍觀者的情緒變得有些激動。標註著「法醫」兩個醒目大字的黑色轎車穿過警戒帶，直接在天子廟前停了下來。章桐帶著潘建迅速下了車，打開後車門，著手準備工具箱。

　　「快看，法醫來了……」

　　「還是個女的，長得這麼漂亮，幹這活，真是可惜了！」

　　「法醫都來了，看來真的有死人！」

　　「這女法醫還很年輕啊！」

　　……

　　聽到這些議論，潘建忍不住小聲嘀咕了一句：「章法醫，他們在議論妳呢！」

　　章桐聳聳肩膀，毫不在意地微微一笑：「讓他們議論好了，我反正已經習慣了。」緊接著，她神色一正，催促道，「快點，別磨磨蹭蹭的，現場不等人！」

　　潘建噘起了嘴，拎著沉重的工具箱跟在行色匆匆的章桐身後，向天子廟的大門裡面走去。

　　遠遠地看見王亞楠正蹲在觀景臺的旁邊，背朝著外面，仔細地觀察著什麼。身邊站著王亞楠的搭檔趙雲，一個面容和善的年輕人，正在詢問著一個穿著制服的巡邏警察。

　　「亞楠，屍體呢？」章桐走到近前，一邊說著，一邊在草地上放下了自己的工具箱。

　　王亞楠站起身，一言不發地伸出戴著手套的右手，指了指離她不到半公尺遠的一個方形蛇皮袋，八九成新，紅藍相間，外表看上去鼓鼓囊囊的。

　　章桐跨上前幾步，低頭鑽進了觀景臺的裝飾木沿下面，沒多久，她又探出了腦袋：「發現屍體的人有沒有動過裡面的東西？」

　　「應該沒有，是轄區派出所的巡警發現的，一看裡面東西不對，他馬上就通知了排程臺。」說著，王亞楠的下巴朝旁邊歪了一下，「他還在那邊呢，趙雲在問他。怎麼了？裡面少東西了？」

　　章桐搖搖頭，轉而對潘建吩咐道：「幫我一起把它拉出來，我想裡面就是我們要找的東西了！」

　　潘建趕緊上前，戴著手套的雙手抓住了蛇皮袋的另外兩端，和章桐一起發力把蛇皮袋拉出了觀景臺。

　　這個蛇皮袋有七十五公分高，寬六十公分左右，並不太大，但是很沉，透過外表可以很清楚地看出裡面塞滿了不規則的東西。章桐早就把蛇皮袋的拉鍊拉上了。

　　「小桐，妳什麼時候處理它？」

　　「我這就回局裡去，妳等下直接來找我。」

　　「好！」說著，王亞楠轉身向不遠處的趙雲走去了。

　　章桐則帶著潘建，拉著工具箱，一前一後抬著蛇皮袋上了車。

　　在趕回局裡去的路上，潘建一邊開車一邊哼著歌，一臉得意。

　　章桐皺了皺眉：「你小子又幹什麼壞事了？」

　　「章法醫，妳不覺得今天的耳根子清靜多了？」

　　章桐一下子沒有回過神來：「你的意思是？」

　　潘建調皮地一笑：「那個趙大記者啊，妳不是要我安排點工作給他嗎？我當時就猜到了妳肯定不願意他老跟著我們，礙手礙腳的，到了現場見了

死人又得哭爹叫媽，所以啊，你猜我大發善心做啥了？」

「別賣關子了，快說，你要是太出格的話，李局可饒不了我，人家大記者可是貴賓啊！我們是要顧及局裡的形象的！」

「不會啦，章法醫，就是那些我們吃飯的『家當』，還有整個解剖室，清潔的工作多著呢！……」潘建笑瞇瞇地一撇嘴，「我可總算解放了！」

章桐無奈地搖了搖頭，轉而一言不發、心事重重地看著車窗外不斷掠過的景色。

王亞楠看著觀景臺下的水泥地面，心裡不由得懊惱萬分，連個腳印都沒有。前面的兩個現場也是如此，看來凶手選擇這樣的拋屍地點時早就把一切都考慮進去了。

這時，身邊傳來腳步聲，她不用轉頭看就知道來的人是誰，「趙雲，那個巡警怎麼說？」

「他也是有人報案才注意到的，當時觀景臺上還有人，每天下午兩點，天子廟這邊都有文藝表演，人流很雜！」

「最近的鏡頭呢？有沒有查到什麼？」

「這個角度的鏡頭沒有，只有天子廟門外面的大街上才有。但是天子廟有五個出入口，尋找起來有一定的難度。」

王亞楠的腦子裡突然閃過了什麼，她猛地一回頭，瞪著趙雲，嚴肅的神情把趙雲嚇了一跳：「你剛才說有人報案，那個巡警才注意到了觀景臺下面？」

「對！」趙雲打開手中的筆記本，翻到相關的一頁，「是一個五十多歲的中年人報的案，說那下面不知道是什麼東西，可能是誰遺失的。因為整個觀景臺下面除了遊人的垃圾外，別的什麼都沒有，那個袋子孤零零地放

在那裡，一低頭就能看到，很顯眼！」

王亞楠皺起了眉頭，想了想說：「天子廟的文藝表演是壓軸大戲，應該會有人用手機拍攝，而這麼一袋沉重的東西，搬運起來肯定不方便，你馬上叫人把當時在場人員的手機收集起來，只要是拍攝過當時場景的，能找到多少是多少。實在不行，給我上電視臺發公告，動員大家配合我們！」

「我知道了！」趙雲把筆記本塞回了口袋裡，轉身迅速離開了。

王亞楠回頭又看了看冷冷清清的觀景臺，長嘆一聲。正在這時，手機響了起來。

「我是王亞楠，哪位？」

「我是技術勘驗組，王隊長，妳上午送來的信件和百合花束的檢驗報告已經出來了，妳什麼時候方便過來拿，還是我們送到辦公室給妳？」

王亞楠想了想，果斷地說道：「我馬上過去拿。」

章桐聽到身後解剖室門上的鈴鐺響了一下，緊接著門就被推開了。

「亞楠，妳來了？」

「嗯。」王亞楠哼了一聲。她並沒有直接來到章桐身邊，而是走向屋裡唯一一張龐大的辦公桌，把手裡的檔案袋放在上面，這才走到門邊穿上工作服。

「怎麼樣，有什麼結果？」

章桐把身體朝另一邊挪了挪，被她遮擋住的解剖臺此刻完完整整地呈現在了王亞楠的面前。

王亞楠倒吸了一口涼氣，眼前的解剖臺上，端端正正地放著一個人的

頭顱。如果單單只是骨頭的話，還不至於這麼讓人吃驚，但這是一張被完全剝去表皮的臉，臉上怪異的肌肉縱橫交錯，彷彿死亡在這一刻已經完全被定格了。

「這是一個女性的頭顱，很年輕，從智齒的發育程度來看，應該不會超過二十歲。」章桐嘆了口氣，「你看她突出的眉骨和短短的下顎，有明顯的嶺南一帶亞洲人種的特徵。」

「這頭顱有些怪！」王亞楠兩隻眼睛死死地盯著面前的解剖臺，「是不是也煮過？顏色很不一樣。」

「對，和那些肉片一樣，都經過了高溫水煮。凶手有著高超的外科手術技術，一般的人，沒有辦法把表皮剝離得這麼乾淨。包括我在內。」說著，章桐指了指頭顱臉頰靠近鼻梁的地方，「妳仔細看這裡，這是整張臉部神經系統最豐富的地方，下刀時一不小心就會破壞皮膚下面的肌肉組織，再細微的劃痕都逃不過我的眼睛，但是妳現在什麼痕跡都看不到。」

「好像臉上的皮膚根本就沒有存在過。」王亞楠嘀咕道。

「對！」章桐繞到解剖臺的另一端，指著早就按照人體骸骨序列擺放整齊的現場帶回來的骨頭，滿臉無奈地說道，「死者的盆骨也證實了我剛才對於死者年齡的判斷，她不會超過二十歲，非常年輕，沒有生育過。根據骸骨的重量推算，體重不會超過九十斤，偏瘦。從屍體的情況可以推斷，凶手不光是個外科手術行家，而且對人體骸骨非常了解。你看，所有的骨頭都在這裡，除了剛開始的那一小塊指骨猜想是遺落的外，一塊不少。而且從這些骨頭的表面可以看出，凶手沒有使用粗暴的外力，比如說用刀斧之類來使骸骨分離。接縫處乾乾淨淨，一點損傷都沒有。真可以用『庖丁解牛』來形容他了！」

「那，妳能做到人像復原嗎？我需要釋出認屍啟事。」王亞楠轉而把目光投向章桐，後者把雙手插在工作服的口袋裡，一臉凝重。

「沒問題，她臉部的肌肉組織還比較完整。這對我做出和死者原先外貌特徵接近的人像復原圖有很大的幫助！妳什麼時候要？」

「盡快！」王亞楠說著，皺了皺眉，「死因現在有結果嗎？」

章桐噘起了嘴巴，沉吟了一下子：「目前骸骨上沒有任何外傷的痕跡，可是由於屍體的肌肉組織已經被分割成了很多片，並且高溫水煮過，所以體表軟組織的傷害我沒有辦法判定。頭顱我也已經做過 X 光掃描，內部沒有傷痕。歸根結柢，我只能說她沒有受到嚴重的外力侵害。別的，我暫時就不知道了。對不起，亞楠，我只能根據手中的證據說話，不能推斷。」

王亞楠點點頭：「還有別的我需要知道的嗎？」

「和死者的骸骨放在一起的有兩件特殊的衣服，我已經連同外面的蛇皮袋一起送到痕跡檢驗室去了。」

「好，那妳盡快把人像復原圖給我。」王亞楠一邊說著一邊向門口走去，把脫下的工作服重新又掛回到門上。在打開門的那一刻，她停下腳步，回頭說道，「信件和百合花束的檢驗報告在妳桌上！」

章桐愣了一下，隨即意識到了王亞楠話中的含義，她面無表情、淡淡地說了句：「謝謝。」

人像復原可不是一件簡單的工作，不光要精通人類學，還要有一定的繪畫功底。

章桐示意助手潘建先把特製的數位相機拿過來，按照特定的角度對死者的頭顱拍了幾張相片，由於死者的臉部還有一定的肌肉組織附著，所以最後的成像工作要相對輕鬆許多。相片拍好後，章桐立刻把資料輸入電

腦，並且很快列印了出來。章桐又伸手拿過了一張特製的紙蓋在頭顱相片上，根據先前的一系列死者特徵，包括年齡、體重和地域人種，很快，一個基本影像就被勾勒出來了。再透過掃描，和電腦原有的資料庫進行資料核對，幾分鐘後，電腦發出一陣吱吱嘎嘎的聲音，一張活靈活現的十七八歲少女的頭像就清晰地呈現在了電腦螢幕上。

「印出來，馬上送到刑警隊辦公室給王亞楠隊長！」

「我馬上去！」

章桐站起身，把位子讓給了潘建，自己則獨自走到工作台的另一邊，王亞楠留下的那個大大的黃色信封正安靜地躺在那裡。

章桐深吸一口氣，拿起信封，猶豫了一會兒，一咬牙，撕開了信封口黏貼的膠帶紙，抽出了裡面的檢驗報告。

檢驗報告是列印在一張薄薄的 A4 紙上的，章桐感覺到自己的雙手在止不住地顫抖，似乎自己離真相也就短短的一步之遙，她甚至可以確信，自己總有一天能夠解開那個讓自己家破人亡的謎團。可是，章桐卻又感到了一種隨之而來的恐懼，潛意識中她知道自己沒有勇氣去面對真相。

「章法醫，妳沒事吧？」潘建關切的聲音在耳邊響起。

章桐這才回過神來，第一個反應就是把檢驗報告迅速塞進了自己工作服的口袋裡，然後揮了揮手，恢復了一貫的鎮靜自若：「我沒事，你趕快送去吧，人家等著要呢！」

潘建遲疑了一下，隨即點點頭，轉身離開了解剖室。

「小桐，是妳嗎？」

聲音很陌生，除了王亞楠以外，周圍的同事從來都沒有這麼稱呼過自己。章桐一臉詫異地回頭看去，眼前站著一個與自己年齡相仿的身著檢察

官制服的男人，他大約三十歲出頭，頭髮過早地有些發白，兩隻眼睛裡卻充滿了神采。此刻，他正笑瞇瞇地看著自己，一臉的驚喜。

「你是？」章桐還是沒有反應過來。

「看來妳認不出我來了？我是劉春曉啊！」男人的笑容中有些許失落。

「劉春曉？」章桐在腦海裡迅速搜尋著這個名字，很快，她的臉上露出了笑容，一個記憶深處的外號脫口而出，「『丹丹』！真的是你！你怎麼來這裡了？」

劉春曉尷尬地笑了笑，趕緊扯開了話題：「我剛被調回天長市檢察院，負責刑事這一塊，今天正好來你們這邊熟悉情況。妳呢？」

章桐撇了撇嘴：「還不是老樣子，法醫唄，都做了這麼多年了！要想換工作似乎已經不太可能了。」

劉春曉的目光中有著一種異樣的神采：「小桐，妳過得怎麼樣？這麼多年未見……」

「還行吧，每天上班，下班，出現場。」

劉春曉猶豫了幾秒鐘後，終於鼓足勇氣提議道：「那，妳下班後有空嗎？我想請妳喝茶。」

章桐點點頭：「我五點半下班，如果沒有特殊情況的話，你來法醫辦公室找我吧。」

「好的，我一定去！」

看著章桐遠去的背影，劉春曉不由得陷入了沉思之中。

「咳！老朋友，你發什麼傻呢？我才出去一下子，你就跟中了邪一樣。」背著包的趙俊傑出現在了劉春曉的身後，猛地拍了他一巴掌，「還是

看見美女了？」

劉春曉尷尬地笑了笑：「我剛才見到我的高中同學了。好久沒見，她變了許多。」

「你高中同學？在這個地方？男的還是女的？」趙俊傑那記者的職業敏感又一次占了上風。他下意識地轉過腦袋看向走廊的那一頭，「方便透露一下嗎？」

「是女的，叫章桐，是這裡的法醫。」

「章法醫？你怎麼不早點告訴我你和她是高中同學啊？」趙俊傑變得異常興奮，他一邊和劉春曉一起走向電梯口，一邊抱怨道，「我來這裡蹲點可都是為了她！整天和死人打交道，說出來不怕老弟你笑話，我剛開始那一個多禮拜，天天晚上做噩夢！……」

趙俊傑的話在耳邊滔滔不絕，但是劉春曉卻一個字都沒有聽進去，他的思緒回到了十多年前。

他記得很清楚，那一天是學校文理科分班名單公布的日子，大家都在議論這一次不知道會有幾個女孩子被分到理科班來，還有，會不會長得漂亮。正在這時，老師唸到了一個特殊的名字──章桐，應聲站起來的是一個非常清秀的小女生，劉春曉都看呆了，他不由得慌張地低下了頭，那一刻，他平生第一次因為喜歡一個女孩子而變得臉紅。

「劉春曉同學，我叫章桐，以後大家就在一個班了，請多多指教！」如銀鈴般清脆的問候聲在耳邊突然響起，劉春曉下意識地屏住了呼吸。

「聽說你是年級理科『前三甲』，真厲害！」女孩的目光中充滿了崇敬。

「那……那都是老皇曆了……」劉春曉結結巴巴地說，一改以往的沉

著冷靜，他都不敢看女孩的眼睛，剛想走，可是轉念一想，自己不能這麼沒禮貌，於是低著頭，硬著頭皮，目光緊盯著對方的鞋子，匆匆忙忙地丟下一句，「別擔心，以後遇到不會的題目，我……都會……都會幫妳的。我……我有事先走了……」說完後，就逃也似的離開了教室。

後來聽同學說了才知道，這個叫章桐的文靜內向的女生，文科非常優秀，而這一次出乎大家意料選擇並不是自己強項的理科，誰都搞不懂是為了什麼，也沒有人敢問，只知道語文老師整天為自己的得意門生錯誤的選擇而唉聲嘆氣。

放學的時候，劉春曉終於下定決心和章桐一起回家，儘管並不順路，而平時，他都不敢主動和這個性格內向的女生說話，但是，劉春曉很想弄清楚章桐的選擇，或者說，這個讓自己動心的女生，她心裡究竟是一個什麼樣的世界。

他記得很清楚，那時已經是深秋，人行道上到處都是梧桐樹的落葉，踩在上面，軟軟的，幾乎都聽不到腳步聲。身邊的大馬路上，來來往往的汽車時不時地捲起地上的落葉，讓它們在空中飛舞，最終又靜靜地落回地面。

劉春曉和章桐保持著不到兩米的距離，他始終都沒有勇氣第一個開口說話。

終於，章桐停下了腳步，皺眉回頭看著劉春曉：「劉春曉同學，你總跟著我做什麼？」

「我……我也回家啊。」

章桐臉上的神情變得緩和了許多：「你在說謊，你家是住在城北那邊，你為什麼要繞遠路？」

「我……」劉春曉突然明白，在自己所喜歡的女生面前，他沒有祕密可言，於是，心一橫，抬頭說道，「好吧，我有話問你，章桐同學，妳的文科那麼優秀，為什麼偏偏要選擇理科呢？馬上就要升學考試了，妳難道就不怕自己薄弱的理科項目影響你成績嗎？」

　劉春曉做夢都沒有想到，話音剛落，在同學們面前一向都表現得很堅強的章桐，竟然流下了眼淚，雖然她並沒有回答自己的問題，相反只是扭頭轉身就走，並且加快了腳步，最後幾乎是奔跑，但是劉春曉卻意識到，這是一件章桐不願意提起的傷心事。

第一章　夢魘初現

第二章　失蹤的女生

「妳要打電話是吧？小妹，沒帶錢沒關係，明天經過時帶給伯伯就可以了。」老張笑瞇瞇地說道，伸手打開了通話按鈕鎖。

女孩感激地看了一眼老張，緊接著迅速拿起話筒，用顫抖的手指撥打了一個固定號碼。電話很快就接通了，電話那頭剛有回應，女孩立刻就嘶啞著嗓門斷斷續續地說道：「你好，我……我是東山學院的……的學生，我想，我認識你們認屍啟事中的那個女孩子，她應該就是我失蹤了三天的室友，你們快來吧！」

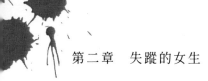

在接下來的日子裡，雖然劉春曉並沒有再尾隨在章桐的身後送她回家，可是他依舊默默地關注著這個似乎不太合群的女孩子，她文靜得讓人有些擔憂。十六七歲正是女孩子愛打扮愛笑的日子，可是在章桐的臉上，劉春曉卻找不到快樂的影子。

後來，幾經打聽，劉春曉才聽住在章桐家附近的同學偶然說起，章桐的妹妹從小就失蹤了，沒多久，平時感情最好的父親也跳樓自殺身亡，如今家裡只有一個時常會瘋瘋癲癲的母親和章桐相依為命。

劉春曉這才明白為何自己在那雙漂亮的眼睛裡看到的只有孤獨和冷漠。幾次三番，劉春曉徘徊在章桐家樓下，他很想主動幫助這個悲傷的女孩分擔一點生活中的艱辛，可是，性格內向的他卻一直沒有將自己的心意說出口。

填寫大學志願，章桐選擇了醫學院法醫系，劉春曉一點都不吃驚章桐的選擇，因為他知道，章桐的父親生前就是一名法醫。在他內心深處，只能默默地祝福這個日漸消瘦卻非常堅強的女孩。

放榜，章桐如願考上了醫學院法醫系，那一天，劉春曉在她的臉上終於看到了笑容。只是，直到班裡的同學們各奔東西，劉春曉都沒有勇氣向章桐吐露心聲，為此，他後悔不已。

一年後，因為父母離異，劉春曉就跟著母親遷居鄰市，從此再也沒有見過章桐，直到今天……

「你到底有沒有在聽我說話啊？」趙俊傑注意到劉春曉的失態，皺了皺眉，「你小子好像丟了魂？」

「沒，我沒事！」劉春曉定了定神，兩人走出了電梯，來到五樓。因為和趙俊傑是大學室友，所以劉春曉的這一次基層之行，趙俊傑自然而然就充當

起了地陪。而能有機會暫時離開法醫辦公室去透透氣，趙俊傑正巴不得呢。

又到了一天之中晚報上市的時間，天長市的街頭巷尾密集如雲的報刊亭裡很快就擺上了一份份還隱約散發著陣陣油墨香味的報紙。下班的人們用不了多久就會在回家的途中順道把這些晚報買走。

老張是東山學院門口 2042 號報刊亭的攤主，在這裡已經賣了十年的報紙雜誌，也送走了很多批東山學院的畢業生。每每提起這些每天經過自己簡陋報刊亭的孩子，老張的臉上總是會流露出感慨的神情。

老張也賣晚報，只是訂得不多，因為來買他晚報的人，幾乎清一色都是東山學院的老師，數量有限。而老張口中的「孩子們」，他們的興趣無非就在流行服飾和軍事之類的雜誌上，有時候還會捎帶著把報刊亭中的漫畫通通一掃而光。每當這個時候，老張的心裡總會很矛盾，有錢賺，他當然開心，但是看著這些孩子動不動掏出來的就是百元大鈔，老張就會暗自嘀咕，這幫孩子，一點都不心疼錢！

今天下雨，老張的生意清淡了許多，把晚報擺上貨架後，老張看著報刊亭外面灰濛濛陰沉沉的天，皺著眉嘟囔著：「這該死的天！」

「伯伯，買份晚報。」說話的聲音帶著點稚嫩，還有些猶豫。

老張好奇地轉過頭，出現在自己面前的是一個年輕的女孩子，十七八歲年紀，一條簡單的白底藍花裙子，胸前彆著東山學院的校徽。此刻，女孩子的手中握著一張一元錢的紙幣正遞向老張。

「你要什麼？」

「今天的晚報，剛到的！」女孩子的聲音變得堅定了許多。

「好，妳等一下！」老張迅速轉身從貨架上拿下了一份剛到的晚報，伸手遞給女孩，「收好了，剛到的報紙！下雨了，要不要拿個塑膠袋裝一

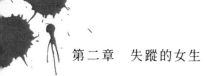
下？別淋溼了。」老張好意地叮囑道，他注意到女孩子沒有帶傘，濛濛細雨把她的瀏海都打溼了。

女孩子沒有反應，她做了個奇怪的舉動，迅速打開報紙，旁若無人地在報紙上尋找了起來，確切點說是在報紙的中縫部位。

老張對那個地方很熟悉。常年賣報紙，沒事幹的時候，老張幾乎把所有的報紙都看了個遍，他知道那個地方最可能出現的是兩種東西，那就是尋人啟事和尋物啟事。登這些啟事的大多是私人，但是有時候警局的認屍啟事也會刊登在那裡，只不過機率並不是很大。難道這小女孩丟了什麼東西，以至這麼著急要在晚報中碰碰運氣？老張在心裡暗暗想著。

突然，女孩子的目光緊緊地盯住了報紙中縫處的一個地方，臉色頓時變了，雙手漸漸地開始發抖，呼吸急促。

「嘩啦！」女孩子合上了報紙，轉身來到老張身邊的那臺公用電話機旁，看上去像是要打電話，可是翻遍了全身，又沒有找到錢。她回頭看了看報刊亭外越來越密集的雨絲，臉上寫滿了焦急。

「妳要打電話是吧？小妹，沒帶錢沒關係，明天經過時帶給伯伯就可以了。」老張笑瞇瞇地說道，伸手打開了通話按鈕鎖。

女孩感激地看了一眼老張，緊接著迅速拿起話筒，用顫抖的手指撥打了一個固定號碼。電話很快就接通了，電話那頭剛有回應，女孩立刻就嘶啞著嗓門斷斷續續地說道：「你好，我……我是東山學院的……的學生，我想，我認識你們認屍啟事中的那個女孩子，她應該就是我失蹤了三天的室友，你們快來吧！」

看著女孩幾乎要急哭了的表情，老張驚呆了，他簡直不敢相信自己的耳朵。

王亞楠帶著自己的搭檔趙雲匆匆忙忙地開車趕到東山學院門口時，離接到報警電話才過去不到十五分鐘的時間。這個碎屍案的影響實在太大了，都驚動了市裡的高層，下午的案情分析會議上，李局陰沉著臉，再三強調要盡快破案。案情性質太惡劣了，不管怎麼說，把人的屍體就這麼隨意丟棄在人流如織的大街小巷裡，就已經是一個令人髮指的犯罪行為。儘管李局已經盡量和媒體通了氣，要求近期暫不報導這件案子，但是，誰都知道這顆定心丸效果維持不了多久。

　　「到了，前面就是東山學院！看，王隊，那邊有一個老人在向我們招手。」趙雲伸手指著警車前方五十多米處的一個報刊亭門口，「他身邊還站著個女孩子，應該就是我們要找的人！」

　　王亞楠把車乾淨俐落地穩穩停靠在報刊亭的門口，打開車門，兩人下車後緊接著就走了過去。

　　「大伯，是你們打的報警電話嗎？」趙雲問道，同時亮出證件，「我們是警局的。」

　　老張點了點頭，然後指了指身邊情緒激動的女孩子，在等警車來的時候，他已經大致弄明白了究竟發生了什麼事：「就是這個小女孩報的警，她的室友在三天前失蹤了，失蹤時穿的衣服跟你們登在認屍啟事上的一模一樣。」

　　王亞楠和趙雲面面相覷，趙雲接著問道：「小女孩，叔叔拿兩張相片給你看一下，好嗎？報紙上我們沒有刊登。」

　　女孩猶豫了一會兒，隨即點點頭。

　　趙雲從隨身帶著的公文包裡拿出了那張章桐復原的死者模擬畫像和拍有死者衣物的相片，遞給了女孩：「沒關係，你慢慢看。」

第二章　失蹤的女生

　　老張趕緊伸手打開了報刊亭裡最亮的那盞燈，足足有六十瓦，頓時，小小的報刊亭裡被照得亮堂堂的。

　　女孩盯著相片看了很久，然後咬著牙點點頭：「沒錯，是晶晶，睡在我下鋪的！這相片裡的人就是她！」

　　站在一邊的老張也湊過來看了看，皺眉嘀咕了一句：「這女孩我也好像見過⋯⋯對了，我想起來了！她前幾天來我這裡充過一次手機話費，還落了一本書在我這裡。我正想著什麼時候等她再來充手機話費時還給她呢。嘻！真可憐！多年輕的孩子⋯⋯」說著，老張彎腰到貨架底下翻出了一本有些破舊的《歐洲藝術史》，順手拍去了書上的灰塵，遞給了女孩，「看看，這上面的名字是不是妳同學的？是的話妳就替我帶回去吧！」

　　女孩欲言又止，最終默默地接過了書，掃了一眼封面後，一聲不吭地用手摩挲著書，滿臉悲傷。

　　「能帶我們去妳的宿舍看看嗎？」

　　女孩點點頭：「就在學院進門左轉第一棟大樓的三樓。跟我來吧。」

　　在謝過老張的熱心幫助後，王亞楠和趙雲一起跟在女孩的身後走向了不遠處的東山學院大門。

　　看著他們的背影消失在學院裡，老張有些發呆，女孩剛才說的話又一次在他耳邊響起：「⋯⋯我總覺得晶晶肯定出事了，她不是那種對自己的生活不負責任的女孩子，好不容易考上大學，她不會放棄的⋯⋯別人都不相信我，我就自己來找，我還以為她出了車禍，所以就來看看晚報上的啟事，看看能不能有她的消息⋯⋯」

　　「真可憐啊！」老張嘟囔了一句，一邊伸手關燈，一邊悲傷地意識到，那個叫晶晶的女孩子，已經再也回不來了！

和眾多大學女生宿舍一樣，打開門後，出現在眼前的是一個溫馨可愛的空間。房間並不大，但是乾淨整潔，在屋子的兩個角各放著一張雙層鐵架床，上面用漂亮的花布做了一個別緻的圍簾，四張學習桌上，擺滿了書籍的同時，盡量擠出一點空間來擺放主人鍾愛的小飾物。

　　「妳們這邊住四個人？」王亞楠問道。

　　「對，」這個叫王豔的女孩點點頭，伸手指了指左邊的那個鐵架床，「我睡上鋪，晶晶就睡下鋪，她失蹤後，床鋪就沒有動過。我只是把圍簾拉上了，我知道她不喜歡別人亂動她的私人用品。」

　　「宿舍裡別的人呢？」趙雲嘀咕了一句。

　　「都吃飯去了，我吃不下，總是擔心晶晶……」王豔沒有再繼續說下去，她的情緒顯得很低落。

　　見此情景，王亞楠伸手拍了拍王豔瘦弱的肩膀：「和我們說說晶晶的具體情況吧，特別是她失蹤的那一天，究竟發生了什麼？」

　　王豔點點頭。

＊　　＊　　＊

　　晚上，新街口清逸茶樓。

　　「小桐，能再次見到妳，我真的很高興！」此時的劉春曉換上了一身簡單的休閒裝、輕便的軟底皮鞋，和在警局裡見到的判若兩人。

　　兩人面前的小桌上擺了幾份點心、一壺剛沏好的碧螺春。

　　章桐微微一笑：「老同學，這話你就見外了，這麼多年沒見，我該好好請你才對！」

　　「妳母親身體好嗎？」

045

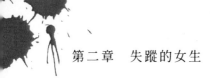

「還行，這麼多年了，還是老樣子，不過人年紀大了都這樣。」章桐的臉上看不出絲毫異樣的表情，「你呢？」

劉春曉尷尬地笑笑：「我爸媽離婚後，我跟著媽媽過，她去年走了，是心肌梗塞。」

「對不起。」章桐咬了咬牙。

「沒事，她走的時候很安詳，沒有痛苦。我現在孤家寡人一個，無牽無掛，日子也就那麼一天天過了！」

「那你怎麼會想到調回天長來呢？」

劉春曉的心裡微微一動，差點脫口說出自己之所以回來就是為了章桐。怕她看出自己內心的祕密，劉春曉刻意把目光移到了面前桌上的那朵鮮豔的紅玫瑰上，故作輕鬆地掩飾道：「哦，這裡是我的家鄉嘛，我不回來幹什麼？哈哈！對了，小桐，妳今天出來喝茶，家裡人不會說嗎？」

章桐一臉的苦笑：「我把母親拜託給舅舅了，晚一點回去沒關係。老同學邀請，我要是不來，那不是太不給你面子了？」

「妳還沒結婚？」劉春曉的眉毛微微一挑。

「我們當法醫的，結婚挺難的。」章桐下意識地伸出了自己的雙手，無奈地一笑，「這雙手，一天到晚摸死人，嚇都能把人家嚇跑了！」

那一刻，劉春曉分明在章桐的目光中看到了深深的失落。他猶豫著自己是不是該把內心深處壓抑了這麼多年的心事說出來。

正在這時，耳邊傳來一陣悅耳的手機鈴聲。章桐迅速打開手提包，掏出手機接聽了起來，同時向劉春曉歉意地點了點頭。

「嗯……好的……我馬上到！」結束通話電話後，章桐站了起來，「真

不好意思，劉春曉，我負責的一個案子有線索了，要馬上回局裡，下次我請你吃飯！」

「沒事的，要我送妳嗎？」劉春曉也站了起來。

「不用了，我叫車過去。」章桐淡淡一笑，轉身迅速走向了茶樓的樓梯口。

看著章桐的背影，劉春曉的心中充滿了深深的失落。他本來想好了很多話要對她說 —— 他這次回來不光是為了再次見到章桐，更重要的是，他要把自己的驚人發現告訴章桐，他深信這個發現很有可能會就此解開章桐心中那個隱藏了多年的可怕的祕密！

天長市警局會議室裡，燈火通明。儘管擠滿了人，但是除了偶爾傳來一兩聲咳嗽以外，現場聽不到一點嘈雜的聲音，大家都在耐心等待著重要人物的到來。

作為當班法醫，章桐坐在最靠近門的位置上，她抬頭掃視了一眼整個會議室，發現王亞楠和趙雲不在其中。

很快，門口傳來了一陣急促的腳步聲，門隨即被推開了，王亞楠風風火火地走了進來。她直接走向會議室前面的白板，拿起磁鐵，「啪啪啪啪」，一口氣貼上了六張放大的相片，然後轉身向大家介紹說：「屍源已經找到了，是我們市裡東山學院財會專業大一的新生，叫王婭晶，今年剛滿十七歲，老家是凱里縣的。」

說著，她伸手指了指左面第一張相片，呈現在大家面前的是一個瘦弱文靜的女孩子，皮膚黝黑，目光堅定。

「王婭晶與章法醫的屍檢報告中所提到的死者身高、年齡和體重大致相符，體型偏瘦，而她原籍凱里這個地方正屬於嶺南地帶，所以人種方面

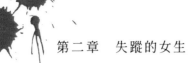

也完全相符，可以認定她就是本案死者。」說到這裡，王亞楠又指了指剩下的五張相片，「這幾張都是剛剛從死者所居住的宿舍拍攝的，由此可以看出，死者的失蹤並不是刻意的，大家注意看她的床鋪。」

眾人的目光順著王亞楠的手指看向了第四張相片。相片所拍攝的是一個簡單的雙層鐵架床下鋪，鋪著粉紅色的床單，薄薄的毯子鋪開了，一個毛絨玩具正隨意地放在床頭，這是一個典型的女孩子的床鋪。

「你們看這本書，打開了，書背朝上，擺放在毯子上。她這個舉動非常隨意，可以得出的結論是，這本書的主人當時正看到一半。我們在座的每一個人平時也會有這樣的習慣，躺在床上看書，看到一半，因為臨時有事打斷了看書，就會下意識地把書往身邊一放。

「而根據報案的王婭晶的室友提供的線索，王婭晶當時聲稱要去看一個朋友，很快就會回來，還要求她的室友晚上替她留著門。可是就此再也沒有出現過。」

「王隊長，根據法醫報告，我們已經沒有辦法進行死者的 DNA 比對了，僅憑體貌特徵來確認死者，是不是不太嚴謹？」李局皺著眉詢問道。

「章法醫提供了死者的人像復原圖，死者的室友也認出了死者失蹤時所穿的衣服正是我們在現場蛇皮袋中發現的衣物。為了保險起見，法醫那邊正在進行死者牙髓的提取，報告要明天才能出來，希望我們能找到有用的線索。我也已經派趙副隊長和學校的保衛處老師一起前往凱里縣了，他們明天一早就會把死者的父母親接過來進行認屍和善後工作。在此期間，我要求治安組幫我調來王婭晶失蹤那天從東山學院開始的沿途所有監控錄影，並一一做出梳理，盡量還原死者那晚離開學院後的所有動向。」

治安組的負責人點點頭：「沒問題，我們馬上處理！」

散會後，章桐在走廊裡叫住了王亞楠，兩人一起走下樓。

「亞楠，妳真確定是那女孩子？」

王亞楠一臉沉重地點了點頭：「對了，小桐，死因還沒有辦法確定嗎？」

章桐遺憾地搖了搖頭：「我跟你說過了，屍體被肢解得那麼散，平均一片只有零點五公分的厚度，我沒有辦法查詢死者的體表傷痕，更別提屍體都經過了高溫水煮，很多有用的線索都被破壞了，我目前無能為力。再說了，屍骨上也沒有明顯的傷痕。現在唯一的推論只有一個，即死者很有可能是中毒或者窒息死亡。」

「中毒？」

章桐點點頭：「我的助手潘建已經申請了做毒物檢驗。他採集了一些死者的骨髓標本。高溫水煮雖然會破壞脫氧核糖核酸的分子構成，但是對於一些毒物來說卻做不到，這些有毒物質，特別是化學毒素會很快沉澱在死者的骨頭上，浸入死者的骨髓中。」

「要多久才會有結果？」

章桐搖搖頭：「毒素有很多種，我們要進行系統篩查，這需要時間。」

王亞楠皺眉了：「這個凶手很狡猾，懂得很多病理知識！」

「我也這麼認為。這個女孩雖然說身材偏瘦，但是也有將近一百斤的體重，而在我們法醫看來，要把一百斤體重的人在短短三天時間內分割成這麼均勻的一片片，並拋屍到各處，那就必須要一個精通人體結構分布，身強力壯，心理相當強大，甚至還要冷酷、無動於衷到一定程度的人，不休息一口氣作九個小時以上才能完成！」

「天哪！這簡直不是人！」王亞楠叫了一句。

章桐點了點頭，把包往肩上提了提，轉頭嚴肅地對王亞楠說道：「這個人的心理很不正常，死亡在他眼裡根本就不算什麼，所以亞楠，妳要小心！」

「我會的，妳放心吧！我一定會抓住這個渾蛋的！」

走出電梯，章桐感到說不出的疲憊。她拖著沉重的腳步來到家門前，掏出鑰匙，剛想打開門，眼前一亮，門被打開了，出現在自己面前的是舅舅焦急的面孔：「快進來，累壞了吧，孩子！」

章桐笑著搖搖頭，一邊換鞋子，一邊問道：「辛苦你了，舅舅，我媽怎麼樣？」

「她還好，睡了。」舅舅指了指章桐母親的臥室，「我在九點的時候給她吃藥，應該可以睡到明天早上。有什麼情況你以後儘管找我，我反正也沒有什麼事。」

章桐很過意不去：「舅舅，讓你費心了！」

「傻孩子！都是一家人，還說那麼見外的話幹什麼！我走了。我留了點吃的東西在冰箱裡，你自己熱一下吃吧。」

章桐點點頭。

送走了舅舅，章桐輕手輕腳地來到母親的臥室。

屋裡開著一盞淡紫色的小燈，朦朦朧朧的燈光中，母親像一個嬰兒般蜷縮著安詳地躺在床上，嘴角掛著一絲淺淺的笑意。

章桐站在母親的床前，默默地注視著睡夢中的母親。她知道，也只有在睡夢中，母親才會感覺到那一份已經遠離的深深的愛。

她抬頭看向牆上掛著的那幅父親和母親的合影，已經有些發黃的相片

中，年輕的父親的生命定格在了那逝去的歲月間。自從父親打定主意從樓上縱身一躍從而徹底解脫自己的那一刻開始，母親就永遠活在了她自己的世界裡。

看著父親的笑臉，章桐哭了，淚水無聲地滑落臉龐……

＊　　＊　　＊

「老朋友，難道你真的不給面子，一點口風都不肯透露？」雖然看上去趙俊傑已經有點醉了，臉紅彤彤的，但是劉春曉清楚得很，趙俊傑的酒量可不是區區一瓶啤酒就能夠打發得了的。

「你拉倒吧，我就知道你今天突然請我喝酒肯定是醉翁之意不在酒。」劉春曉笑瞇瞇地搖搖頭，「其實我也不太清楚小桐家裡的事情，真正算起來，我和她只不過同學兩年而已。話說回來，你又怎麼會對這麼老的案子感興趣？難道你的時間很多嗎？你們當記者的不是一直都很忙的嗎？」

趙俊傑不由得一陣苦笑：「不瞞你說，老弟，我是很忙，但是一輩子當一個碌碌無為的記者真的不是我的夢想。上司的一根指揮棒指到哪裡，我就得屁顛屁顛地跟著去報導，我趙俊傑是什麼人？將來的普利茲獎得主！這才是我追求的目標！我喜歡舊案子，特別是那些還沒有破的舊案子，要是能夠因為我的報導而破了這個案子的話，我就滿足了！大丈夫死而無憾了！」

聽著老同學藉著酒勁的一番豪言壯語，劉春曉不由得笑出了聲，隨即又長嘆了一口氣，搖搖頭，把面前的啤酒杯端了起來，仰頭一飲而盡，緊接著神情嚴肅地說道：「我也只是聽說而已，至今好像還沒有找到那個失蹤的女孩子，也就是小桐的妹妹章秋。這麼多年過去了，依舊沒有任何消息，也不知道她是否存活在這個世界上了。」

趙俊傑點點頭：「我也有這樣的感覺。我仔細看過了案子的卷宗，孩子失蹤時已經八歲了，而這個年齡層的孩子，應該已經有了自己固定的記憶。如果還活著的話，那麼，二十年過去了，她肯定會來找自己的家人！聽說章法醫她們家至今還住在原來的老房子裡？」

「對，她們沒有搬家。她爸爸沒多久就自殺了，現場很慘，好像是跳樓的。」

「老弟，那你有沒有注意到你這個同學有什麼別的不一樣的地方？」趙俊傑一邊幫劉春曉把面前的啤酒杯斟滿，一邊冷不丁地問道。

劉春曉想了想：「沒有啊，一切都很正常，只是家裡發生了這麼大的變故，她好像很不合群，很孤獨。」說到這裡，劉春曉的眼前又一次出現了那個瘦弱卻又堅毅的背影。

「案卷中記錄說，章法醫當時也在她妹妹失蹤的現場。令人惋惜的是，章桐當時被凶手注射了麻醉藥，差一點就成了植物人，清醒後卻忘記了那一段記憶。」趙俊傑抽出一根菸點燃，深吸一口後，緩緩地吐出了一個近乎完美的菸圈，「老朋友，我真的無法相信，那些在美國電影裡才出現的場景，竟然在我們的身邊也能夠找到，你說奇怪吧？」

劉春曉沒有吭聲，只埋頭喝著酒，漸漸地陷入了沉思。

＊　　＊　　＊

天長市警局技術中隊法醫實驗室，一臺臺精密的化驗儀器正在無聲地交替閃爍著紅色和綠色的燈光，數據顯示儀在不斷地更換著最新檢驗出來的數據結果。時間一分一秒地過去，突然，檢驗儀發出了異樣的嘀嘀聲，緊接著，連線著化驗儀的列印機在一聲沉悶的「咔嗒」後，開始了「吱吱嘎嘎」的列印工作。將近一分鐘後，列印終於結束了，早就等在一邊的潘

建迫不及待地撕下了報告單，興沖沖地打開門向樓上跑去。

「章法醫，報告出來了！」潘建把列印好的毒物檢驗報告遞給了正在仔細檢視顯微鏡底下的人骨橫切面標本的章桐。

「哦？這麼快！」章桐摘下眼鏡，揉了揉發酸的鼻梁，隨即認真地一行一行讀了起來。

「真沒想到，這小子竟然用的是河豚毒素！也太可怕了點吧？」潘建站在一邊自言自語地嘀咕著，「不知道究竟還有什麼東西是他不懂的。」

章桐神色嚴峻，迅速拎起電話，撥通了王亞楠辦公室：「亞楠，馬上過來一趟！有進展！」

「河豚毒素？」王亞楠一臉的疑惑不解。

「對，河豚毒素！」章桐伸手指了指桌上的報告單，繼續解釋道，「河豚毒素是一種神經性毒劑，我們人類攝取零點五至三毫克就會致死。多則四個小時，少則十分鐘，受害者就會手指、口唇、舌尖發麻，緊接著嘔吐、腹痛、腹瀉。隨著中毒時間的推移，受害者開始漸漸地出現語言障礙、意識模糊、呼吸困難、血壓下降、昏迷等現象，直至最終的呼吸循環系統衰竭死亡！」

「那你們究竟是怎麼查出死者是死於這種特殊的動物毒素的呢？你不是說死者的屍體都已經經過水煮了嗎？」

章桐微微一笑：「凶手的計畫再怎麼縝密，總是百密必有一疏！河豚毒素非常耐高溫，一百攝氏度的水接連煮上八個小時都不會破壞毒素的殘留，只會加深毒素在人體骸骨上的逐漸堆積。你想想，一百攝氏度的水，那些死者的肉片切得這麼薄，隨便擱熱水中一燙就熟了，他沒有想到這小小的河豚毒素耐高溫的特性卻暴露了他的馬腳！」說到這裡，她神色一

正，「亞楠，這人不光是個外科手術的高手，而且懂得生化毒素，看來他的教育程度不會低！而且這人很自負，不然的話，他也不會刻意把這個可憐的女孩子切成這麼多片的！」

「凶手這明擺著是在炫耀自己！」潘建忍不住插了一句嘴。

王亞楠點點頭，轉身離開了。

法醫辦公室的門剛剛關上沒多久，門口就響起了急促的腳步聲，緊接著「咚」的一聲，門被撞開了。章桐吃驚地抬起頭，立刻皺起了眉，沒好氣地說道：「趙大記者，你既然這麼忙，我這裡就不浪費你的時間了！你還來這邊幹什麼？」

趙俊傑尷尬地笑了笑。他自知理虧，不敢告訴章桐自己昨晚和劉春曉喝酒，到頭來稀裡糊塗地就在劉春曉家的沙發上躺了一晚，因為醉得太死，今天早上兩個人都遲到了。他下意識地伸手摸摸腦門，到現在還疼得要命呢！

看著趙俊傑因為頭痛難忍而齜牙咧嘴的樣子，還有那紅紅的眼睛，章桐立刻明白這是宿醉後的典型症狀。她無奈地嘆了口氣，脫下工作手套隨手放在顯微鏡邊上，走到靠牆的鐵皮櫃旁邊，拉開櫃門，取出一個小紙包，從裡面倒出了兩粒白色藥片，又把紙包放了回去。隨手關上櫃門後，章桐來到趙俊傑的身邊，伸手把藥片遞給了他。

「妳這是？」趙俊傑有點糊塗了，他猶豫地一下看看章桐手掌心中的藥片，一下又小心翼翼地看一眼面前緊鎖著眉頭的章桐。

「看什麼看，吃吧，吃不死你的，對你頭痛有好處。如果你今天還想做正經事的話，趕快給我吃下去！水在那邊，自己倒去！」說完，章桐頭也不回地返回了工作台，再也不搭理他了。

趙俊傑突然感覺鼻子酸溜溜的。他緊緊地握著拳頭，看看章桐，又低頭攤開手掌，看看掌心中的藥片，愣了半天，隨後向牆角的飲水機走去。

電話鈴聲響了起來，章桐抬頭朝潘建看了一眼，淡淡地說了句：「你接一下電話。」

「好的。」潘建很清楚，章桐今天的耐心肯定已經到了極限，要不然的話，她不會連電話也懶得接的。

「你好，這裡是法醫辦公室，請問找誰？嗯……好的，我和她說一下，你等等！」潘建轉過頭大聲說道，「章法醫，那個趙副隊長打來電話，說王婭晶的父母想辨認一下女兒的屍體，方便嗎？」

一聽這話，章桐急了，丟下手裡的東西三步並作兩步來到電話機旁，伸手從潘建的手中接過電話，「趙副隊長，你有沒有和家屬說過死者的屍體已經被嚴重毀壞？」

「我說過，但是她父母親執意要求辨認。心情嘛，我們也是可以理解的。章法醫，妳安排一下吧，我們半個小時後過來。」

章桐的心情糟糕到了極點，她想了想，還是決定先把死者的衣物整理好後放在不鏽鋼解剖臺上，然後拿出死者的頭顱，放在另一張靠裡面一點的解剖臺上，最後把兩個解剖臺之間的圍簾拉上，這才算了事。雖然說家屬認屍的要求，她作為法醫沒有辦法阻止，但是，她打算盡量給死者的家人留下一點精神上的承受空間。如果有可能的話，章桐真的不想打開那道冰冷的灰色塑膠圍簾。

半個小時後，法醫解剖室的門被準時推開了，趙雲第一個走了進來，在他的身後緊跟著一對面色慘白的中年夫婦。他們進來的時候，章桐注意到這對中年夫婦下意識地打了個寒顫，目光中閃爍著難以掩飾的恐懼。章

桐知道解剖室的溫度是比外面要低很多，這些都是因為要保證屍體有一個良好的存放環境，但是從另一個角度來講，這裡和死亡太接近了，第一次來的人幾乎都會有這樣的感覺——說不出的冷！

章桐走到第一個解剖臺前。她沒有抬頭看這對中年夫婦臉上的表情，不過，那耳邊隨之響起的啜泣聲已經證實他們認出了女兒的衣物。章桐微微嘆了口氣：「還要繼續嗎？」

「要！我想看看晶晶！不管她變成什麼樣子了，她都是我的女兒！」聲音異常堅定，說話的是死者的父親，「警察小姐，我一定要看看晶晶！」說到最後兩個字的時候，死者父親的嗓音帶了哭腔。

章桐咬了咬牙：「那你們要做好心理準備！」

夫婦兩個面面相覷，然後用力地點點頭。

＊　　＊　　＊

天長市警局浴室，章桐每天下班的時候一定會到這裡來洗個澡，這麼多年以來她已經養成固定不變的習慣了。原因其實只有一個，那就是她不想再把太多的屬於死亡的味道帶回自己那個本就已經支離破碎的家。

送走前來認屍的死者父母親後，章桐的情緒低落到了極點。她一整天都提不起精神，手頭的工作只要一停下來，當初陪著母親前去認領跳樓身亡的父親遺體時的場景就會立刻浮現在眼前，面目全非的父親和悲痛欲絕的母親在章桐的記憶中刻下了永遠無法抹去的印記。

章桐亦深知，多年來糾纏不休的夢魘和自己的職業有著密不可分的關聯，是每天面對死亡時正常的反應。很多時候，章桐感覺自己快撐不下去了，不止一次想要換個職業，可是，每當看見受害者親人的眼淚，章桐心裡就會湧出一股力量，一定要盡自己所能協助辦案，將犯罪之人繩之以法。

下班了，章桐拎著替換衣服推門走進了公共浴室，由於忙著整理組織樣本，所以今天來得有點晚。門口的看護阿姨笑瞇瞇地抬頭打了聲招呼：「章法醫，看來妳是今天最後一個了！」章桐心不在焉地笑了笑，點點頭，領了拖鞋和牌子走進了浴室隔間。

　　浴室裡靜悄悄的，沒有人，昏黃的燈光下，只有滴滴答答的水龍頭漏水聲，眼前霧氣濛濛，章桐一邊脫衣服，一邊感覺呼吸變得有些急促。她抬頭看了看鏡子中的自己，一臉的憔悴。

　　霧氣彷彿越來越濃，一種熟悉的恐懼感漸漸地瀰漫全身。她皺了皺眉，搖搖頭，肯定是今天忙得太累了，神經繃得太緊，所以精神上難免會有些恍惚。

　　章桐深吸了一口氣，穿上拖鞋，帶上洗澡用具，繼續往裡面走。

　　整個女浴室有八十多平方公尺的空間，左右兩排全是淋浴隔間，中間是一排長凳子。此刻浴室裡空蕩蕩的，除了她以外沒有其他人。章桐選了左手第一個隔間，打開淋浴噴頭調好水溫後，就把自己整個放在了溫暖的水流下，任由水流沖刷著身體。她隨即閉上了雙眼，盡量讓自己放鬆。

　　突然，隔著嘩嘩的水流聲，她的耳邊隱隱約約地傳來了一個小女孩的嗚嗚哭泣聲，聲音嘶啞，撕心裂肺，分明是一個女孩子被摀住了嘴巴後拚命發出的求救和掙扎。章桐的心咯噔一下，這聲音很熟悉！她猛地睜開雙眼，眼前卻依舊是淋浴間淡黃色的木門。而小女孩的哭泣聲仍然在耳邊徘徊。她迅速關上水龍頭，抓過浴巾披在身上，然後推開木門，探頭四處張望。哭泣聲戛然而止，偌大的浴室裡一點動靜都沒有，除了淋浴噴頭裡滴答滴答的漏水聲。

　　「誰？誰在那裡？有人嗎？」章桐的嗓音有些顫抖。

　　沒有人回應，章桐的恐懼感越來越濃烈了，她感覺到自己的心怦怦地跳著，呼吸逐漸變得艱難起來。沒有絲毫猶豫，她立刻收拾好東西，穿好衣服後，頭也不回地離開了浴室。

　　夜深了，章桐依舊坐在電腦旁邊，緊張地注視著面前的螢幕，「幻覺、幻聽、幻視……」一個個熟悉的字眼不斷地在眼前閃過，章桐的臉色越來越難看，最終，她的手無力地從鍵盤上滑落下來。靠在身後的電腦椅上，她閉上雙眼，長嘆一聲。

　　章桐不無悲哀地意識到，自己深藏了整整二十年的記憶正在一步步地被無情地喚醒。她不知道這究竟意味著福還是禍，儘管有時候她真的很希望自己能夠有勇氣去面對這一段黑色的記憶，因為至少這段記憶能夠解開一個困擾了她很久的謎團，但是，她又很害怕，彷彿這段記憶是一個潘朵拉的盒子，一旦貿然地打開它，很有可能自己從此後就將被它散發出的黑霧永遠地吞沒。

　　章桐承認自己不是一個強者。

＊　　＊　　＊

　　天長市警局三樓監控室，王亞楠隊長正緊張地注視著面前的監控螢幕，她已經在這裡待了整整二十四個小時了，除了眼睛有些發酸發脹外，她的雙腿也幾近麻木。但是這些在她看來都不算什麼，看著身後白板上越來越多的線索記錄，她除了一步步接近真相的興奮以外，沒有別的感覺。

　　死者王婭晶失蹤那晚的行走路線就像一幅正在逐漸變得完整的拼圖一樣，漸漸地被揭去了神祕的面紗。

　　六點三十二分，死者身穿白襯衣、藍色牛仔褲離開了東山學院女生三號宿舍樓（死者所穿的衣著和案發現場發現的完全相同）。

六點四十分整，她走出了東山學院的大門，向右面方向拐彎，走上了海天路。

六點五十六分，她進入乍浦路，繼續向前走。其間她曾經停下來掏出手機接了個電話。時間是六點五十九分零七秒，通話時間只持續了短短十三秒鐘就結束通話了，所用的時間最多只能夠說上一句話而已。如果按照死者室友所提供的線索來推論，和王婭晶通話的那個人，正在詢問她此刻的具體行程。

手機？王婭晶的宿舍裡並沒有找到有關手機存在的任何線索，比如說充電器之類，她的幾個室友也一致反映說沒有見過她帶手機，就連她的家人也同樣否認了自己女兒有手機，理由是家境並不太好，平時每月只給女兒三百塊錢的生活費。而王婭晶的生活習慣也一貫節儉，那麼她的手機究竟是哪裡來的呢？是那個神祕的朋友送的嗎？還有，最重要的是手機現在在哪裡？

想到這裡，王亞楠緊鎖著眉頭，在面前的白板上用紅色的筆重重地在「手機」兩個字上打下了一個醒目的問號。

手機要使用的話，那麼肯定要繳費！繳費？繳費？王亞楠的腦海中不停地閃爍著這兩個字眼，突然，一個老人無意之間說過的一番話讓她恍然大悟。王亞楠猛地轉身，來到辦公桌前，迅速撥通了助手趙雲的電話：「你是不是還在東山學院？」

在得到肯定答覆以後，王亞楠立刻吩咐道：「你馬上去門口那個報刊亭，找攤主……對！就是報案那天我們見到的那個老人，叫他盡量回憶那天死者前去他那邊充手機話費時的情景，能找出號碼來最好，我記得他的報刊亭是手動的電話話費充值器，當月應該會有備份的！快去！我馬上到！」

掛上電話後，王亞楠抓起外套剛要衝出監控室，腦子裡一下閃過了什麼，趕緊叫住還在低頭忙著檢視監控錄影的同事：「盡量幫我找出從死者失蹤那天起向前倒推的那幾天中，她在報刊亭出現的具體時間！我要確切時間！我現在去東山學院跟線索，你一有結果就馬上打我電話！」

在趕往東山學院的路上，王亞楠緊咬著嘴唇，雙眼死死地盯著前面的路面，車子在飛速地行駛著。她很清楚，只要拿到這個失蹤的手機號碼，然後調出通話紀錄，那麼，自己離凶手也就更靠近了一步！死者是一個非常內向的女孩子，口風也很緊，她幾乎跟自己周圍所有的人都隱瞞了這個神祕的朋友究竟是何許人，包括這部手機的存在！現在看來，這部手機顯然是打開這個九連環迷宮的第一把鑰匙！

章桐正在辦公室裡埋頭寫著屍檢報告，突然，門口傳來了敲門聲，她抬頭一看，竟然是劉春曉！他穿著一身筆挺的檢察官制服，正笑瞇瞇地看著自己。

「你來了！」章桐的臉上也洋溢位了平日裡很少見到的笑容。

劉春曉點點頭：「出公差，順道來看看妳。在樓道裡碰到了趙俊傑，知道妳在辦公室寫報告。」

「他啊，整個一大閒人，說是在這裡蹲點體驗生活，可是我看他是三天打魚兩天晒網！」章桐沒好氣地笑道，抬頭看了看牆上的掛鐘，隨即關上了電腦，站起身，「不管他了，走吧，我請你吃飯去！」

來到職工餐廳，現在來吃飯的人還不是很多，所以整個餐廳顯得有些空蕩，人們零星地四處找位子坐著，頭頂的幾臺吊扇在有氣無力地旋轉，試圖驅散一點餐廳空氣中的悶熱。

劉春曉左右看了看，不由得感慨道：「你們基層警局的餐廳看上去還

真不錯！裝修得很好！」

章桐一陣苦笑：「可我每次來吃東西都沒有什麼胃口，其實也沒有多少時間，尤其是手頭有案子的時候，沒辦法，職業的緣故！在我看來，飯菜再怎麼香，都是味同嚼蠟，只要能夠填飽肚子就行。」

劉春曉尷尬地笑了笑。

兩人排隊領了餐盤後，分別點了吃的，隨即來到靠近窗口的桌子坐下。

章桐一坐下來，就習慣性地把手伸向桌子上的辣椒瓶子，劉春曉看見了，不由得啞然失笑：「小桐，都這麼多年過去了，妳這個愛吃辣的習慣還保持著啊？」

章桐無奈地聳聳肩：「有時候有一些老習慣還是挺不錯的。」

接下來一兩分鐘，兩人都沒有說話，劉春曉幾次想開口，但是看著一臉平靜的章桐，他有些不忍心。時間一分一秒地過去，劉春曉的心裡越來越糾結，他皺了皺眉，終於鼓足了勇氣：「小桐，我看了那個案件的老卷宗。」

「什麼案子？」

「就是妳妹妹失蹤的那個，我看了。」劉春曉認認真真地說道。

章桐手中的勺子立刻僵住了，停在了半空中，她臉上的表情極度複雜，遲遲沒有開口說話。

「趙俊傑找過你了？」

「他是找過我，但是在他找我之前，我就看過了！」劉春曉從來都不會說謊，尤其是面對自己暗戀了這麼多年的女人的時候。

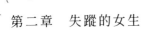

「為什麼？」章桐的聲音中透著冰冷。

劉春曉並沒有直接回答這個問題，他溫柔地注視著章桐，緩緩說道：「小桐，我知道那對妳來說是一段不堪回首的記憶，但是，這種創傷後自我保護式的記憶性障礙會隨著年齡的變化而逐漸消退，小桐，我想妳一定也很想知道在你妹妹身上究竟發生了什麼。如果妳願意的話，我會幫助妳渡過這個難關的。相信我！我對妳沒有惡意，我只是想幫妳走出心靈的陰影！」

此刻的章桐整個人彷彿變成了一座雕塑，但是劉春曉很清楚，雖然表面上她並沒有表露出什麼，但是她的內心世界裡肯定不會平靜。

正在這時，趙俊傑出現了，大大咧咧地一屁股坐在劉春曉身邊的椅子上，伸出手臂摟住了劉春曉：「喲，老弟，吃飯也不叫我一聲！」

劉春曉還沒有來得及反應，章桐已迅速站起身，冷冷地說道：「你們忙，我先走了！」緊接著，她就端著還沒有動幾口的午餐，轉身頭也不回地離開了。

看著章桐的背影，劉春曉無奈地搖了搖頭，隨即埋怨身邊的趙俊傑：「你這人，真是的！成事不足敗事有餘！現在冒出來幹嘛？」

「怎麼了？壞你好事了？」趙俊傑一臉的壞笑。

「哪裡！你別胡思亂想！」劉春曉瞪了他一眼，「我正說到二十年前的那個案子，現在只有小桐能夠幫我們解開這個謎團！」劉春曉眉宇間緊鎖著，「你知道嗎？她是唯一的目擊證人！在她妹妹失蹤後的二十年裡，在那片森林裡，還失蹤了八個孩子！」

趙俊傑再也笑不出來了。

「我一直都在關注著這個案子，從我進入檢察院上班的那一天開始，

就翻遍了失蹤人口相關的所有案卷。」說著，劉春曉拿出了一本厚厚的剪貼簿，打開後，把它轉到趙俊傑的面前，「你看看吧，我記錄了很多細節。」

趙俊傑吃驚地一頁頁翻看著面前這本明顯已經儲存了很多年月的剪貼簿，從二十年前章桐妹妹章秋的失蹤案開始，任何相關的報導都可以在剪貼簿上找到。

「那你是怎麼發現之後的那八個案子之間的關聯的呢？你本身是司法部門的人，你也知道對於這種幼童失蹤案，我們警局一般來說是沒有那麼大的精力來每個案件都跟進的。還有，」趙俊傑換了一種口吻，面帶狡黠的微笑，「你愛上章法醫了！不然的話，有誰會這麼不要命地跟這個陳年舊案呢？當然了，除了我們做記者的！」

劉春曉點點頭，苦笑：「從第一眼看見她的時候起，我就愛上了她。那時候我還不敢說，只是在暗中關注著她，還有這個讓她家破人亡的案子。她很與眾不同！」說著，劉春曉的目光中流露出了一種異樣的神采。

趙俊傑撇了撇嘴：「接著呢？」

「我那時候就開始留心著報紙電視上相關的被拐賣的小女孩的解救報導，可是，杳無音訊。我失望了。一個偶然的機會，我看到了一則《尋人啟事》，也是小孩子失蹤，年齡差不多，也在那片地方，看著報紙上那張可愛的相片，我的心中真不是滋味。於是，從那時候開始，我就有意識地開始收集在天長市報紙上刊登的有關孩子失蹤的《尋人啟事》，年齡都是未成年。」

「那你是什麼時候發覺有關聯的呢？」趙俊傑緊接著問道，記者的職業敏感讓他嗅到了不同尋常的味道。

「從第五個孩子開始。」劉春曉伸手把剪貼簿翻到後面，打開，然後指著一張有些模糊的相片。

儘管相片是報紙上剪下來的，看不太清失蹤孩子的具體相貌，但是那模糊的輪廓已經足夠分辨出孩子的大致年齡和長相。

趙俊傑意識到了情況的嚴重性：「那你有沒有把這件事上報？」

劉春曉皺了皺眉：「失蹤案件跨度時間太長，多則兩三年，少則也要七八個月，最主要的是，在那片林子裡，甚至在外圍，在整個天長市，都沒有發現失蹤孩子的屍體，我沒有足夠的證據，所以我只能憑藉主觀猜測。」

「生不見人死不見屍！」趙俊傑憤憤然地嘟囔道。

「所以，我把突破口放在了小桐身上，因為她是我們目前為止唯一的現場目擊證人！」

「凶手在章桐體內注射了一種名為『阿法甲基硫代芬太尼』的外科手術常用的麻醉藥，如果超劑量使用的話，病人就會進入深度麻醉狀態。雖然經過搶救，章桐清醒了過來，但卻患上了選擇性失憶症，對那一段時間發生的事情完全想不起來了。」

劉春曉點點頭：「這是心理學中典型的一種有關我們人類自身的自我保護意識在發揮作用，一般來說，患者是在受到強烈的精神刺激後，因為無法面對，從而自然而然地產生的一種自我封閉的逃避心理。她主觀地隔離了這段不愉快的記憶，但是隨著時間的推移，這段記憶會被喚醒，即便一個簡單的無意中的動作或者相關的場景，都能造成不可思議的作用。如果再加上專業的催眠的話，那麼，整個記憶就能清晰完整地再現。」

「那麼章法醫會同意你對她催眠嗎？」趙俊傑一臉的懷疑。

劉春曉搖搖頭，緊鎖著眉頭說道：「難說啊！她現在應該會有一些記憶片段的閃現，我擔心的是，如果她刻意牴觸卻又控制不了的話，那麼，後果將會是不堪設想的！」

屋子裡頓時一片寂靜，趙俊傑的心沉到了谷底。

＊　　＊　　＊

「桐桐，明天是妳爸爸的祭日，我想去看看妳爸爸。妳能請假和我一起去嗎？」這時候的章桐的母親一點都看不出精神上有問題，她一臉的慈祥，笑瞇瞇地溫柔地看著正在埋頭整理衣服的女兒。

「媽，我早就請假了，你放心吧！每年的這個時候，我們都會去的，不然的話，爸爸會想我們的！」說這句話的時候，章桐的心裡一陣發酸。

「好！好！我去準備一下，多做一點妳爸爸愛吃的糖糕……」母親站起身，嘴裡自言自語著走出了章桐的房間。

章桐抬起頭，看著母親越來越顯得憔悴瘦削的身影，傷心地嘆了口氣。每年爸爸的祭日和妹妹失蹤的日子是至今唯一還清晰地保留在母親腦海中的記憶了。可憐的母親，似乎活著對她來說就是一種折磨。她寧願把自己封閉在那遙遠的逝去的記憶裡。

＊　　＊　　＊

刑警隊辦公室，王亞楠焦急地在房間裡走來走去，時不時地掃一眼身邊辦公桌上的電話機。

終於，電話鈴聲響了，她幾乎是立刻撲了上去，在第二聲電話鈴聲響起之前俐落地把話筒接了起來：「小趙，說吧，移動公司那邊查到什麼了？」

「死者王婭晶的手機號碼從開通那一天開始，自始至終只和一個號碼

065

有過聯繫，最後一次通話就在失蹤的那一天晚上，時間為十三秒鐘。」

「那個號碼的機主姓名？」

「沒辦法查到，和死者的號碼一樣，都是那種不用身分證登記的號碼，通話紀錄顯示也只和死者的手機號碼有過聯繫。死者失蹤後，這個號碼也就沒有再用過，而且就在昨天，因為欠費而停機了。」

王亞楠皺了皺眉：「你看一下上面有沒有和10086人工通話的記錄，因為向10086人工諮詢的話，會有通話錄音記錄的！我不能連這個渾蛋究竟是男的還是女的都不知道！」

結束通話後，王亞楠來到寫滿了線索的白板前，死死地盯著白板上貼著的那張已經放大的監控錄影中死者王婭晶的截圖。這應該是她留在人們視線中的最後的影像了，那麼，在這個女孩子的身上，接下來究竟發生了什麼可怕的悲劇？王亞楠搖搖頭，她想不通，為什麼凶手要這麼殘忍地把一個幾乎可以說是手無縛雞之力的女孩子切成一片一片的，難道真的是在炫耀自己嗎？還是在完成什麼未了的心願？究竟是一個什麼樣的人才會做出這種讓人毛骨悚然的案子來？

窗外，夜色漸漸地降臨，華燈初上，整個天長市頓時被籠罩在一片光彩奪目的絢爛之中。

王亞楠默默地走到窗前，伸手推開了窗，一股清新的空氣立刻撲面而來，夜晚的風溫柔地拂過她的臉頰，吹起了幾根散落的髮絲。

看著朦朧夜色中美麗的城市夜景，她卻心情沉重地嘆了口氣。她知道必須讓自己的腦子盡快冷靜下來，因為正如好友章桐所告誡自己的那樣，自己正在面對的絕對不是一個智商低的人。王亞楠感到在自己肩膀上有一種無法言表的壓力。

＊　　＊　　＊

　　第二天一早，章桐手裡捧著一束潔白的菊花，身邊的母親抱著一個飯盒，兩人下了計程車後，默默地走進了天長市驪山公墓。

　　由於不是清明時節，公墓裡一片寂靜，除了養護花草的工作人員外，沒有見到別的前來拜祭的人。章桐攙扶著母親直接來到了安葬父親的那個僻靜的角落。這裡依山傍水，對面就是美麗的蠡湖。父親在這裡已經靜靜地躺了十九年了，每年的今天，章桐都會陪著母親前來看望已經逝去多年的父親。而每次到這裡來，章桐的心都會感到說不出的疼痛，尤其是看到母親坐在父親墓碑前看著父親的相片時那一臉依依不捨的樣子，章桐的眼淚就會在眼眶裡打轉轉。

　　還有三個臺階，跨上去後再轉一個彎，走五公尺左右的距離，就可以到父親的墓碑前了。章桐對這裡已經很熟悉，即使閉上眼睛，她都可以分毫不差地走到父親的墓碑前。

　　可是，還有五公尺不到的距離時，章桐卻突然站住了，雙腳就像釘子一樣牢牢地釘在了原地。她簡直不敢相信自己的眼睛，就在五公尺開外的地方，父親的墓碑前，竟然放著一束新鮮的菊花，還點著一根菸！菸頭還未燃盡……

　　「你能確定今天真的沒有人來看過我的父親？」章桐亮明身分後詢問身旁的公墓管理員。

　　公墓管理人員點點頭：「來公墓拜祭的人都必須先登記姓名以及所要拜祭的墓碑號碼。警察小姐，」他尷尬地嚥了口唾沫，「自從上次發生了骨灰被盜事件後，我們已經汲取了教訓，並且對於很多保全制度都重新制定了嚴格的章程，也特地安裝了很多鏡頭來對整個園區進行實時監控，從

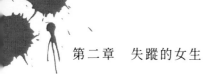

而杜絕那種惡劣事件的再度發生。所以呢，警察小姐，這一點，妳是完全可以放心的！」

公墓管理人員的話說得滴水不漏，章桐決定不再和他繼續理論下去，轉而問道，「我想看看今天早上的監控錄影，可以嗎？」

「當然可以！」為了顯示自己和警方的良好合作關係，公墓管理員連忙領著章桐走進了隔壁的監控室，指著監控螢幕說道，「妳可以隨便看。」

章桐點點頭，在監控螢幕前坐下，搖動搖桿把探頭旋轉到父親墓碑的所在位置，然後開始查詢。

電腦很快就進入了工作狀態，先是一片漆黑，漸漸地，天色亮起來，但陰森寂靜的墓園裡仍看不到一點生命活動的跡象。紅外線探頭忠實地記錄著墓園裡的風吹草動。

章桐盡可能地快進鏡頭中的影像。沒多久，早上五點三十分左右，花工出現了，背著沉重的背囊來到墓園的花壇邊，放下背囊後，拿出大工具剪子，開始了每天的例行修剪工作。

這些正如墓園管理人員所說，沒有任何異常的跡象。

可是，八點過後發生的一幕，就讓章桐有些吃驚了。八點零五分，公墓對外開放沒多久，墓園小道上就出現了一個人影，身穿一件黑色風衣，手裡捧著一束菊花。他直接來到了章桐父親章肖欽的墓前，獻花，點菸，然後默默站立……章桐的心怦怦跳著，由於這個人自始至終都背對著鏡頭，所以，章桐根本就沒有辦法看清楚他的長相，除了那一頭花白的頭髮和在一百七十八至一百八之間的身高。

駐足了五分鐘不到的時間，這個神祕的掃墓人就迅速離開了，只留下那一束後來章桐在墓碑前看到的菊花，還有那根燃了一半的菸。

這人究竟是誰？父親的朋友不多，自己唯一的叔叔也在去年因為腦癌去世了，因此父親去世到現在這麼多年的時間裡，除了自己和母親外，就幾乎沒有什麼人來拜祭過他。章桐死死地盯著這個神祕人的背影，期待著他能夠轉過身來，哪怕只是一個側面也好，可是，直到他消失在墓園小道的拐角處，留下的始終就只有一個背影。沒多久，墓園小道的另一頭就出現了章桐攙扶著母親的身影。

　　拜祭完父親後，章桐攙扶著母親走出了墓園，她的心裡七上八下的，隱約感覺到了一絲不安。在等計程車的時候，章桐實在按捺不住了，轉身面向母親，柔聲問道：「媽，爸爸在世的時候，有沒有什麼交情很好的朋友？就像陳伯伯那樣的？」

　　母親有點摸不著頭緒，愣愣地看著章桐，搖搖頭：「都這麼多年了，我記不太清了。」

　　「妳再好好想想，好嗎？」章桐不想放棄。

　　母親依舊是茫然地搖搖頭。

第二章　失蹤的女生

第三章　殺人計畫

　　「屍體表面的消毒劑是醫用甲醛，其中還含有一定劑量的次氯酸鈉。亞楠，我們這個對手是個醫生！而且是個醫學知識非常豐富的醫生！他對醫學已經達到了近乎痴迷的程度！要知道如果他的次氯酸鈉劑量比掌握不好的話，會抵消甲醛的作用，而他卻恰到好處地把屍體表面的所有痕跡都去掉了！死者的衣服也被清洗得乾乾淨淨！」章桐憂心忡忡地看著王亞楠，「說實話，這人讓我有些毛骨悚然！他太有耐心了！我有種感覺，只要他願意，他不會留下任何線索證據給我們的！」

　　「他瘋了！」王亞楠喃喃自語。

「動機！我們現在最大的問題就是凶手的殺人動機！如果找到了，那麼，我想我們就能抓住那個渾蛋了！」王亞楠講話的語速非常快，只要她神情激動的時候，講話就會像開機關槍那樣讓人受不了。

「你們看，王婭晶只不過是一個剛剛來到大城市沒多久的農村女孩，可以說她的朋友圈子非常小，更別提和人結仇了。她在我們天長市的時間完全可以計算得清清楚楚。試想一下一個社會關係這麼簡單的女孩子，究竟是因為什麼招惹下這樣的殺身之禍呢？理由只有一個，那就是她不幸地正好符合凶手的殺人目標！而章法醫也曾經證實這個凶手絕對是一個身強力壯的人，精通外科解剖、智商極高、性情冷酷，而且凶手做這起案子是有預謀的，從最初的挑選獵物，到接近獵物，然後選擇好拋屍地點和時間，最後預謀下手，是一套幾乎完美無缺的殺人計畫！」王亞楠的話音剛落，剛剛還是鴉雀無聲的會議室裡頓時議論聲四起。

李局清了清嗓子，皺眉說道：「大家靜一靜。王隊長，那照妳所說，這個凶手殺人的原因完全是出於自身？」

王亞楠點點頭：「有這個可能，因為死者王婭晶的社會關係非常簡單，所以我就自然而然地把懷疑對象轉移到了這個凶手的頭上。他的手段如此殘忍，只有兩種推論：一，他是在炫耀自己的聰明，向我們示威；另一種，也是我最不願意去設想的，那就是凶手在報復。他用如此特殊的手段來做出報復，由此可見，他所經歷過的事情肯定給他留下了不可磨滅的印象，使他受到了很大的傷害。目前看來，他的精神狀態非常不穩定，並且將是很危險的！」

「他要報復誰？」

王亞楠神色凝重地搖搖頭：「目前還不知道。我所擔心的是，這件案

子有可能只是一個『開始』！」

「那下一步妳有什麼計畫嗎？」李局眉頭緊鎖。

「引蛇出洞！他的弱點就是他的脾氣，從他精心挑選的拋屍現場來看，這個人心高氣傲，我們就要挫挫他的威風！從而逼他自己跳出來！」王亞楠胸有成竹地說道。

＊　　＊　　＊

當天晚上，天長市電視臺的黃金時段播出了對市警局負責刑事大案的重案組隊長王亞楠的專訪。當問及有關最近的這起懸而未破的女大學生碎屍案的最新破案進展時，王亞楠一臉平靜地說道，很快就會破案了。

這段新聞播出後沒多久，電視臺的新聞熱線就被打爆了，好奇的觀眾紛紛問起這件案子，但是所得到的答覆卻完全一致 —— 案件正在收尾階段，暫時無可奉告。

章桐看完新聞後，也打電話給王亞楠。

「亞楠，真的嗎？案件有進展了？那個渾蛋真的就要落網了？」章桐的口氣中充滿了興奮。

王亞楠一陣苦笑：「還沒有頭緒呢，我在逼他自己跳出來。」

「那妳要多加小心，別怪我沒有提醒妳。這人不光智商高，心理還極度不正常！」

「我知道，我會小心的！」

結束通話電話後，王亞楠走到辦公室門口，叫來了助手：「馬上拿兩個案發現場我們拍攝的錄影資料做比對，看有沒有同時在兩個現場出現過的相似的人，凶手肯定會在案發後回到現場旁觀的！」

「為什麼?」助手不解。

「他要欣賞自己的傑作!」王亞楠冷冷地回答道。

這世界上最讓人難以理解的,可能就要數人的心理了。看不到它的形狀,也就無法被別人真正摸透,有時候即使連自己,也不一定有辦法解釋得清楚這種心理的來龍去脈。

已經翻來覆去地看了好幾遍錄影資料了,王亞楠依舊一無所獲,難道這個凶手真的沒有回到現場?這完全不符合他的心理狀態啊!

抑或他回來了,但是卻掩飾得很好,自己沒有發覺?

辦公室的門被敲響了,王亞楠抬頭一看,是章桐。

「小桐?快進來坐!」王亞楠伸手指了指自己對面的那張椅子。

章桐隨手帶上了門,來到王亞楠的辦公桌前,伸手從隨身帶著的挎包裡找出了一張已經發黃的相片放在了王亞楠的面前。王亞楠注意到,相片中是兩個中年男子,身後的背景是長城。

「亞楠,我知道妳很忙,有空幫我找找這個人,」章桐指了指相片中左邊的中年男子,「他叫陳海軍,是我父親的朋友,醫生,以前在天長市工作過。我有話想問問他。我們失去聯繫已經很久了,從1992年開始的。」

王亞楠剛想開口問,可是轉念一想,又迅速打消了這個念頭。她看了一眼這段日子以來明顯憔悴許多的章桐,點點頭,說道:「好吧,我會盡快給妳答覆!我有個同學在戶政科的,可以查檔案。對了,伯母還好嗎?這段日子工作太忙了,我都沒有時間去看她!」

章桐微微一笑:「有空來吧,我媽很惦記妳的。」

離開重案組辦公室後,章桐直接來到了樓下更衣室,剛換好衣服,沒

想到王亞楠的電話就不期而至了。

「小桐，快出現場，西四巷弄！」

「好的，我馬上到！」章桐立刻打開工具箱儲藏間的門，拎起了早就準備好的工具箱，同時通知了自己的助手潘建。

「有案子，我們馬上走！你去把車開出來！」

穿著工作服，正在埋頭整理解剖工具的趙俊傑聽到這個消息，頓時來了精神，湊過來，一副躍躍欲試的樣子：「章法醫，我和妳們一起去！」

章桐瞪了他一眼：「趙大記者，你就歇著吧，破壞了現場我可負不了責任的，反正等等還要回來解剖，夠你體驗生活的了！」

西四巷弄，全長不過三百多公尺，沒有幾戶人家，卻是天長市鬧市區的一個著名景點，因為歷史上某位名人的故居就在這個鬧中取靜的小巷弄裡。此刻，西四巷弄整個被警戒帶給圍住了，兩輛頂燈依舊在拚命閃爍的警車停在警戒線外。幾個技術中隊勘查組的同事正在彎腰仔細搜尋著現場周圍的蛛絲馬跡。

王亞楠憂心忡忡地站在屍體邊上，緊咬著牙關，一聲不吭。

「亞楠，屍體呢？」身後傳來了章桐的聲音。

「在這裡呢！」王亞楠伸手指了指面前青石板旁，「就在裡面！」

這是一具屍體，平躺著，但是讓人感到詭異的是，這具長約 167 公分的屍體卻被嚴嚴實實地裹在了厚厚的塑膠布裡！冷不丁地看上去就像一個巨大的人形蠶繭。

「章法醫，這具屍體，我怎麼覺得看上去像木乃伊啊？」潘建在一邊小聲嘀咕道。

章桐皺著眉頭，在屍體邊蹲了下來。一邊用戴著手套的手輕輕揭去屍體臉部表面厚厚的塑膠布，一邊繼續詢問道：「我們來之前就是這個樣子嗎？」

「對，沒人動過，是一個旅遊團的遊客偶然發現的，就這個樣子放在青石板的旁邊。那個遊客猜想是破案的電影看多了，隔著塑膠袋一看到裡面的人臉，立刻就打電話報警了。現在趙雲正在那邊做筆錄！」

塑膠布很厚實，纏繞它的人顯然用了很大的力氣，所以光靠手還不是那麼好解開，章桐伸手從工具箱裡拿出了鋒利的手術刀，小心翼翼地割開了緊緊纏繞在死者面部的透明塑膠布。

一層層的塑膠布被剝開後，很快，一張毫無血色的面容就出現在大家的面前，死者是一個年輕女性，雙眼微眇，嘴唇緊閉。順著臉部朝下看去，死者的頸部有一道很深的傷口，傷口肌肉外翻，斷口處有明顯的血跡殘留在肌肉組織裡。這表明死者在被割喉時，還處在有生命跡象的階段。

「小桐，怎麼樣？死因能判定嗎？」

「死者是女性，年齡暫時不能確定，目前從死者頸部的傷口來看，很可能是被割喉而死的，這道傷口足足有六公分深！從傷口的整齊度和環繞頸部的弧狀刀痕來看，所用的工具應該是一把鋒利的專業刀具，就像我手上的這一把。」說著，章桐舉起自己的手術刀朝王亞楠晃了晃，鋒利的刀頭在陽光的照射下反射出冰冷的寒光：「別的情況，就要等我回實驗室解剖完屍體以後才可以告訴你了。」

正在這時，死者胸口的異樣吸引了章桐的目光。她慢慢地割開了包裹住死者胸口的塑膠布，很快，死者雙手合十平放在胸前的樣子就露了出來。在死者手掌處，有一個硬硬的不規則的小角露在外面。章桐接過了助手潘建遞過來的小鑷子，然後仔細地一點一點地抽出了放在死者手心的東

西。沒多久，一張小照片就出現在大家的眼前。章桐抬頭看了一眼身邊的潘建，兩人臉上的神色都很凝重，這張相片是用那種一次性成像的相機拍攝的，小照片上異常乾淨，沒有一絲血跡。顯然，這是凶手留下的訊息。

「亞楠，妳看一下這張照片！」章桐把相片遞給了王亞楠，「相片中的那個女孩子很面熟！」

王亞楠接過相片仔細一看，臉色頓時陰沉了下來。相片所拍攝的是一個女孩臨死前的面容，漆黑一片的背景更加映襯出了被拍攝的女孩那絕望的眼神、無力地張大的嘴巴。果不其然，這張相片忠實地記錄下了前一個死者王婭晶臨終時的最後一刻。

「馬上拿去技術分析室，我要知道這張相片所能告訴我們的一切情況！」王亞楠把相片裝進證據袋子後交給了自己的下屬。

「小桐，這個，我要盡快知道結果！」她轉身指了指地上的屍體。

「沒問題！」看著好友陰沉著臉匆匆離去的背影，章桐的心裡感到了從未有過的不安。

天空中突然隱約響過一聲悶雷，漸漸地烏雲從遠處的驪山背後聚集了過來，沒過多長時間，整個天長市的上空就變得灰暗了許多。雷聲越來越近，烏雲把天空壓得透不過氣來。陽光早就不見了蹤影，雖然說現在才是正午時分，卻讓人有一種已到夜晚的錯覺。雨水不期而至，嘩啦嘩啦地澆在地面上，濺起的塵土夾雜著地表的熱氣，很快就和雨水混合在了一起，變成了泥漿。人們被這猝不及防的暴雨淋得四散躲避，屋簷下、馬路邊，很快就擠滿了躲雨的人。

站在窗前，看著十多分鐘前還是陽光燦爛，轉瞬卻暴雨傾盆的天空，王亞楠暗暗地發了句牢騷：「這天變得太快了！」

電話鈴聲響了起來，王亞楠趕緊跑到電話機旁，接起了話筒。

「嗯……好的！我馬上下來！」

打來電話的是法醫值班室的小劉，章桐那邊出結果了，王亞楠心急如焚。

一走進解剖室的大門，王亞楠就感覺到氣氛和往常有些不一樣。潘建低著頭站在工作台邊，一聲不吭地檢查著手裡顯然屬於死者的衣服，表情嚴肅；趙大記者則站在一旁，拿著筆記錄著什麼；章桐聽到了門的響動，只是頭也不抬地揮揮手，示意王亞楠趕緊過去。

王亞楠換上工作服後，忐忑不安地走近了解剖臺，小聲問道：「小桐，出什麼事了？我怎麼看妳的兩個徒弟好像有些不對勁啊？」

章桐撇了撇嘴：「很正常，在解剖室裡，沒有人的臉色會是正常的。」她伸出右手指了指面前死者的臉部，「仔細看，妳發覺了什麼嗎？」

此時的死者已經被完全從原先裹著的厚厚的塑膠布中解放了出來，而那些沉重的「裹屍布」則被小心翼翼地放在了不到兩公尺遠的另一張不鏽鋼解剖臺上。令人感到諷刺的是，如果只是乍看一眼的話，那就是一具人體的模樣。

死者的外衣已經被脫下，整整齊齊地擺放在了工作台上。此刻的死者，全身上下只簡單地蓋了一塊消毒後的白布，在強烈的白色燈光照耀下，顯得特別刺眼；而揭開白布後，死者表面的皮膚則因為失血過多而顯得異常慘白。

王亞楠看了半天，還是沒看出什麼，無奈地搖了搖頭：「妳別考我了，小桐，我又不是法醫。」

章桐並沒有笑，只是指著死者表面的皮膚：「妳有沒有感覺死者特別

乾淨？你看，這幾處皮膚還有破損的跡象，感覺被什麼東西用力擦拭過。還有死者的手指甲，」說著，她把死者的手抬高，指著被修剪得乾乾淨淨的指甲說道，「我從沒有看見過修得這麼完美漂亮乾淨的指甲，我根本就沒有辦法從裡面提取到有用的證據！你再聞聞死者皮膚的表面。」

這還真得多虧那厚厚的「裹屍布」，死者表皮的氣味沒有很快發散，王亞楠把鼻子湊近了屍體，一股刺鼻的味道迅速撲面而來。她又迅速來到那些塑膠布的面前，同樣聞了聞，一樣的味道，這味道很熟悉！

「小桐，她身上怎麼會有醫院消毒水的味道？」王亞楠皺著眉頭，一臉的疑惑。

「她被徹底清潔了！」章桐刻意加重了「清潔」兩個字。

「那麼，死因呢？」

章桐伸手指了指死者的頸部，語氣比解剖室裡的溫度還要冰冷：「深達六點三公分的創口，頸動脈被割斷，喉管被割斷，她是被自己的血液給活活嗆死的。」

「死亡時間？」

「十八個小時前，不超過二十個小時。」

「她的身分目前還沒有辦法確定。」王亞楠憂心忡忡地看著死者死後嚴重腫脹變形的臉，心裡想著，即使是這個死者再親密的朋友也不一定能夠認出她來了。

趙俊傑卻在一旁開口了。他顯然猶豫了老半天：「我……我想我知道她是誰！」

屋子裡所有人的目光頓時都集中在了他的身上。

＊　　＊　　＊

　　天長市警局的會議室裡，連負責刑偵工作的李局在內，總共才坐了八個人。其中有一張面孔，王亞楠好像從來都沒有見過，腦子裡一點印象都沒有。

　　為了減少媒體的關注度，李局在會前就下達了硬性要求，知道的人越少越好。案件接二連三地發生，李局被無孔不入的媒體給折騰得有些受不了了。

　　「死者叫趙慧琴，是市裡電視一臺的女主播，三十六歲。」王亞楠一邊介紹著死者的相關情況，一邊向大家出示死者生前的相片。眾人的目光不約而同地在前後兩張對比非常明顯的相片之間來回遊弋著。這樣的行為是很自然的，死者生前的相片，年輕且充滿朝氣，而作為天長市的新聞「一姐」、天長市的「門戶臉面」，趙慧琴的長相無疑是奪人眼球的，儘管已經三十六歲，但是在這張臉上，卻根本看不到歲月留下的痕跡，保養得宜的臉上流露著成功人士所特有的驕傲。可是回頭再看那張死後的相片，同樣的角度，死者臉色慘白，嘴唇緊閉，眼睛微合，臉部因為死亡而扭曲腫脹變形，尤其是脖頸上那道深深的致命傷口，更加讓每一個看過的人都不約而同地感到怵目驚心。

　　「死者生前沒有任何仇人，也從未與人結過怨，雖然身為電視臺主播，但是生活圈子卻極為簡單。她最後一次出現在人們的視線中是這週二的晚上八點半，她下班後按照慣例前去路口搭計程車回家。但是直到當天午夜，她母親都沒有等到女兒回家。我也看過了路口的監控錄影，一切正常，死者搭上一輛深藍色桑塔納 2000 型計程車後就離開了電視臺。根據計程車的顏色我們走訪了市裡最大的寶鼎計程車公司，經過 GPS 定位排

查，結果顯示，在這個時段，根本就沒有該公司的計程車在電視臺的附近搭載過客人。也就是說，這輛帶走死者的神祕計程車很有可能是凶手假冒的！」

「那到底是什麼樣的人會這麼大費周章呢？一輛假的計程車？就只為了殺一個女人？」

聽到這樣的質疑聲，王亞楠剛想回答，那個自己從未見過面的陌生男子站了起來：「我來說幾句。」

李局在一邊介紹說：「這是市檢察院的犯罪心理學專家劉春曉檢察官，他這一次是專門過來協助我們偵破這個系列凶殺案的！」

劉春曉微微一笑，向大家點點頭就算是打過招呼了：「專家這個頭銜我可不敢當，這只是我的業餘愛好而已。那麼，我就直接說說我的看法了。」他低頭看了一下自己面前攤開的筆記本，隨即開口直奔主題，「將前後兩個案子合併起來看，這個犯罪嫌疑人所定下的目標都是那種社會性質非常簡單的女性，可以說他的選擇是隨機的，她們之所以被挑選中，只不過是因為她們的各自條件在不同程度上符合凶手的要求而已。她們本身並沒有做過什麼。凶手選擇第一個目標女大學生的時候，顯然做了很充足的準備，從最初的接近到後來的動手乃至拋屍路線，他都精心挑選。死者從被綁架到被害，中間持續了一段比較長的時間。而對第二個死者，卻顯得很匆忙，綁架後沒多久就加害了，這一點說明凶手受到了外部資訊的刺激，凶手主要就是想向我們傳遞訊息，他透過死者來向我們證明他的無所不能，我們抓不住他。」說到這裡，他刻意停頓了一下，「我下面想就這個凶手的一系列相關情況做一個性格分析。」

王亞楠皺了皺眉，她不喜歡自己做得好好的工作被別人橫插一腳，可

是又不好表露出來，只能耐著性子慢慢聽。

「這個凶手是典型的完美主義者，並且很自戀，這一點可以從他對死者的屍體處理方式中很明顯地看出來。死者的屍體就像是他的傑作一樣，他哪怕花上很長的時間，都要一絲不苟地按照自己的想法處理好，控制慾望非常強烈。他的生活中曾經經歷過一場很大的變故，使得他對周圍的某種人或者事物充滿了說不出的仇恨，他是在報復那些曾經傷害過他或者他生活中最在意的人或者團體。這一點上我傾向於我們部門，他要看我們的笑話。如今我們已經很明顯地感覺到了來自媒體和社會大眾的巨大壓力。上一起案件發生到現在，很多報紙雜誌上都對我們的破案速度頗有微詞。而這些，我想都是他最願意看到的回報。關於凶手，我給出的描繪是男性，三十至四十五歲之間，體格強壯，有著深厚的醫學背景知識，精通人體解剖學和生物藥理學。單身。收入豐厚，至少有一輛桑塔納 2000 型小轎車。擁有私人住宅，因為如果沒有私人住宅的話，那麼，他沒有地方對第一個死者進行那麼煩瑣的解剖。我的建議是，對我們天長市境內近期發生過的所有和我們部門相關聯的引起死者家屬爭議的案子進行排查，再結合凶手的年齡和醫學背景，兩方面比對後，應該就會有所發現。」

劉春曉的陳述有條有理，話音剛落，剛才還鴉雀無聲的會議室裡立刻響起了一陣熱烈的掌聲，就連起先並沒有把他放在眼裡的王亞楠也來了個一百八十度的大轉彎，轉而用敬佩的目光暗自打量起了這個和自己年齡相仿的檢察官來，尤其是他那雙睿智的眼睛，讓王亞楠留下了很深刻的印象。

＊　　＊　　＊

「小桐，你知道那個叫劉春曉的檢察官嗎？」王亞楠的目光中神采飛揚。這在章桐看來，可是很難得的。這也是迄今為止唯一一次王亞楠不

是因為公事而在上班時間前來法醫解剖室找章桐，「我剛開完會，他真屬害！是個心理學專家啊！分析東西頭頭是道！」

章桐點點頭：「我知道，他是我的高中同學。但他是檢察官，心理學並不是他的專業啊。」

「這不重要！劉春曉是你高中同學？真沒有想到！」王亞楠大大咧咧地一屁股坐在了不鏽鋼解剖臺上，「他有女朋友了嗎？」

一聽這話，章桐吃驚地張大了嘴巴。雖然說自己和王亞楠從認識到現在也已經有十來年的時間了，知道她一直單身相當程度上是自己的工作給鬧的，畢竟沒有多少男士願意自己的老婆是個風風火火、動不動就來幾招擒拿術的警察，但也有一定的因素來自王亞楠自身的心高氣傲，能入她法眼的男人並不多。如今竟然陰差陽錯地對劉春曉動了心思，章桐想到這裡，不由得笑出聲來。

「妳笑什麼？」

「妳看上人家劉春曉了？這沒問題，我可以幫妳牽線啊！」章桐一語道破天機。

王亞楠竟然臉紅了，吞吞吐吐地否認道：「誰……誰說我看上他了？我只不過問問，就問問而已！」

章桐笑得更開心了。

一邊的趙俊傑卻動了心思，他若有所思地看著這兩個笑得像個孩子似的女人，尤其是坐在工作臺邊的章桐。趙俊傑欲言又止，想了想，隨即微微嘆了口氣，又繼續埋頭寫他的筆記去了。

＊　　＊　　＊

　　正在這時，法醫解剖室的門被推開了，潘建匆匆忙忙地走了進來，手裡拿著兩份報告，一言不發地來到章桐身邊，伸手遞給了她。

　　章桐看完報告後，臉上的笑容消失了。她抬頭嚴肅地看向身邊的王亞楠：「在第二個死者的體內查出了過量的恩氟烷殘留物，是正常使用劑量的五十倍。」

　　「恩氟烷？它是用來幹什麼的？」

　　「手術專用麻醉劑！」

　　王亞楠皺了皺眉。

　　「屍體表面的消毒劑是醫用甲醛，其中還含有一定劑量的次氯酸鈉。亞楠，我們這個對手是個醫生！而且是個醫學知識非常豐富的醫生！他對醫學已經達到了近乎痴迷的程度！要知道如果他的次氯酸鈉劑量比掌握不好的話，會抵消甲醛的作用，而他卻恰到好處地把屍體表面的所有痕跡都去掉了！死者的衣服也被清洗得乾乾淨淨！」章桐憂心忡忡地看著王亞楠，「說實話，這人讓我有些毛骨悚然！他太有耐心了！我有種感覺，只要他願意，他不會給我們留下任何線索證據的！」

　　「他瘋了！」王亞楠喃喃自語。

　　劉春曉並沒有立刻返回檢察院，他直接來到了樓下的法醫辦公室，站在門口猶豫了一會兒，剛想敲門，趙俊傑推門走了出來，一見到劉春曉，立刻一把把他拖到了走廊拐角處，左右看了看，這才小聲說道：「你小子也太大膽了，沒事淨往這裡跑！」

　　「我怎麼了？不能來嗎？」劉春曉一頭霧水。

　　正在這時，辦公室的門被推開了，王亞楠和章桐一前一後走了出來，拐向走廊的另一個方向，兩人邊走邊議論著什麼。

直到她們的腳步聲消失在了樓梯口，趙俊傑這才把劉春曉拽了出來。

「幹什麼你？神神祕祕的！」劉春曉沒好氣地拍了拍衣服。

「你小子惹事了，知道嗎？人家重案組的『母老虎』喜歡上你了，剛剛還在向章法醫打聽你呢！」趙俊傑有時候講話就是很不給別人情面。

「不會吧？你說的是王隊長？」

「重案組除了她還有誰是『母老虎』？」趙俊傑一瞪眼，「人家王隊長和章法醫的關係非同一般，我來這邊也好幾天了，除了王隊長過來外，我從未見章法醫笑過。她們兩人就像親姐妹一樣，黏糊起來比親姐妹還親，你說你該怎麼辦吧？你沒事在會上炫耀個啥呀！」

聽了老同學的埋怨，劉春曉確實感到了情況的尷尬。他皺了皺眉：「那我去跟人家說去！」

「你說啥？說你只喜歡章法醫，都單相思這麼多年了？我看你的腦袋是被驢踢了！你叫人家章法醫怎麼做人？」

劉春曉趕緊乖乖地閉上了嘴巴。

「你現在只有裝傻子，假裝啥都不知道，明白不？如果你對人家王隊長沒意思的話，以後要注意保持距離，盡量不要兩個人單獨相處，明白嗎？別沒事惹得一身臊！」

劉春曉感激地看著趙俊傑，連連點頭：「兄弟，謝謝你！」

趙俊傑無奈地搖搖頭，嘟囔了一句：「我真弄不明白，我什麼都不比你差，怎麼就沒你那麼有人緣呢？」

＊　　＊　　＊

下班了，章桐收拾好工作台，隨手關上了檯燈，屋裡頓時只剩下門口

反射進來的走廊的燈光。法醫辦公室位於地下，所以所有的房間都沒有窗戶，只要關上了燈，屋子裡就幾乎是一片漆黑。

「小桐！」是劉春曉的聲音，有點忐忑。

章桐訝異地迴轉身，果然是劉春曉，因為背對著走廊的燈光，所以看不清楚他臉上的表情。

「你找我有事嗎？」自從上次餐廳不愉快的經歷後，章桐似乎總是在躲避著什麼，她沒有面對劉春曉的目光。

「也沒什麼事，順便來看看妳有沒有回家，還好妳沒走。」劉春曉猶豫了一下，「我想請你吃飯，算作對上次不禮貌的賠罪！好嗎？」

「你沒錯呀，不必賠罪，搞得這麼正式幹什麼，老同學？」章桐忍不住笑出了聲。

劉春曉微微一笑，心裡懸著的石頭總算放下了：「那，妳今晚要是沒別的約會的話，我……我想請妳吃飯，好嗎？」

章桐想了想：「好吧，這一次我就答應你！」她低頭看了看腕上的手錶，嘀咕了一句，「趕緊走，要不等等又要塞車了！」

※　　※　　※

「王隊，這是妳要的過去五年當中所有對你們的處理有不滿情緒的案件受害者家屬的資料。」趙俊傑把一個隨身碟遞給了王亞楠，弄到這些資訊對專門報導犯罪案件的他來說簡直就是手到擒來的小事情。

「你沒列印下來？」王亞楠看著手裡小小的隨身碟，皺了皺眉，「我討厭盯著電腦看那麼小的字！」

「節約成本嘛，王隊，體諒一點，我們現在不是整天都在宣傳說要低

碳環保嗎？」趙俊傑狡黠地一笑，轉身走出了王亞楠的辦公室。

王亞楠無奈地搖搖頭，伸手把隨身碟塞進了電腦插口處，沒多久，螢幕上就出現了一份目錄選單，在輸入搜尋對象的職業、大致年齡以及家庭條件等更多標準後，目錄中只留下了一個案件。王亞楠屏住呼吸點開了這個案件的相關報導文件。

「『一屍兩命』，天長市最優秀的外科醫生痛失愛妻，悲憤之餘，自殺身亡……」

文件並不長，前後總共也就五百多字。案件發生在三年前，天長市第一醫院的外科主任醫師侯俊彥陪同懷孕八個月即將臨產的妻子傍晚在江堤邊散步時，妻子意外被一輛違章行駛失控的土方運輸車撞擊身亡，侯俊彥也因此而傷了手部神經，從此以後再也沒有辦法繼續做外科手術了。而肇事司機卻因為某些特殊原因而遲遲無法受到法律的嚴懲，侯俊彥投告無門，加上承受不了喪妻之痛和自己事業被殘酷終止的雙重打擊，於是憤然自盡，在臨死前留下一份遺書，痛斥某些官員官官相護，包庇罪犯。

看完文件，王亞楠的心情很沉重。她感覺有些喘不過氣來，於是，站起身，來到窗前，把打開的窗戶又盡力向外面推了推，讓更多的新鮮空氣能夠進到這個狹小的空間裡。

王亞楠很清楚，無論換了誰，如果處在侯俊彥的位置上，都會產生絕望的心理。家破人亡，事業終止，一個人剩下的生命就是一片黑暗，望不到頭的黑暗。可是，暫且不管這個陳年的交通肇事案，最有可能是凶手的侯俊彥早就在三年前自殺身亡了呀，那麼，現在做這個案子的人又會是誰呢？難道自己的判斷方向有誤？

她想到這裡，又轉回到辦公桌前，繼續檢視侯俊彥的相關資料——

侯俊彥，男，四十一歲，在外科手術領域有著很高的成就，被稱作天長市的「一把刀」，曾經留學德國深造……

王亞楠怎麼看，都覺得這個侯俊彥和劉春曉描述中的凶手形象非常相符，只有一點，那就是這個人已經死了。總不見得是他的鬼魂出來作案吧？王亞楠不由得一陣苦笑。

既然卡住了，與其在這裡費工夫，那還不如去第一醫院看看，問問他過去的同事，說不定會有些意外的收穫。

想到這裡，王亞楠撥通了趙雲的電話：「走，我們馬上去一趟第一醫院。」

＊　　＊　　＊

劉春曉把章桐帶進了一家咖啡廳，看他熟門熟路的樣子，顯然經常來這個地方。在和服務生打過招呼後，劉春曉笑瞇瞇地看著章桐：「我今天請你吃正宗的蘋果派！」

「不用這麼破費吧？」

「我是一個人吃飽全家不餓。看妳整天和死人打交道，也該讓妳休息一下了，這裡的蘋果派不錯，我在上海上大學的時候，校門口就有這麼一家，環境很好，蘋果派也是多年保持原來的味道！所以，回了天長，我還是經常來。念舊嘛！」

看著劉春曉眉飛色舞的樣子，章桐沒吱聲，她點了一杯黑咖啡，有一口沒一口地品著。

「妳在想什麼呢？」

「沒什麼，」章桐搖搖頭，「對了，你怎麼還沒結婚呢？你也不小了吧？」

章桐此話一出，劉春曉不由得愣住了，張了張嘴，半天沒有吐出一個字來。

　　章桐意識到了自己話語的突兀，趕緊解釋：「是這樣的，我的好朋友王亞楠，我想撮合你們，我這人不太會繞彎子，有什麼就說什麼，你看怎麼樣？亞楠人長得挺不錯的，性格脾氣也很好，家裡也沒有負擔，就是因為工作而耽誤了個人大事，我和她認識十多年了，我很了解她的。劉春曉，我看你們兩個真的很合適的！」

　　看著章桐信誓旦旦、胸有成竹的樣子，劉春曉傻了，一句話剛到喉嚨口，趕緊硬生生地用面前的一大口咖啡給堵了下去。

　　「我暫時還不想談戀愛，工作要緊，再加上我剛回到天長，還不太熟悉這裡的環境，對不起了，小桐。」劉春曉憋了半天憋出了這麼一個根本就不是理由的理由，連他自己都覺得心虛。

　　「那……好吧。」章桐有些尷尬，「不好意思，我失禮了！」

　　劉春曉趕緊把話題繞開：「說說妳現在的境況吧，好嗎？妳為什麼選擇當法醫的？據我所知，基層女性法醫可不多啊！」

　　章桐這一回沒有再迴避，她想了想，點點頭：「其實也沒有什麼祕密，我父親在世的時候就是一名法醫。女承父業也是理所當然的事情……」

　　雖然說話的語氣顯得很平淡，但是有那麼一刻，劉春曉分明從章桐的目光中讀到了一絲幸福的笑意。

　　「那妳有沒有害怕過？」

　　章桐當然明白劉春曉話語中的害怕指的是什麼，她微微一笑：「說不怕，那是騙人的，剛開始的時候，見到那些面目全非的死人，心裡多少會有些彆扭，但是後來天天接觸了，自然也就慢慢地習慣了。」說到這裡，

她話鋒一轉，「劉春曉，你是學法律的，是檢察官，為什麼又會對犯罪心理學感興趣呢？我今天聽亞楠說你在會議上很出風頭啊！」

「犯罪心理學的研究純屬我的個人愛好而已。」劉春曉顯得很謙虛，「昨天正好李局來檢察院時說起想找人做一個模擬，我們主任就推薦我了。」劉春曉本來就是一個不善於撒謊的人，所以說這些話的時候，他都不敢直視章桐的眼睛。

「小桐，如果妳想找我談談的話，我隨時都有時間的！」看著章桐此刻的心情不錯，劉春曉轉念一想，就說出了自己心裡一直壓抑著的話。

章桐不由得愣了一下，隨即明白了劉春曉的心思。她深吸一口氣：「我知道你是為了我好，我答應你，劉春曉，只要時機合適，我會找你的。」

＊　　＊　　＊

天長市第一醫院擁有整個天長市最豪華的門診大樓。這也難怪，這裡的醫生是最優秀的，每到專家門診的日子，一大早兩三點天不亮的時候就會有人前來排隊掛號，而一張小小的印有號碼的普通小紙片，經過黃牛一倒手，價錢就會漲四五十倍，買的人卻還是趨之若鶩。

王亞楠從沒有進過醫院，除了那一次抓捕的時候被砍傷了手臂以外。所以在醫院裡排隊掛號看病的種種麻煩她根本就沒有概念。

這一次要不是因為公事，王亞楠也不會來第一醫院，最多只是打門口經過而已。

走進第一醫院富麗堂皇的門診部大廳，王亞楠抬頭四處張望了一圈，不由得感慨道：「這裡真比得上五星級飯店了！」

兩人走上了樓梯，直接來到了三樓的院長辦公室。

院長姓袁，人也長得很圓，是個矮胖的中年人，一開口就笑瞇瞇的。
一番客套之後，當得知王亞楠和趙雲的具體來意時，袁院長臉上的笑容消
失了。

「那真是一場人間悲劇！」袁院長長嘆一聲，「我和老侯是同學，只不
過我們走的路不一樣，我最終選擇了從政，而他，仍然痴迷他的手術刀！
他的性格很倔強，幾乎沒什麼朋友，除了我以外，其實我也算不上是他的
朋友，這個人，太執著了，兩句話不到就會得罪人。」說著，袁院長踮起
腳尖，努力伸展著胖胖的手臂，終於夠到了在櫃子頂上放著的一個小相
框，又拍了拍相框上的灰塵，滿臉歉意地遞給王亞楠，「左邊的那個就是
他。其實，說句真心話，憑我這麼多年來對他的了解，他在那種打擊之下
最終選擇了自殺，我真的一點都不感到奇怪！」

「哦？此話怎講？」

「他太認真，太死拗，認死理。就說他妻子小李被撞死後，他整個人
就跟瘋了一樣，手術是做不了了，班也不上了，幾個懂事聽話的徒弟也不
管了……」

王亞楠突然問道：「他帶徒弟了？」

袁院長微微一笑，顯得很驕傲的樣子，可是隨即卻又露出了傷感的神
情：「他是我們院裡最年輕的研究生導師，因為他一手出色的外科手術技
能，高層都很器重他，但是，也許是才能高了，人就自然顯得有些驕傲
了。」說到這裡的時候，或許是意識到人死後在背後議論人家並不厚道，
所以袁院長假意咳嗽了一聲，換了一種口吻繼續說道，「總之呢，侯俊彥
侯主任是一個很不錯的醫生，他的離去不光是我們醫院，也是我們周圍很
多人的一大損失啊！」

聽了這番冠冕堂皇的話，王亞楠和趙雲不由得面面相覷：「那，請問袁院長，侯俊彥還有徒弟在我們天長市嗎？如果有可能的話，我們想和他談談。」

袁院長點點頭：「當然可以，他的大徒弟現在就是我們第一醫院外科室的主任醫師丁主任。你們現在可以去她辦公室找她，她應該還沒有走。今天不是她門診的日子。」

離開院長辦公室後，王亞楠大大地鬆了口氣：「這個袁院長，明明心裡對人家有看法，可是嘴裡還得一個勁地往人家臉上貼金，你說累不累啊！我們李局長可不是這種人！」

趙雲不由得一陣苦笑：「依我看，我們只能說是幸運罷了，能碰上這樣和我們掏心窩的高層！」

出乎趙雲和王亞楠的所料，丁主任竟然是一個小巧玲瓏型的女人，身高最多在 155 左右。王亞楠不由得皺了皺眉，她很難把眼前這個弱不禁風的女人和叱吒風雲的外科手術「一把刀」的傳人結合在一起，要是站在手術檯邊，她說不準還得在腳底下墊個凳子才能夠得著手術檯。

得知了趙雲和王亞楠的具體來意後，丁主任顯得有些詫異：「老師都已經過世好幾年了，你們現在怎麼竟然會想到要調查他了？」

王亞楠當然沒有說出自己心中真正的疑慮，她微微一笑：「只要是案子，都在我們的調查範圍。」

「那你們當初為什麼沒有把撞死師母的凶手判刑？凶手到現在還逍遙法外！都過去這麼多年了，人都死了！你們還來這邊貓哭耗子假慈悲幹嘛？」

一提起自己老師一家的遭遇，剛才舉止還很得體的丁主任立刻顯得怒

氣沖沖。王亞楠看了看身邊的趙雲，兩人心照不宣地點點頭。

「丁主任，妳的心情我們能夠理解，我們現在也正在努力糾正以前的辦案失誤，所以才會特地趕來找妳。也希望你能夠同樣理解和支持我們的工作。」趙雲不溫不火地說道。

丁主任沉默了半晌，這才勉強臉色緩和了一點：「好吧，你們想知道什麼？」

「妳能說說當時和妳一起在侯俊彥醫生身邊學習的同學嗎？」

丁主任一臉的疑惑，剛要開口問，轉念一想，隨即打消了這個念頭：「和我一起學習的總共有兩個人。一個去年已經調動到外地去了，好像是北京吧，聽說做得挺不錯的，現在也是主任了；還有一個嘛，移民美國了。目前為止，天長這邊就只有我一個人了。」

「妳真的沒記錯？」王亞楠顯得有些失望。

丁主任皺了皺眉：「我怎麼可能會記錯？那時候天天在一起，幾個人我總還是搞得清的！」

走出第一醫院的門診大樓時，已經是華燈初上了，趙雲一邊開著車，一邊偷偷地瞧一眼身邊始終一聲不吭的王亞楠。兩人搭檔這麼多年了，這副表情對他來說是最熟悉不過的了。王亞楠正在為走不通的線索發愁呢。

王亞楠是想不通，剛剛有點頭緒的線索，怎麼轉眼之間就走進了死路呢？所有符合線索要求的人員都無一例外地被排除了，要麼沒有作案的時間，要麼……想到這裡，王亞楠的臉上不由得露出一絲苦笑，那個姓丁的女人，瘦骨嶙峋不說，個子比自己整整矮了一個頭，即使自己脫去高跟鞋，也可以輕而易舉地看到她的頭頂而無須仰視。這樣一個女人，要想解剖一個比自己整整大了一圈的受害者的話，無論是力量還是耐力，似乎都

成問題。可是這樣一來，凶手的線索就斷了。下一步，自己究竟該怎麼做呢？王亞楠緊鎖著眉頭，把自己的身體深深地埋進了座椅裡，無奈地閉上了雙眼。

＊　　＊　　＊

劉春曉的本田雅閣剛剛在小區的過道上停穩，前面小區花園裡傳來的一片嘈雜聲就引起了他的注意。

「前面發生什麼事了？」

章桐剛要打開車門，聽到這句話後，下意識地停下來仔細一聽。突然，她的臉色變了，一聲不吭地向前面嘈雜聲傳來的方向跑了過去，就連自己的挎包掉在地上都沒有顧得上去撿。

劉春曉見狀，趕緊撿起包，緊緊地跟在章桐的身後。

小區花園裡，人們正團團圍著一個聲嘶力竭哭泣著的老婦人議論紛紛。老婦人坐在青石鋪成的花園小道上，披頭散髮，目光散亂，喃喃自語，拚命哭泣，根本就聽不清楚她到底在哭訴著什麼。

在老婦人的身邊，一個滿臉怒容的中年婦女正緊緊地護著一個不停地哭鬧著的八九歲模樣的小女孩。小女孩顯然被嚇壞了，中年婦女一邊安慰她，一邊還在對著坐在地上的老婦人不停地怒罵：「妳這種神經病，誰說這是妳的女兒了！妳也不看清楚！把我孩子嚇壞了我可要找妳算帳的……這種神經病跑出來怎麼就沒有人管管呢，出了事情我找誰啊！」

章桐拚命擠進了人群，扶起了地上的老婦人，柔聲安慰道：「媽，沒事，我在這裡呢，妳別怕！」

「秋秋！我剛才看見秋秋了！秋秋！秋秋！……媽媽在這裡……」老

婦人緊緊地握著章桐的手，就像抓住了一根救命稻草一樣，卻還在轉頭四處張望尋找著什麼。

「媽，秋秋不在這裡，妳認錯人了，我們回家吧！」章桐感到自己的聲音在顫抖。

「是妳們家的老人啊，怎麼不看著點？瘋瘋癲癲的，還要四處亂跑，出了事情可就麻煩了！」身邊圍觀的人們好意提醒道。

章桐一邊趕緊向圍觀的小區住戶們道歉，一邊把母親攙扶出了人群，邊走邊柔聲勸慰道：「媽，沒事的，我們回家吧！我今天回來晚了，真對不起，下次一定不再讓你擔心了……」

「哦，回家！」老婦人乖乖地跟在章桐的身邊，走向了不遠處的樓棟。她一邊緊緊地抓住章桐的手臂，一邊卻還不忘記時不時地向身後看一眼，似乎那個她口中的「秋秋」此刻正悄悄地躲在自己身後一樣。

這一幕都被一旁的劉春曉看在眼裡。他默默地跟在章桐的身後，直到上樓，來到家門口，在打開門的那一刻，章桐才意識到劉春曉一直跟在自己的身邊。她的心裡不由得一熱，轉身接過了劉春曉手中的挎包，尷尬地一笑：「謝謝你！你早點回家吧，時間不早了！」

劉春曉欲言又止，他若有所思地看了章桐一眼，隨即點點頭，轉身離開了。

＊　＊　＊

「小桐，我實在是想不通，所有符合罪犯行為模擬畫像要求的人都被排除了，我現在算是徹底走進了一個死路裡。」王亞楠坐在章桐身邊的不鏽鋼解剖臺邊上，雙腳不停地來回晃動，嘴裡嘀嘀咕咕的，滿面愁容。猜想整個天長市警局裡，也只有王亞楠才有膽子動不動就把法醫的不鏽鋼解

剖臺當作自己屁股底下的凳子了。

　　見此情景，章桐不由得暗暗苦笑，很少有事能把王亞楠給急出一嘴巴泡來，看來這個案子真的碰到麻煩了。

　　「嗐……」章桐長嘆一聲，「亞楠啊，我也真的幫不了妳！如果你問我死者的死因，那絕對不成問題，可是要論破案，我可沒妳那麼聰明的。」

　　王亞楠不由得瞪了章桐一眼：「難道妳就沒聽說過『三個臭皮匠賽過諸葛亮』這句話嗎？人家這不特地跑來聽聽妳的意見嘛！」

　　「我能說得了什麼呢？」

　　「那就說說兩個死者吧，都是妳負責解剖的，妳想到什麼就說什麼！」王亞楠有些不耐煩了，「這可是妳的本行，我想妳也不會沒話說的！」

　　章桐無奈地嘆了口氣：「好吧，我就把她們進行一下比較。這些可都是我的個人觀點。」

　　王亞楠頓時來了精神頭，「哧溜」一下從解剖臺上滑下來，來到章桐的辦公桌邊，隨手拿起了桌上的紙和筆：「慢慢說！我記著呢！」

　　「首先，死者都是未婚女性。年齡差距比較大，一個十九歲，一個三十六歲。第二點，兩人來自不同的地域，一個是嶺南，一個是我們天長本地。」

　　「這些我們都知道了！」王亞楠忍不住嘟囔了一句。

　　章桐皺了皺眉：「那我就直奔主題了。說實話，我一直覺得有些奇怪，凶手殺第一個被害者時，非常有耐心，先對其下毒，然後在其死亡後進行了屍體分割，對待死者的軀體就像對待一件藝術品一樣，每一片肉的厚薄程度幾乎都是一樣的！他在死者的身上可以說是費盡了心思。而相反第二

個死者，卻處理得很匆忙，從被綁架到被害，沒有持續多長時間，更重要的是他對死者的處理方式，一刀斃命！死者的傷口顯示她是在活著的時候被殘忍地割了喉，雖然說死後被精心清潔過屍體，但是總體來說，和第一個死者的屍體處理方式相比較，還是顯得有些粗糙。我也曾經想過，究竟是什麼讓凶手徹底改變了屍體的處理方式？難道他的時間不夠用？按照我的經驗來看，第一具死者的屍體最起碼得耗費掉凶手九個小時以上的時間，而第二具屍體，用不了多久，只要是專業的醫護人員，在短短的一兩個鐘頭內就可以搞定屍體的全部清潔工作。亞楠，妳有沒有考慮過有可能第一個案子才是他的真正目的所在，而第二個死者只不過是臨時起意？只是為了混淆我們警方的視線？抑或是在發洩自己心中的憤怒？因為來不及提前布局好，所以才會下手這麼匆忙？」

王亞楠緊鎖著眉頭，臉色有些發白。突然間，她站起身，連個招呼都不打，迅速轉身離開了解剖室。

章桐早就已經習慣了王亞楠這種突如其來的不告而別，她沒有生氣，相反心裡重重地放下了一塊大石頭，因為她知道，自己的話或許已經讓王亞楠看到了一點希望。那麼，作為好朋友的她，就很滿足了。

「趙雲，馬上調出所有和第一個死者有關的資料，從她出生開始，到她死的那天為止，一項都不能漏掉！馬上去辦！」一走進辦公室的大門，王亞楠就扯著嗓門四處尋找自己的助手副隊長趙雲。

「馬上就要嗎？」趙雲有些迷糊，「一個人的資料有很多啊！」

王亞楠一瞪眼：「重要的事情，包括她身邊家裡人身上發生的，我要知道究竟為什麼凶手會找上這麼一個看上去普通到極點的女學生！」

趙雲不吭聲了。

　　走進自己的小隔間，王亞楠重重地嘆了口氣，隨即緊鎖著眉頭，來到辦公桌前，打開了面前的電腦。

　　一個多鐘頭以後，王亞楠把車停在東山學院門口，看了看手腕上的錶，傍晚六點三十分整。她略微停留了一下，當分針轉過三十二時，她毅然打開車門下了車，然後直接沿著監控錄影中所顯示的死者王婭晶所行走的路線向海天路方向走去。

　　她一邊走，一邊留意著沿路的監視器。案發後，當班民警進行過沿路的走訪，但是這一次不一樣，王亞楠總覺得自己肯定是遺漏了什麼。在她的心中一直有個疑問在困惑著她，死者為什麼要選擇走這一條路？沿路還會不會有人記得她？

　　當時間指向六點四十六分時，王亞楠拐進了乍浦路，她嚴格按照監控錄影上所顯示的時間安排著自己的每一步路。

　　乍浦路因為毗鄰東山學院和兩個很大的社群，所以並不大的街上擠滿了很多小商舖，每天的這個時候正是人流量最大最擁擠的時候。王亞楠的耳朵裡充斥著小商販的叫賣聲、電火車的鳴笛聲、小孩的哭鬧聲還有各式各樣的說不清道不明的嗡嗡聲，一個不大的菜場就在乍浦路的拐角處。那麼，王婭晶為何單單選擇這麼一條路呢？

　　六點五十九分零七秒，王婭晶接電話的時間。王亞楠站在監控錄影裡所顯示的死去的女孩最後站立的地方，四處張望著，難道這裡就是自己所有線索的終點？每天匆匆來往於這條小街上的行人中真的就沒有人留心過這個可憐的女孩子？她不甘心地站在原地仔細觀察著周圍的情景。

　　商舖、招牌、行人、震天響的音樂，誘人的油煎大餅的香味撲鼻而來，沒多久又被川菜館刺鼻的辣椒味、花椒味給沖得乾乾淨淨……王亞楠

默默地閉上了雙眼，在心裡一點一點仔細地梳理著剛才映入自己眼簾的東西和人，這裡是王婭晶在監控錄影中最後出現的地方，王亞楠不相信她會什麼都沒有留下。

一陣刺耳的煞車聲在耳邊響起，王亞楠猛地睜開雙眼，出現在自己面前的是一張憤怒的臉：「妳幹什麼？沒事在馬路中央傻站著，不要命啦！」

怒斥自己的是一位騎在電動摩托上的中年婦女，一兜子菜擺在前面的車筐裡，看樣子正急匆匆地趕著回家。

王亞楠剛要開口解釋，突然，中年婦女身後不到二十公尺處一家不起眼的當鋪引起了她的注意。當鋪櫥窗的角落裡竟然有一個黑黑的小小的影子，還在不停地閃著微弱的紅光！王亞楠心中不免一喜，她對眼前這個東西再熟悉不過了！

章桐正要上床休息，突然，手機響了。她下意識地掃了一眼床頭的鬧鐘，都快晚上十一點了，在這個時候找自己的電話，絕對不會有什麼好事。章桐一邊接起電話，一邊開始打開衣櫃門尋找外套準備外出。

「小桐，我就問妳一個問題，作案的凶手，會不會是個女的？」電話中，王亞楠的聲音聽上去顯得有些異樣。

章桐不由得愣住了，她的右手停在了衣櫃門上，皺眉問道：「女的？亞楠，你怎麼會突然想到問這一點的？」

「我記得你對我說起過，這個案子之所以會斷定為男性嫌疑人，那是因為第一個死者的屍體，在這麼短的時間裡，要解剖成這麼薄的一片片，沒有一定的體力是完全做不到的，對嗎？」

「對，我是這麼說的。」章桐一屁股坐在了衣櫃旁邊的沙發上，「根據死者的身高和體重推斷，保守猜想時間要九個小時左右。一般的女性沒有

這麼好的體力。」說到這裡的時候，章桐突然意識到了什麼，低呼一聲，「難道妳發現了新的證據？」

「妳最好來一趟警局，我在會議室！」

當章桐匆匆忙忙趕到警局會議室時，時間已經接近午夜。儘管如此，會議室裡卻不止王亞楠一個人，除了分管刑偵的李副局長外，章桐還看到了副隊長趙雲和劉春曉，而劉春曉的身邊甚至還坐著那個白天老在自己身邊晃來晃去的趙大記者。在大家的臉上看不到一點睡意，因為在座的每個人心裡都很清楚，這個時候被叫來開會只有一個原因，那就是案情有了決定性的進展。

「都到齊了，小王，開始吧！」李副局長邊說邊朝王亞楠點點頭。

「是這樣的，大家先傳看一下這組相片，是從一家當鋪門口的自設監視器的鏡頭中所擷取的。而當鋪所處的位置就在第一個死者王婭晶最後出現的那條乍浦路的小街上。」

說著，王亞楠遞給身邊的劉春曉一疊放大的相片，在大家慢慢傳閱的過程中，她繼續解釋道：「時間正好是死者失蹤的那天，我也是在一個偶然的機會中才發現這架非常隱蔽的監視器的。店主被偷了好幾回，被逼無奈才花了大價錢自己買了這套進口的監視器，所以畫面品質可以說是非常好的，也能儲存一個月的記錄。它每五秒鐘工作一次，能清晰地記錄下它所見到的每一樣東西，包括人的臉！」

相片傳到了章桐的手中，這時她才總算明白為何剛才電話中王亞楠會問自己凶手有沒有可能是一個女性的問題。相片中，死者站在一輛黑色桑塔納2000的旁邊，正打開後面的車門彎腰往車裡鑽，而司機位置上，清晰地露出一個女人的手臂。總共八張相片，儘管司機刻意掩飾自己的相貌

而並沒有下車，但是從林林總總的線索中已經完全可以肯定當晚接走死者的，正是一個女人！

　　章桐被其中一張相片的一部分吸引住了，她想了想，抬頭看向王亞楠：「這個司機的右手相片能不能再放大一點？最好放大到最大限度！」

第三章　殺人計畫

第四章　報案者

　　王亞楠猛地醒悟過來，幾個案發現場，最先報案的都是一個中年男性……如果不是報案人提到的可疑情況，事實上可真的不會那麼容易就發現死者的屍塊啊！

　　「那第二個死者呢？你們為什麼殺她？她和你們那起車禍一點關係都沒有啊！」

「應該沒問題，那個監控裝置的畫素是我所見過的最高的。我馬上通知音像組送來。」

王亞楠打過電話後過了五分鐘不到，章桐要的相片特寫就被一個技術人員急匆匆地送過來了。

儘管光線並不是很好，但是相片中那個放大的手部特寫，已經讓章桐找到了她想要的結果。

「要是我沒有判斷失誤的話，這個女的應該是一個外科醫生，」說著，她站起身，拿著相片來到白板前，把它貼在了白板上，指著那個平攤在方向盤上的右手食指，「大家看，這個食指的指肚有些塊狀凸起，還有虎口這邊，也有一道很特殊的凹痕，這些痕跡都是長期拿手術鉗和手術刀留下的！你們看我的右手，痕跡大致相同。」章桐舉起了自己的右手，果然，兩相比較，確實沒有很大的差別。「所以，這個女的要麼是一個外科醫生，經常做手術的，要麼，她就和我一樣，是個法醫！」

聽完章桐的意見，王亞楠點點頭，回頭看了看身邊的趙雲：「你把了解到的有關王婭晶的事情講一下。」

趙雲攤開了手中的筆記本：「王婭晶的父親王俊生在五年前是一名開長途運輸車的司機，因為一起車禍，造成一死一傷。最終車禍調查結果是車輛本身煞車的制動性問題，屬於廠家品質不過關所導致的，與王俊生的駕駛過程無關，但是王俊生因為違章繞行居民區，所以對這起事故也有相應的責任，法院判決賠款五十萬，」說到這裡，趙雲嘆了口氣，「王俊生的家庭拿不出這筆錢，賠款就一直懸而未決。後來，死者家屬一時難以接受沒有人為自己妻子的死負責而做出了自殺的過激舉動。」

「我們走訪過死者侯俊彥生前所在的第一醫院，得知他並沒有後人，但是他有三個徒弟，同他感情很深厚，其中一個至今還在我們第一醫院外

科某科室擔任主任，」王亞楠拿出了一張相片，「她叫丁蓉，是一個傑出的外科醫生。」

章桐不會看相，但是相片中的女人卻讓她有種不寒而慄的感覺，那張稜角分明的臉，充滿著常人難以想像的剛毅與堅定，那微微上翹的嘴角、薄薄的嘴唇，還有緊鎖的眉頭，根本就看不出一點女性溫柔的象徵。章桐相信，即使面對死者，這個女人同樣連眼皮子都不會眨一下。

「經我們多方了解，丁蓉性格內向，做事果斷不近人情。毋庸置疑，她的技術是一流的，也正因為她過人的技術，第一醫院才理所當然地把她選定為侯俊彥的接班人。但是據她的同事反映，丁主任沒有任何同情心，做手術也只求完美，而不為病人考慮，甚至有很多怪癖。有一次，一個女病人因為是『小三』，被人家打了，送到醫院，經檢查腿部嚴重骨折、肋骨斷了三根，隨時有生命危險，可是，當這個丁主任得知患者被打的真正原因時，竟然拂袖而去，拒絕為病人手術。」

聽到這裡，李副局長微微皺了皺眉頭：「這個丁蓉確實可疑。那麼，還有別的線索可以連繫到她的身上嗎？」

「侯俊彥名下曾經登記有一輛桑塔納 2000 型的小轎車，在他死後，因為沒有人接手，就一直停放在第一醫院的停車場，由停車場的老看門人負責照管。我查過車管所的年檢記錄，這輛車一直沒有參加過年檢。我的幾個同事正在申請調查這輛車！」王亞楠合上了手中的筆記本，「如果在這輛車中能找到線索連起前面兩起凶殺案的話，那麼凶手就能夠確定了，因為目前看來，我們還沒有直接證據指證丁蓉殺人！」

散會後，章桐獨自一人走出了會議室，沒有走幾步，身後傳來了劉春曉的聲音：「小桐，等等我！」

章桐下意識地停下了腳步，回過頭：「你今天在會議上什麼意見都沒

有表露啊！你的小尾巴呢？」

「趙俊傑啊？不知道去哪裡了，躲著抽菸去了吧。再說了，我本來就是個旁觀者嘛，也沒什麼意見好表達的。」劉春曉微微一笑，隨即臉色一正，「妳母親怎麼樣了？好些了嗎？」

「還行吧，有時清醒，有時糊塗的，整體而言，還是清醒的時間比較多。」

「真難為你了。如果你需要幫忙的話，我有個朋友……」

章桐搖搖頭，打斷了劉春曉的話：「謝謝你的好意，我不想把我母親送到精神病院去，她年紀都這麼大了，禁不起折騰。再說了這也是我自己的事情，不應該麻煩別人的！」

正說著，王亞楠匆匆忙忙地趕了上來，假意生氣地看著章桐和劉春曉：「你們怎麼走這麼快！也不等等我！」

章桐若有所思地看了兩人一眼，隨即微微一笑：「要不這樣吧，你們先走，我有事要回趟辦公室！不用等我了！」說著，她直接走向了不遠處的樓道口，再也沒有回過頭。

劉春曉尷尬地皺起了眉頭。

章桐不是不想接受劉春曉對自己的好意，自始至終，她都知道劉春曉是一個好人，至少是一個可以信賴的好人。但是，章桐卻又感到一種莫名其妙的害怕，尤其是每次劉春曉注視著自己時的那雙眼睛，目光彷彿能直透心底。章桐感覺都快透不過氣來了。她不敢，至少是現在。

走進辦公室的時候，手機響了，章桐低頭一看，是王亞楠打來的，她微微有些訝異：「亞楠，有事嗎？」

「小桐啊，剛才妳走得太急，我都來不及告訴妳，妳上次要我查的人

我查到了，已經傳到妳的工作信箱裡了，妳看一下吧。」王亞楠略微停頓了一下，小聲說道，「小桐，還需要什麼，儘管打給我。」

「謝謝妳！」

「我們之間還要那麼客氣幹什麼！妳也早點回家休息吧，別太累了。」王亞楠作為一個女人所獨有的溫柔似乎只有在這個時候才會真正地流露出來。

掛上電話後，章桐隨即打開了自己辦公桌上的電腦，登入信箱，果然，一封標註為「內部」的郵件出現在了她的眼前。說實話，章桐很慶幸自己有王亞楠這麼一個真心實意的朋友，因為這個朋友不光會在自己需要的時候幫助自己，更重要的一點是，出於對自己的信任，王亞楠從不多問一句「為什麼」。其實章桐的心裡一直很矛盾，她渴望知道自己妹妹失蹤的真相，但是同時卻又害怕知道真相，內心深處總有一個聲音在不斷地警告著自己，妹妹的失蹤與自己有著千絲萬縷的連繫。章桐害怕，就像每一次害怕夢中那在自己耳邊呼吸的鬼影一樣，日復一日，她越來越確信自己沒有勇氣去堅強面對。

郵件點開後，有一個25K的附件，打開附件，出現在螢幕上的是一個神經外科老專家的檔案，功績顯赫，頭銜一大堆，很多如天書般的文字讓章桐看得眼花撩亂。直到把目光最終停留在一張並不是很大的個人相片上時，章桐這才勉強在相片中這個人的眉宇之間找到了些許久遠的記憶。儘管已是滿頭白髮，但是那深邃的目光、稜角分明的面部卻都是歲月無法改變的。凝視良久，章桐輕輕吐出了三個字：「陳伯伯！」

因為已經是深夜，街頭很難叫到計程車，於是，不管王亞楠怎麼推託，比如說自己是警察，百毒不侵之類，劉春曉仍然決定親自開車繞大半

個天長市區送她回家。最終，王亞楠拗不過，還是點頭同意了。

由於先前有了趙俊傑的善意提醒，劉春曉的心裡總是感覺有些忐忑不安，一路上開車，他都盡量做到手握方向盤、目不斜視，如果回答問題也是做到用詞越少越好。他不想給自己惹來不必要的麻煩。

見劉春曉一本正經的樣子，王亞楠倒是忍不住笑了，打趣道：「劉檢察官，你今天是怎麼了？和那天會上比就跟變了一個人一樣，我都快要認不出你來了，你的侃侃而談的風度都去哪裡了？」

劉春曉尷尬地笑道：「我本來就是一個不善言辭的人。」

「對了，妳認識小桐多久了？」劉春曉刻意把話題從自己的身上引開。

「我啊，剛分來天長警局這邊就認識她了，她比我早到一年，所以說，按輩分排的話，我應該叫她『師姐』才對！」

「那時的她，怎麼樣？」劉春曉小心斟酌著自己的言辭。

「你的意思是？」王亞楠一時沒有明白劉春曉話中具體所指的含義。

「哦，我是說小桐的工作做得怎麼樣？」

「那還用說，好幾次出現場，連男同事都有些猶豫的場面，她卻連眼皮都不眨一下。說實話，我們當刑警的也是人，都是父母生養的血肉之軀，見到現場的屍體多多少少都會有一個心理逐漸適應的過程，可是小桐好像天生就是一塊當法醫的料，我都沒見她皺過一下眉頭！她的承受力特別好，我們都很佩服她！」談起自己的好友，王亞楠的臉上下意識地流露出了驕傲的笑容，「要知道我們整個省裡可就她一個女法醫啊！你這個高中同學可為我們天長警局露老大的臉了！」

聽了這話，劉春曉的心情卻很沉重，因為他太了解章桐了，深知章桐這麼做有她自己的原因。她在逃避，逃避內心深處的陰影，就像一隻被逼

得走投無路的鴕鳥把腦袋埋進沙裡一樣，她最後的招數，就只能是一頭埋進那無窮無盡的工作中去了。

難道拚命工作真的能夠讓人變得麻木嗎？劉春曉相信不只自己，肯定還會有很多人沒法準確回答這個問題。因為這個問題本身就沒有答案。

* * *

「姐姐，我在這裡！妳快來找我呀！」

章桐迅速轉過身，可是眼前只是一片迷霧騰騰的森林，除了高大的樹木，她什麼都看不到。

「姐姐，我在這裡！我就在妳身邊！哈哈……」調皮的小女孩的聲音，轉瞬之間就到了她的身後，章桐循著聲音跑過去，還是什麼都沒有！彷彿這聲音就來自身邊無形的空氣！笑聲漸漸遠去，哭聲漸漸響起，是那種幽怨的、哀傷的哭泣聲，夾雜著幾絲恐懼。

「不！不！不！」章桐急了，拚命地喊，「秋秋，妳在哪裡？別躲著我了，好妹妹，姐姐求妳了，快出來吧！……」

哭聲依舊斷斷續續，在密不透風的森林裡四處飄蕩。突然，天空變得一片黑暗，剛才透過婆娑樹影還能見到幾縷陽光，轉瞬之間就伸手不見五指。小女孩哭得越來越傷心。章桐努力睜大雙眼，雙手在空中徒勞地摸索著，嘴裡不停地呼喚著妹妹的名字，心裡的恐懼也變得越發強烈。空氣已經凝固得讓人透不過氣來，章桐的聲音越來越微弱，到後來，她即使張大了嘴巴，也發不出一丁點的聲音。

就在這時，一雙突如其來的如鐵鉗般的大手猛地一把攔腰抱起了章桐，並且摀住了她的嘴巴。

＊　　＊　　＊

章桐一聲尖叫，頓時從夢中驚醒，一翻身從床上坐了起來，渾身溼透，頭髮都被汗水浸溼了。她拚命地喘著粗氣，驚魂不定地看著天花板，又看看窗外已經泛起魚肚白的天空，良久，默默長嘆一聲，新的一天又開始了。

「桐桐，妳昨晚又沒有睡好？做噩夢了？」早餐桌上，母親心疼地看著一臉憔悴的女兒，「妳有沒有考慮過不做這一行了？妳們警局裡應該有很多適合妳的位置吧，要不，做個普通的內勤也好，少點薪資沒關係，錢不夠花媽這裡有！」

章桐知道此時的母親腦子是很清醒的，一天之中也只有這個時候，母親才會清楚身邊還有自己。要不了多久，母親又會重新回到她自己的世界中去了，在那個世界裡，父親還在，不像現在，只是在牆上看著她們母女倆微笑。

「媽，我沒事，妳放心吧，我會照顧好自己的！」

「桐桐，妳老大不小了，也該結婚了，媽想趁著現在手腳還靈便一些，替妳帶一下孩子！」母親突然的提議讓章桐難免有些愕然，她張了張嘴，最終只能無奈地擠出一臉的微笑。

＊　　＊　　＊

「章法醫，妳的臉色不太好，身體不舒服嗎？」趙俊傑嘴裡啃著包子，手臂肘底下夾著公文包，站在警局門前的臺階上，遠遠地衝正朝著自己走來的章桐打著招呼。

章桐走近後，微微嘆了口氣：「謝謝趙大記者的關心，我挺好的！再

說了，幹這一行的，你看見哪個警察的臉色是紅撲撲的？工作忙，很正常。」正說著，一股濃烈的韭菜味直撲過來，她嗅了嗅，忍不住皺眉問道，「你大清早的怎麼吃韭菜包子？」

「怎麼了？不可以嗎？」趙俊傑一頭霧水，看著章桐瞬間多雲轉陰的臉，他的手不由得僵在了半空中。

「知道味道很重嗎？你在外面吃完了漱漱口再進法醫辦公室！我可不想一整天都聞到讓人討厭的韭菜味！」說著，章桐氣鼓鼓地頭也不回地走進了警局大樓。

趙俊傑傻眼了，看看手中吃了一半的韭菜包子，又抬頭看看漸漸消失在樓道拐角處的章桐的背影，不由得暗暗嘀咕：「這韭菜味難道比死人的味道還要難聞嗎？我看不見得！」

牢騷歸牢騷，趙俊傑還是乖乖地站在大樓外，也不管周圍人投來如何異樣的目光，自顧自大口大口地努力嚙起手中的韭菜包子來。

潘建一臉幸災樂禍的微笑，快走幾步追上正站在辦公室門口埋頭在挎包裡找鑰匙的章桐：「章法醫，看到那趙大記者了嗎？站在大樓外邊的臺階上，好像這輩子都沒有吃過包子似的，拚命地狼吞虎嚥，嘴都擠變形了！」

「是我叫他在外面吃完了進來的！韭菜味衝鼻，我受不了！」

潘建咧了咧嘴，同情地轉頭朝大樓外的方向看了一眼，搖搖頭，再也不吱聲了。

「王隊，這是技術中隊那邊剛送來的有關侯俊彥那輛桑塔納2000上的痕跡檢驗報告，上面沒有發現遺留什麼和我們的案子有關的線索痕跡。具體的，妳可以看一下！」說著，趙雲把報告放在了王亞楠的桌子上，轉身正要走出辦公室。

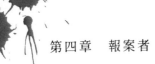

　　王亞楠突然想起了什麼，趕緊叫住了他：「派去監控丁蓉的人有回報嗎？」

　　趙雲點點頭：「丁蓉現在就在我們的二十四小時掌控之中，只要證據確鑿，我們就可以實施逮捕！」

　　「好的，那有情況及時通知我！」

　　「沒問題！」趙雲走出了辦公室。

　　王亞楠隔著辦公室的玻璃窗看著趙雲回到了自己的辦公桌前，坐下後，打開電腦繼續工作。她不由得暗暗嘆了口氣，這個男人和自己搭檔已經有兩年的時間了，雖然職務是副隊長，只比自己低了一級，但是卻一點架子都沒有，心甘情願地做著自己的助手，王亞楠的心裡不知道是什麼滋味。

　　她搖搖頭，把自己的思緒集中到手中打開的這份檢驗報告上，一行字一行字認認真真地看了起來。

　　正如趙雲先前所說，整個車子裡乾淨整潔到了極點，甚至連一枚指紋都沒有，一點都不像已經三年沒有人使用過的樣子。雖然說這一點也正是車子的疑點所在，但是，只要找不到把車子和丁蓉連繫起來的直接證據的話，自己就沒有辦法把她請到警局來。王亞楠緊緊地鎖起了雙眉。突然，她想到了什麼，趕緊站起身，來到辦公室門口，打開門大聲詢問了起來。

　　「趙雲，你們檢查侯俊彥車子的時候，它的車門是怎麼樣的？」

　　「關閉的。」

　　「關緊了？」

　　「對！」

　　「現在車在哪裡？」

「我們局裡技術組停車庫，我們下午剛拉來！」

「太棒了！馬上通知技術組的人把車子封死，然後等我！」說著，王亞楠難以掩飾臉上的激動，興奮地衝出了辦公室，向樓下法醫辦公室跑去。

「小桐！小桐！」

走廊裡傳來了王亞楠的叫聲，潘建皺了皺眉，抬起頭看向工作台對面正在仔細檢視組織樣本的章桐：「章法醫，好像有人叫妳。」

章桐點點頭，摘下護目鏡和手套：「你接著看，我馬上回來。」說著，她轉身走出了法醫辦公室。

「亞楠，出什麼事了？看妳火燒屁股的樣子！」

王亞楠拍了拍手中的檢驗報告：「還記得半年前妳和我說起過的那件轟動美國的殺妻案嗎？」

章桐茫然地點點頭：「怎麼了？」

「我記得妳說過起初一直沒有辦法確定她丈夫，也就是犯罪嫌疑人在那輛車中出現過，後來，透過一項檢測，在方向盤上發現了她丈夫最新鮮的 DNA 痕跡遺留！還有搖桿操縱桿上！妳再詳細說一遍究竟是怎麼發現的？快！技術組的在停車庫等我呢！」

看著王亞楠急切的表情，章桐頓時恍然大悟：「車子的方向盤上的皮質是什麼樣的？」

「凹凸不平的顆粒狀！」

「我和妳一起去！」

不容分說，她一把拉著王亞楠就向停車庫跑去。

在並不大的停車庫一角，有一個特殊的隔離間，有二十多平方公尺的空間，平時如果碰到車禍等一些涉及交通疑難事故案件的證物都會被拉到這邊進行勘驗。原因很簡單，天長市交通警察大隊和警局共用一棟大樓，由於專業人手嚴重不足，只有五個人的技術勘驗組既要跑重大交通事故現場，又要兼顧刑事案件現場，所以，他們被善意地稱為「消防員」。

此刻，兩個「消防員」正恪盡職守地看護著那輛特殊的桑塔納2000，車子的周圍被牢牢地纏上了一層厚厚的塑膠布，封得死死的。

章桐跟著王亞楠來到車子近前後，迅速戴上手套，然後從技術勘驗員的工具箱裡找出了一瓶看上去普普通通的透明液體，再拿上兩根棉花棒、兩個二號試管，緊接著就示意打開塑膠布，最後拉開車門，鑽進了車裡。

不大會兒的工夫，章桐就鑽了出來，然後把兩個已經蓋好蓋子的試管遞給身邊站著的勘驗組的同事，吩咐道：「馬上做DNA檢驗！」

「成功了？」

章桐笑著點點頭，一邊摘下手套，一邊說道：「雖然車子內部被整個擦拭過一遍，但是方向盤保護層上的細小顆粒狀凹凸處依然會保留下近期使用者的汗液殘留。現在是夏天，不會有人戴著皮手套開車的，而我們人類的手無時無刻不在分泌著細微的汗液，皮膚的新陳代謝也是時時刻刻都在進行，凶手沒有料到這一點，百密一疏啊。我剛才用苯酚溶液擦拭過，確定有DNA樣本殘留。如果是三年前留下的話，我想現在早就應該檢驗不出來了，即使有，樣本也已經過度氧化而變得不完整了。這車子密封效能很好，我們只要確定我剛才所採集到的樣本的純度，並且分離出相應的DNA，再有參照物相對比的話，那麼一切就能夠迎刃而解了！」

王亞楠當然明白章桐話語中所提到的「參照物」究竟指的是什麼，她

點點頭，轉身就走。

　　出乎王亞楠所料，丁蓉丁主任一點都不慌張，向自己投射來的目光中竟然充滿了挑釁的意味。那雙骨節粗壯的手和眼前這個瘦小的女人之間似乎一點關係都沒有，王亞楠突然有種奇怪的想法，這雙手應該屬於另外一個人。

　　「王隊長，妳這樣很沒禮貌地盯著我看了有六分鐘了，我的時間可是很寶貴的！我等等還有一個手術，病人那邊，妳可耽誤不起的！」

　　看著自己的對手那與生俱來的高傲，王亞楠皺了皺眉：「我們把妳叫來，那肯定是有原因的，警局是妳隨便來的地方嗎？」

　　丁蓉換了一個坐姿，微微弓起後背，目光中竟然帶著一絲笑意：「好啊，那妳倒說說，叫我來是配合妳們什麼工作？」

　　「在侯俊彥自殺後，他的那輛灰色桑塔納2000，妳駕駛過嗎？」

　　丁蓉搖搖頭，不慌不忙地說道：「我幹嘛要去開我老師的車？我自己有車。」

　　「那妳能解釋一下為什麼在車中會發現妳的指紋嗎？」這是一著險棋，王亞楠知道自己根本就沒有發現丁蓉的指紋，不過她要試探一下，看看丁蓉的表情。

　　「那也是可以解釋的，老師生前我坐過他的車，和師母在一起。我也開過這輛車。」

　　王亞楠不得不佩服丁蓉的沉著冷靜，自己面對過數不清的犯罪嫌疑人，還從沒有一個能夠這麼毫不慌亂地和自己應對自如的。

　　「王隊長，難道妳真的認為我殺人？證據呢？沒證據的話妳就沒有權力阻攔我！否則我要告妳非法扣押！」丁蓉的情緒漸漸地有些激動了。

第四章　報案者

王亞楠不免暗暗著急，她抬頭看了一眼審訊室牆上的掛鐘，那份至關重要的 DNA 檢驗報告單還沒有到，難道就這麼眼睜睜地把她放走嗎？明明各條線索都是指向她的。就少了那麼一環！

正在這時，電話響了，王亞楠趕緊接起電話，號碼顯示是法醫辦公室打來的。

「怎麼樣？」王亞楠使自己的聲音聽上去很平靜。

「共分離出三種 DNA 樣本，方向盤上的一種 DNA 樣本未知，另一種 DNA 樣本和參照樣本提供者相符合，但是，搖桿控制桿上卻又有一種 DNA 樣本和她有四對基因符合，而這種樣本中含有二號死者的微量血跡，也就是說，有可能真正的嫌疑人另有其人，且和參照樣本提供者有著直系血緣關係！」

王亞楠一聲不吭地掛上了電話，想了一會兒，她直視著丁蓉：「妳沒事了，可以走了，但是在妳走之前，我有個問題。」

「說！」

「妳的兒子在哪裡？我想和他談談！」

一聽這話，丁蓉的雙眼立刻瞇成了一條縫。她的話語中充滿了警惕：「妳找我兒子幹什麼，他和這事情沒有任何關係！妳不能冤枉好人！」

王亞楠和趙雲對視一眼，冷靜地說道：「我們又沒有說為了這個事情找他，只是想向他了解一下情況，請你配合一點！」

丁蓉卻再也無法平靜下來了，她的眼神中閃過一絲慌亂，一拉椅子迅速站了起來：「對不起，王隊長，妳們沒有證據扣留我，我走了！後會有期！」

趙雲剛想開口，卻被王亞楠攔住了，她微微搖搖頭，示意讓丁蓉離

開，不要阻攔她。等到確信丁蓉已經走進電梯了，王亞楠立刻吩咐趙雲：「馬上跟蹤丁蓉，她現在肯定會帶著我們去找真正的殺人凶手！」

坐在車裡，看著車前方二十多公尺處，剛才還沉著冷靜的丁蓉此刻臉上卻充滿了焦急。她從計程車裡出來後，急匆匆地走進了郊外的一個連體別墅裡。王亞楠不得不感嘆母性的神奇，這個女人精心編制的嚴密的防護外罩被徹底打破了。王亞楠雖然不是一個母親，但是她卻很清楚天底下所有的母親最大的軟肋就是她們的孩子。

手機終於響了，王亞楠接起電話，在聽完簡單的彙報後，她點點頭：「我知道了。」

掛上電話，王亞楠和趙雲兩人拉開車門，走下車，然後迅速向別墅靠近。

這是一棟表面灰色的別墅，建築呈現巴洛克風格，已經有一定的年分，斑駁的牆面上爬滿了綠色的爬山虎。別墅有三層，別墅前的花園已經明顯有些荒廢，除了不知名的野花以外，就是雜亂叢生的野草，顯然這別墅的主人的心思已經不在自己的生活中了。如果不是丁蓉剛剛走進去的話，王亞楠真會懷疑這地方是否還住著人。

門鈴發出了一種刺耳的聲音，彷彿在打磨著一個年代已久的砂輪，就像這棟老房子一樣。來之前因為太匆忙，所以並沒有來得及申請逮捕令，這一次王亞楠也就只能以拜訪之名站在別墅門前的臺階上。

門鈴響了很久都沒有人來開門，王亞楠有些焦急，瞟了一眼身邊的趙雲：「會不會出什麼事情？」

「不知道，怎麼樣，要不要……」趙雲的意思是要不要硬闖進去，他把手伸向了自己的後背。

　　王亞楠也掏出了隨身帶著的手槍。她打了個手勢，示意兩人分頭從屋子的兩邊摸索前進，找到能進去的門。

　　趙雲點點頭，朝左面快步走去了。

　　別墅看上去並不大，但是橫向面積卻不小，王亞楠一連走了三十多公尺雜物堆積的羊腸小道後，才終於找到一扇可以進入別墅的小門。她轉動了一下門把手，門很快就被推開了。王亞楠左右看了看，然後迅速走了進去。

　　眼前頓時一片漆黑，這是一條狹窄的過道，過道兩旁堆滿了亂七八糟的東西，用帆布蓋著。王亞楠努力睜大雙眼，向著過道盡頭那一點微弱的亮光處摸索前進著。

　　走到亮光處發現那是一道門縫，她用力推開門，眼前頓時一片光亮，她發現自己正站在別墅一樓的大廳中。

　　最先吸引她的目光的，是正前方牆上掛著的一張很大的相片，用油畫的方式處理過，有一人多高。相片中的兩個人她認識，正是自殺身亡的侯俊彥與他那因車禍而死的妻子，不過在相片中兩人的臉上看不到一絲悲傷，兩人笑得很開心，很滿足。

　　王亞楠皺了皺眉，難道這別墅原來的主人正是死去的侯俊彥夫婦？那麼，丁蓉為什麼會有這個別墅的鑰匙？

　　整個大廳裡一塵不染，與屋外的情景彷彿天壤之別！

　　正在這時，趙雲出現在了身後，他也是從那個小門裡進來的。

　　「怎麼樣？還沒有找到人嗎？」

　　「沒有，我們再分頭找！我去樓上，你去看看地下室，有情況招呼一聲！」

「沒問題！」

十多分鐘後，當王亞楠伸手推開二樓的一間房門時，眼前的一幕讓她驚呆了。

鮮血正順著床沿慢慢滴落，很多很多的鮮血，早就在地板上匯成了一條血河，空氣中瀰漫著令人作嘔的鐵鏽味道。

床上也好不到哪裡去，潔白的床單已經變得血紅，在血紅的床單上躺著的那個人，滿臉意味深長的微笑早已經定格。儘管臉色已經慘白，意識和生命都在慢慢遠去，但是這個人似乎很滿足，要不是他右手腕上那道深可見骨的令人恐怖的傷口的話，王亞楠真的沒法相信他正在面對死亡微笑。

這個人，這張臉，她再熟悉不過了，因為他的名字早就被刻在了一塊墓碑之上，但是這一次，他可是真的死了。

他就是天長市第一醫院原外科主任侯俊彥。在別人眼中，三年前他就已經是一個死人，而此刻，他靜靜地躺在床上，他的右手正緊緊地握著一張相片，相片中的女人正是他的妻子。

沉思良久，王亞楠默默地嘆了口氣。

＊　　＊　　＊

在審訊室中再次見到丁蓉時，她的臉上卻再也找不到先前那種不可一世的囂張氣焰了，相反，眉宇之間充滿了難以名狀的悲傷，目光呆滯，彷彿以前那個驕傲的女人在她身上自始至終根本就沒存在過一樣。

「丁蓉，到現在妳也該說實話了吧？」

丁蓉點點頭，長嘆一聲，一臉的落寞：「沒錯，侯俊彥確實是我同父

異母的哥哥。人也是他殺的。這麼做，我想你們也早就已經猜到了，都是為了嫂子和她那還沒有來得及看一眼這個世界的可憐的孩子！現在，一切都已經結束了，完了……」

「那妳把事情原原本本地和我們說一下吧，從三年前那起車禍開始說起。」王亞楠打開了錄音機。

回憶起往事，丁蓉的目光中充滿了傷感。

「我哥哥是個性格堅強而且很自負的男人，三歲的時候，他母親帶著他和我父親離了婚，從此後母子倆過著艱苦的日子。四年後，我出生了。但是我從來都不知道他的存在，直到我工作三年後又考上了研究生，最後竟然投在他的門下，一個偶然的機會，我在他家的相簿裡看見了我父親年輕時的相片，這才知道我和他的關係。從那個時候開始，他就是我唯一的親人了。」

「妳不是還有一個兒子嗎？」趙雲忍不住插嘴問道。

「他死了！」說這句話的時候，丁蓉的口氣變得十分冰冷。

王亞楠皺了皺眉頭，示意丁蓉繼續說下去：「說說三年前侯俊彥自殺的那件事！他為什麼沒死？死的又是誰？我想你應該比誰都清楚！」

丁蓉的嘴唇開始漸漸地哆嗦了起來：「我哥哥自從嫂子慘死後，自己又被診斷出車禍導致右手神經重度損傷，這輩子說不定就得告別手術檯了，他的生活也就徹底毀了。從那時開始，他就有了死的心思，但是在死之前，他要替嫂子討回一個公道。可是，據說車禍很大一部分原因是車子本身品質缺陷導致的，車主只負擔百分之二十的損失賠償。兩條人命啊！開車的殺人凶手竟然可以逍遙法外！這世道還有天理嗎？老天爺都不長眼啊！」丁蓉的淚水泉湧而出。

「在投告無門的情況之下，我哥哥徹底絕望了，他決定以死抗爭。」說到這裡，丁蓉突然不吭聲了，兩隻眼睛目光發直，死死地盯著面前的牆壁。

「丁蓉，是誰替侯俊彥死了？是不是妳的兒子？」王亞楠的話猶如晴天霹靂，丁蓉頓時嚎啕大哭。

趙雲驚得目瞪口呆：「王隊？」

王亞楠點點頭，重重地嘆了口氣：「把情況一五一十地說出來！」

「小鑫因為吸毒，一直找我要錢，沒有錢，他就打我，家裡的東西都被他賣光了，還揚言說要是我拿不出錢讓他去買毒品，就要打死我。那天下午，我去哥哥那邊探望他，因為嫂子和姪子死了，我很擔心哥哥。我到的時候，他喝醉了，躺在床上不省人事。我無意中發現了桌上的遺書，那時我驚呆了，我不能讓我哥哥就這麼離開我。他是個好人！就在那時，門鈴響了，我打開門，看見了小鑫陰沉的臉，他一看見我，不由分說上來就掐住了我的脖子，問我要錢。我拚命掙扎著，但是，但是我喘不過氣來。就在我的意識漸漸模糊的時候，一記沉悶的響聲過後，小鑫就倒在了我的懷裡，鮮血濺了我一身。在小鑫的身後，我哥哥手裡拿著一個堅硬的啞鈴，正茫然而又恐慌地看著我。」

「侯俊彥殺了你兒子？」

丁蓉表情淡漠地點點頭：「他是為了救我，不然的話，那天晚上死了的，肯定就是我了！」

「那接下來呢？」

「我們很快就清醒了過來，我哥哥要去自首，但是被我攔住了，我不想他清白的一生就這樣毀在我自己生的孽子手裡。我看到了桌上的遺書，就有了李代桃僵的主意。我知道，我哥哥在天長這邊已經沒有親人了，沒

有牽掛，也沒有別人知道我和他的血緣關係。大家所知道的，就只有我是他最疼愛的徒弟而已。所以，要是我第一個出現在自殺現場，死者又穿著我哥哥的衣服，身高體型又差不了太多的話，如果我堅持指認這具從十樓跳下去的血肉模糊的屍體就是寫下遺書的死者的話，那麼，你們警察是不會多問一句的。更何況我哥哥的生活被毀早就已經是盡人皆知了。我也不用再多說什麼了。」

「就這樣你用親生兒子的屍體替代了侯俊彥？」

「對！」

「那麼，照你這麼說，事情應該也已經過去了，卻又為何在三年後的今天發生了這麼殘忍的謀殺案呢？兩條無辜的生命，你們難道不是醫生嗎？怎麼卻變成了殺人不眨眼的魔鬼！」

聽了趙雲的怒斥，丁蓉微微搖了搖頭，無奈地說道：「在這三年中，我哥哥一直過著幾乎與世隔絕的生活，很少出門，平時也只有我去看望他。他整天都生活在自己的世界裡，在那個世界裡，嫂子，還有那沒有出生的孩子，都還活得好好的。我沒有注意到他的情緒已經在潛移默化中發生了可怕的變化。他清醒的時候一點都沒有忘記嫂子被害的事情，包括車主的名字，他都已經把它們深深地刻在了自己的腦海裡。他雖然很少出門，但是他卻一直在默默留意著那個姓王的車主家的一舉一動。他甚至還在網路上僱用了一個私人偵探，對方定期向他彙報情況。沒想到那個車主的女兒居然來這邊讀書了。」

「他把計畫告訴你了？」

「對，他在這個世界上唯一信任的就只有我了。」丁蓉默默地把一縷垂下來的髮絲夾回了腦後。

「那你們究竟是怎麼做的？」

「她家經濟狀況不是很好，又因為車禍的原因，家裡失去了重要的經濟來源，所以，女孩子很渴望找到一份比較穩定的家教工作。我根據私人偵探的情報，知道她在週末會去新華書店門口尋找當家教的機會，就在那邊找到了她，並且配了手機給她，說是方便聯繫，然後和她交上了朋友。」丁蓉的嘴角掛著一絲不易察覺的冷笑。

「五月十三號那天，也就是三年前我嫂子和姪子被撞死的那一天，一切都準備好了，我打電話給她，約她晚飯後來家裡上家教，到時候我會去接她。她欣然同意，完全不知道因為父親曾經犯下的過失，自己馬上就要失去生命。我在小街上接到她以後，就把她帶到了郊外的別墅，接下來發生的事情，你們已經知道了。」

「那你們為什麼要這麼對她？太殘忍了！」

「在這三年裡，我哥哥一直都沒有放棄找回自己這雙手的願望，並且越來越強烈。事業也是他的生命，所以……」

「所以你就忍心這麼對待死者？」王亞楠簡直都不敢相信自己的耳朵，殺了人還有這麼冠冕堂皇的理由。

「她被分屍前就已經死了，死的時候沒有任何痛苦。」或許這就是在丁蓉的臉上找不到一點愧疚的原因。

趙雲拉住了王亞楠：「妳負責拋屍？」

「對！我哥哥當時也在場，在我走了以後，是他打電話報警的，怕你們注意不到那個包裹。」

「那第二個死者呢？你們為什麼殺她？她和你們那起車禍一點關係都沒有啊！」

「她曾經經過郊外別墅區，看到了我哥哥，還認了出來，一直緊盯著不放。只能說她在錯誤的時間裡出現在了錯誤的地方。」說到這裡，丁蓉的臉上流露出不屑一顧的神情，「再加上你們在電視中不是說快破案了嗎？」

她沒有再繼續說下去，相反用挑釁的眼神注視著王亞楠和趙雲：「我看你們智商也很一般，要不是我哥哥執意留下了那張相片，你們會想到兩個案子是一起的嗎？」

王亞楠沒有吭聲。她拿過兩張放大的相片，都是搖桿控制桿上採集到的微量血痕的特寫，還有一份化驗報告，一併都遞給了丁蓉，然後平靜地說道：「你們還是留下了破綻，儘管整個車子上一點指紋都沒有，我們就根據這個血痕，找到了妳！」

翻看著 DNA 檢驗報告，丁蓉的臉上一陣紅一陣白，她緊咬著牙關。

「要不是我趕著要回去做手術和還車的話，我們不會這麼匆忙的。」

王亞楠感覺到莫名的憤怒，譏諷道：「丁主任，你難道不覺得可笑嗎？一邊趕著幫妳哥哥殺人，同時又趕著回去做手術，遊走在殺人與救人之間，何苦呢？」

丁蓉沒有說話。

＊　　＊　　＊

夜深了，王亞楠辦公室的燈還亮著，她呆呆地凝視著眼前不斷閃爍著的電腦螢幕，突然感覺心裡空蕩蕩的。

「妳還沒有走啊？」是章桐的聲音。

王亞楠抬頭，疲憊地一笑。

「我聽說結案了。」

「對，可是最後關頭，凶手卻自殺了。」

「我想其實在三年前他就已經死了，至少他的心死了。」

王亞楠點點頭：「我也是這麼認為的，他最愛的女人和他的事業，這兩樣被一個男人視作所有生命的東西，如果一下子都沒有了的話，那麼，這男人活著還有什麼意思？小桐，妳經常面對死人，對於死亡，妳有什麼看法？妳會笑著面對死亡嗎？」王亞楠的眼前出現了侯俊彥那臨死時掛在嘴角的笑容，她在他眼中看不到任何恐懼。

「我每次心情不好的時候，都會來到解剖室，面對冷庫中那一具具已經毫無聲息的軀體。它們就像是我的朋友一樣，我靜靜地坐上一會兒，聽它們用冰冷的無聲的語言來告訴我心中的想法。當然了，它們已經死了。」章桐放下挎包，走到窗口，看著窗外燈火闌珊的街市，喃喃自語道，「死亡其實並不可怕，在相當程度上，我想它應該是一種解脫。我父親當年就是這麼離開了我和母親。」說著，她一陣苦笑，轉身面對王亞楠，「老話不是這樣說嗎 —— 好死不如賴活著，生命只有一次，誰都不會願意就這麼結束自己的生命，但是，亞楠，如果我的生命像侯俊彥所經歷的那樣變成了一副行屍走肉般的空殼的話，或許我也會選擇死亡，因為那是一種解脫。就這一點上來看，我很能理解侯俊彥最後的自殺行為。」

看著章桐說這番話時那臉上似笑非笑的表情，王亞楠不由得打了一個寒顫，連忙擺手：「小桐，妳別嚇唬我，妳什麼都沒有的時候還有我呢，妳若死了我就沒朋友了。再說了，我結婚妳還要當伴娘呢！」她繼續扳著手指，「我生孩子，妳還要當我孩子的乾媽，將來就是乾外婆、乾太婆……」

「妳別數了，我還沒有那麼老呢！」章桐笑了，一把抓起椅子上的挎包，「走，我們吃宵夜去！轉角那邊開了個新的夜市，聽他們技術組上夜班的人說味道不錯的，價錢也公道！」

「走！」王亞楠欣然同意，俐落地關上電腦，拿上外套和挎包，走到門口，突然又想起了什麼，嘴裡嘟囔了一句，「我還有個結尾沒有寫完……」作勢就要轉身往回走，卻被章桐攔住了：「哎呀，亞楠，都結案了，今天就放鬆一晚上吧，別那麼玩命，休息休息，李局不會怪妳的！」說著，她不容分說地拽著王亞楠的手臂就往外走，嘴裡嘟囔著，「再說了，我們兩姐妹難得一起聊聊閒話，我特地來找妳也是有很多話要和妳說的，今天就算給我一個面子吧……」

王亞楠看看章桐，無奈地點點頭，笑了。王亞楠是一個好勝心很強的女人，她可以什麼都沒有，包括婚姻，但是她卻深知自己不能沒有朋友。什麼叫「朋友」？就是面對你的任性永遠都不會對你發脾氣的人；會一面叫著「減肥」，一面卻又笑瞇瞇地把你拽出去大吃一頓的人；會在你傷心的時候不計過往，摟住你的肩膀讓你可以痛哭一場的人……章桐就是這樣的一個人，王亞楠知道自己可以像信任自己的手足一樣地去信任她，可以把自己的內心世界完完全全地展露給她。但是王亞楠卻很困惑，因為章桐從來都不會把自己的心事講出來，相反卻裹得嚴嚴實實，就像一個深不見底的深潭。王亞楠不會去打聽，可是她的心裡，卻從來都沒有放棄過這個念頭。同時她也相信這只是時間的問題，總有那麼一天，章桐會告訴自己她的心事的。

＊　　＊　　＊

墓地上方的空氣就如同墳墓裡埋葬的骨灰一樣冰冷，四周聽不到鳥叫的聲音，只有一隻孤零零的蟋蟀在有氣無力地鳴叫掙扎著。天空中早已看

不到耀眼的陽光，不知何時已經變得一片灰暗，從遠處朦朦朧朧地傳來了陣陣雷鳴聲，很快，午後的雷陣雨就要降臨了。

　　章桐伸手觸控著父親冰涼的墓碑，那花崗岩墓碑表面的顆粒劃過她的指肚，留下了一種異樣的悲涼，淚水漸漸地模糊了雙眼。父親在毅然邁出生命中最殘忍的那一步跳下大樓的那一刻，不知道他腦海中有沒有想過在這個世界上還有相濡以沫的妻子和深深愛著他的另一個女兒。

　　「爸爸，我來看你了，我好想你。」雖然父親已經離世二十年，當時章桐尚在幼年，但對於深愛的父親依然有著這輩子永遠都無法抹去的記憶。章桐有時候也會埋怨父親，因為他的離去，帶走了自己所有的快樂，從此以後，章桐的生命中就只有母親那時而清醒時而模糊的愛。

　　她想像著父親在世時的微笑，可是記憶中卻只找到父親那流淚的雙眼。妹妹走了，父親一夜之間愁白了頭，當三個月後風塵僕僕的父親再次出現在家門口時，章桐在他的目光中只看到了陌生和絕望。父親的眼中不再有她了，他用那遍地的血紅和寶貴的生命換來了自己心裡永遠的平靜。

　　可是章桐很快又不怪自己的父親了。他太愛兩個女兒了，章桐明白，父親是在遍尋妹妹無果的情況下，毅然用死亡來彌補自己因為疏忽而造成的悲劇。

　　「我帶來一件禮物給你，」她喃喃地說道，把手伸進了自己的挎包裡，摸出了一張自己和母親的合影。她把相片輕輕塞進了父親墓碑下放置骨灰盒那一層的小小的縫隙裡。

　　「這樣，你想我們的時候，就不會感到寂寞了。」

　　手機響了。

　　「我是章桐。什麼時間？……地點呢？……」她看了看手腕上的錶，

第四章　報案者

「保護好屍體，我二十分鐘後到。」

結束通話電話後，章桐看了看父親的墓碑，輕輕嘆了口氣。她猶豫了一下，伸出手撫摩了一下父親小小的遺像，嘴裡喃喃地說道：「放心吧，爸爸，我不會讓你丟臉的！」

天空中已經開始飄起了細密的雨絲，章桐頭也不回地直接走下了甬道，向公墓門口快步走去。

章桐厭惡下雨天，因為下雨天不光讓人心情不好，還會破壞露天現場的完整性。尤其對於屍體表面證據的破壞程度，更是讓人難以想像的。

案發地點在海邊的一條廢棄的棧道上，因為下雨，位置又偏僻，所以要不是一對突然心血來潮的小情侶打定主意來這邊尋找浪漫的話，真不知道屍體要到什麼時候才會被人發現。

章桐剛下計程車，就看到了那對被嚇得夠嗆的小情侶，臉上極度恐懼的表情是裝不出來的，臉色灰白，渾身瑟瑟發抖。章桐皺了皺眉頭，她注意到了那個小夥子褲腿上的汙漬，還有那不遠處的一堆隱約散發著酸腐味道的胃容物。

雨越下越大，潘建駕駛著工作車也隨後趕到。在整理工具箱的時候，潘建一臉的沮喪。

「怎麼了，屍體放在面前都沒有見你這麼一臉的倒楣樣，到底出什麼事了？」章桐微微一笑。其實她不用問也早就猜到了，小夥子這段日子在談戀愛，難得的輪休被抓來，又是這麼泥水嗒嗒的下雨天，心情能好才怪。

潘建一邊把沉重的工具箱拖了出來，一邊沒好氣地說道：「好不容易把阿彩哄得笑了，這電話一來，就又沒了，嗐……」

「行啦，時間長了也就習慣了。」章桐嘆口氣，搖搖頭，拉著工具箱，剛要向棧道方向走去，法醫工作車裡突然冒出了一個腦袋：「章法醫，等等我！」說著，車門就打開了，看樣子剛才他可能睡著了。

是趙俊傑！

章桐皺了皺眉，回頭瞪了一眼潘建：「他怎麼來了？」

潘建聳了聳肩膀，一臉的無奈：「李局硬要我帶上他，我又有什麼辦法？說要搞好和媒體的關係，大道理一大堆。」

章桐不吱聲了，也不搭理在後面匆匆忙忙找鞋套和雨傘的趙俊傑，迅速向棧道盡頭案發現場走去。

由於在電話中早就已經交代過了要保護好屍展現場，所以王亞楠叫來了四個助手，一人一角拉著一塊大帆布，搭了個簡易帳篷遮住了躺在棧道上的屍體。

儘管此刻帳篷外面下著雨，掀開帳篷進入現場時，那股撲面而來的濃烈的血腥味卻還是讓人作嘔。王亞楠站在屍體旁，臉色很糟糕。

「這是什麼？」低頭看去，章桐簡直不敢相信自己的眼睛，在腐爛的棧道木地板上，擺放著一大攤血肉模糊的肉，沒有頭顱。就像一個被調皮的孩子撕扯壞了的洋娃娃一樣，被隨意地扭曲，然後拋棄在了這荒涼的郊外海邊棧道上。

王亞楠沒有說話，神色嚴峻地站在一邊。

章桐一邊蹲下，打開工具箱，戴上手套，一邊揮手示意潘建馬上就用防水相機進行現場屍體的拍照取證工作。

章桐見過很多屍體，各式各樣的死法，但是卻從未見過像眼前這堆亂七八糟的肉塊這般令人噁心的。無孔不入的蒼蠅已經開始向這頓「美味」

聚集。強忍住內心的噁心，章桐小心翼翼地整理著死者的殘留物。

身後傳來了一聲驚叫，緊接著就是帳篷外拚命嘔吐的聲音。章桐緊鎖著眉頭，她深知儘管見過很多大場面，趙俊傑趙大記者絕對是承受不了眼前這幅彷彿是地獄的景象的，想到這裡，她的嘴角微微揚起，驕傲的趙大記者至少一個月內是吃不了肉了。

「怎麼樣，小桐，有什麼明顯的線索嗎？」王亞楠的嗓音有些沙啞。

「凶手太殘忍了，只剩下一堆支離破碎的肉片。」章桐皺了皺眉回答道，「不過可以肯定的是，這是拋屍現場，不是殺人現場。儘管下雨，但是屍體身下的木板上並沒有滲漏的血跡，乾乾淨淨的。」

「這場大雨幫了倒忙！」潘建忍不住插了句嘴。

「還有呢？她除了被砍去四肢和頭顱外，還缺少了什麼器官？」王亞楠的視線一直沒有離開過地上那攤七零八落的肉塊。

「內臟被挖空了，還有骨頭！」章桐用工具稍微翻了翻，頭也不回地回答道。

「骨頭？」

「對！一般人體由兩百零六塊骨頭組成，但是死者的身上卻沒有一塊骨頭被剩下！她被人俐落地剔去了身上所有的骨頭！」作為一名法醫，章桐很熟悉人體的每一塊骨頭所處的位置，所以對於王亞楠的問題，她立刻脫口說出內心油然而生的憂慮，「亞楠，這個人很變態！妳要小心！」

王亞楠點點頭，皺眉咒罵了一句：「變態狂！」

在回局裡的路上，趙俊傑自始至終都是一臉煞白地趴在汽車後座上，連頭都沒有抬起來過。

潘建小心翼翼地開著車，時不時地偷偷瞟一眼後視鏡，心裡祈禱著這後座上的趙大記者千萬不要吐在車上。

章桐則心事重重地看著車窗外不斷向後的溼漉漉的街道。她的心裡有種很不好的感覺，此刻放在法醫工作車備份廂裡那個黑色裝屍袋裡的亂七八糟的肉塊，很有可能只是一個開始，因為拿走死者所有骨頭的那個魔鬼，顯然根本就沒有把死者當個人看待。如果在一個人的眼中除自己以外其他的人都已經不再稱得上是「人」的話，那麼，他殺一個人就和殺一隻貓宰一隻狗沒有什麼區別了，真要是那樣的話，那將會是一個非常可怕的局面。章桐不希望自己即將面對的是這樣的一個魔鬼！

世上沒有不透風的牆，更別提現在還有「微博」這個東西。那對發現屍體的小情侶在清醒過來後所做的第一件事情，就是在報案前以最快的速度把自己的重大發現公布在了微博上，也不管別人看了會不會噁心。當王亞楠從比自己矮半個頭的男孩子手中奪過手機的時候，海邊凶案的消息早就已經以十的 N 次方的速度傳遍了整個網路世界，再加上那張讓人看了毛骨悚然的相片，儘管拍照時雙手明顯是顫抖著的，但個中的血腥與殘忍已經可見一斑。

「誰允許你這麼做的？」王亞楠生氣了，作勢要砸了手機。

男孩子急了，跳起來搶：「那可是 iPhone 4 啊，五千多塊錢呢！妳砸壞了我可要告你的。」

「你知道你傳播出去的後果是什麼嗎？」王亞楠就像一個標準的悍婦一樣，雙手叉腰，晃了晃手中的手機，怒斥道，「這個沒收，叫你家裡人來拿！」她已經吃準了眼前這個小傢伙至多不過十七歲，現在的這幫孩子都被自己的父母寵壞了，她決定要好好嚇唬嚇唬他。

男孩子心疼地瞅了一眼王亞楠手中的手機。「那妳可別搞壞了！」他撇了撇嘴，依舊是滿心的不甘，「再說了，現在不是新聞自由嗎？我發微博又犯什麼法了！」

聽了這話，王亞楠忍不住重重地嘆了口氣：「你這消息洩露出去後，對我們警方的破案是非常不利的，知道嗎？」說著，她把手機遞還給了男孩子。看著他迅速轉憂為喜，立刻打開手機微博點選刪除，全然不顧自己剛才的可怕經歷的樣子，王亞楠無奈地搖搖頭，招手示意同事過來接手，自己則轉身離開了。

微博的影響力遠比王亞楠想像中要大。此刻，早就回了警局的章桐剛剛穿上工作服，還沒有進解剖室，李局就急匆匆地趕了過來，在門口攔住了她，言語之間顯得焦急又充滿了抱怨。

「小章啊，妳們剛接的案子究竟是怎麼洩露出去的？現在竟然連市政府辦公室的人都知道了，我卻還被矇在鼓裡。人家紀委顧書記剛剛打來電話催問這件事了，說什麼有人都捅到微博上去了，連現場相片都有，這可是你們工作上的失誤啊！小王呢？她人還沒有回來嗎？」

章桐一頭霧水，她一邊讓路給身後的輪床，一邊皺眉說道：「李局，我對這個情況也不了解。」

「那妳這邊有消息後盡快通知我，猜想媒體那邊的壓力馬上就要到了。對了，趙記者呢？」李局邊說邊朝章桐身邊看去。

章桐朝身後努了努嘴：「他呀，現場回來後就一直在休息室趴著呢，吐得臉都綠了。」

李局剛想開口，突然意識到了什麼，尷尬地笑了笑，轉身走了。

「章法醫，妳真厲害！我從來沒有看見李局對妳發過脾氣，再大的火

看到妳後都發不起來了。」潘建一邊和章桐合力把屍體移到不鏽鋼解剖臺上，一邊嘀咕道。

「不是我厲害，做事只要用心，誰都不會指責你的。哪天你要是改了那吊兒郎當的毛病，你見了李局也不用再腿肚子發軟了。」

潘建不吱聲了，乖乖地從消毒櫃中拿出一套早就準備好的工具盤，放在解剖臺的旁邊。

「我們開始吧！」

章桐揮揮手，頭也不抬地俐落地拉開了黑色的裝屍袋。

第四章　報案者

第五章　骨頭收藏家

　　章桐搖搖頭：「我不這麼認為，這太片面了，這個人非常有耐心地剔除了死者身上所有的骨頭，一根都不剩！我仔細檢查過死者所有剩下的部位，沒有一個地方有骨頭的殘留，哪怕一小片都沒有！這個人就彷彿是拿走了一件獨一無二的珍藏品一樣！他在蒐集骨頭！而這些剩下的死者的肉體在他的眼中就等同於一堆垃圾，被毫不猶豫地拋棄在了荒郊野外！至於頭顱，我想那是因為結構過於複雜，所以凶手乾脆就全部拿走了。而從死者剩下的肉體上的創痕中，我也看不出一點下刀時猶豫的跡象。一般來說，第一次殺人，下刀都會有一定的拖痕留下，但是這死者身上的傷口處卻乾脆俐落，毫不拖泥帶水。顯然他已經不是第一次下手了！」

第五章　骨頭收藏家

　　一個多小時後，王亞楠風塵僕僕地推門走進了解剖室，並順手從牆上拿過一件工作服穿上。來到解剖臺跟前，她一聲不吭地凝視著面前這堆面目全非的東西。沒有頭顱和手掌腳掌，死者的內臟已經被掏空，屍體身上的骨頭已經被全部剔除，僅剩一副空空的皮囊。看得出來，凶手刀法極好，能夠將屍體掏空一切還能留有軀殼。

　　「真難以相信，這居然是個人！這天殺的怎麼下得了手！」良久，王亞楠才狠狠地咒罵了一句。

　　潘建遞給王亞楠一張毒物化驗報告：「王隊，剛送來的。」

　　王亞楠草草地看了一眼報告，皺眉問道：「這三唑侖和舒安寧是什麼東西？」

　　「都是鎮靜類藥物，在死者體內發現的劑量足夠讓一匹馬趴下了！」章桐一邊說著，一邊把死者的腿部朝外挪了挪，盡量讓死者大腿根部的皮膚裸露出來，「我到現在還沒有發現注射的針孔，已經找了三遍了。」

　　「鎮靜劑過量有沒有可能導致死亡？」

　　「當然可以，但是這個死者卻並不是直接死於鎮靜劑過量。根據屍體的身高體重大致來看，她體內鎮靜劑的劑量只是讓她陷入深度昏迷而已，這有可能會引起器官衰竭最終導致死亡，但是要知道，我們有些人對於這種鎮靜劑是有一定的抗藥性的。而這個死者，至少她被肢解的時候還活著！」

　　「你說什麼？」王亞楠吃驚地看著章桐。

　　「你看，」章桐伸出右手食指指著看上去應該是死者胸口的部位說道，「我仔細檢查過全身的傷口，切口處的肌肉組織都呈現出一定的瘀血狀況，顯示死者在那個時候，全身的血液還處在流動的狀態，也就是說她

還活著。而這邊，在本來應該存在第三和第四根肋骨位置的中間，你仔細看，有沒有發現什麼異樣？」

王亞楠湊上前仔細檢視，沒多會兒就抬起頭說道：「這邊好像傷口有些不一樣！比較不規則！」

「對，是用一種類似於鋼鉤之類的東西戳破的。我們可以設想一下，凶手用鉤子鉤住了死者的這個特殊部位，鉤子牢牢地掛住了死者的第三和第四根肋骨，而這裡的位置又接近死者的左心室，鉤子很有可能直接穿破心臟，進入左心室，血液迅速流出，進入肺部。如果我的推斷沒有錯的話，死者是被自己的血液活活嗆死的，持續的時間很長，而在這段時間裡，死者的血液也很快流光了。我想，這就是死者的死因！」

「太殘忍了！」王亞楠的臉色非常難看。

「聽上去怎麼這麼熟悉？」一旁的助手潘建忍不住嘟囔了一句，隨即看到王亞楠和章桐不約而同地看向自己，連忙解釋道，「是這樣的，我的父親在肉聯廠工作，我小時候經常去那邊玩，你們剛才所說的，和那邊殺豬的方法很類似啊！」

「你接著往下說！」

潘建點點頭：「他們一般的慣例就是用肉鉤子鉤住豬身上的這個部位，把剛剛宰殺完的豬吊起來，然後再進一步分解。他們的動作非常熟練，沒幾分鐘，豬就按照各個部位分門別類地片好了！」

「難道我們要找的是個屠夫？」

章桐搖搖頭：「我不這麼認為，這太片面了，這個人非常有耐心地剔除了死者身上所有的骨頭，一根都不剩！我仔細檢查過死者所有剩下的部位，沒有一個地方有骨頭的殘留，哪怕一小片都沒有！這個人就彷彿是拿

走了一件獨一無二的珍藏品一樣！他在蒐集骨頭！而這些剩下的死者的肉體在他的眼中就等同於一堆垃圾，被毫不猶豫地拋棄在了荒郊野外！至於頭顱，我想那是因為結構過於複雜，所以凶手乾脆就全部拿走了。而從死者剩下的肉體上的創痕中，我也看不出一點下刀時猶豫的跡象。一般來說，第一次殺人，下刀都會有一定的拖痕留下，但是這死者身上的傷口處卻乾脆俐落，毫不拖泥帶水。顯然他已經不是第一次下手了！」

「你說這人從活人身上蒐集骨頭？」說這句話的時候，王亞楠突然之間感覺到自己周圍的溫度變得異常冰冷，她不由得打了個寒顫，接著補充了一句，「這世界上竟然還有人會為了蒐集骨頭而殺人？」

章桐一臉的嚴肅：「如果這人痴迷於人體骸骨的話，那麼殺一個人在他看來，只不過是為了得到自己期盼的收藏品所必須完成的步驟罷了！」

聽了這話，王亞楠不由得倒吸一口涼氣。她意識到章桐說得沒錯，因為目前看來只有這樣才能夠解釋為何死者全身上下的骨頭都被人取走了。

「骨頭收藏家」這個稱號在一夜之間就傳遍了整個網路，天長市最大的論壇——「天長茶社」上鋪天蓋地的都是有關「骨頭收藏家」的種種讓人毛骨悚然的猜想。當然了，隨之而必然產生的對天長市警局辦案效率的不滿情緒也是越積越多。

當章桐推門走進會議室時，李局陰沉著的臉讓她頓時感覺到了局勢的嚴峻。

「都到齊了，大家說說吧，對這個案子的看法！小章，妳是接手的法醫，妳先來！」

章桐點點頭，站起身：「死者為女性，年齡在二十至三十歲之間，沒有生育過孩子，皮膚細膩，顯示保養得很好，皮下組織很有彈性，營養充

足。死因目前暫時定為失血過多合併肺部感染。因為死者的全身骨頭以及手掌、腳掌和頭顱至今尚未找到，所以，對於死者的身分我沒有辦法做進一步判定。死亡時間為十九至二十四個小時前。」

「無名屍體？這屍源判定不了的話，對於我們案件的破獲有很大的難度啊！」重案組副隊長趙雲忍不住合上筆記本嘀咕道。

「沒錯，屍源的判定是我們目前最棘手的問題，」王亞楠皺眉說道，「但是對於失蹤的成年人來說，我們基層派出所一般要在四十八小時後才會立案上報給我們。這叫我們怎麼去找？」

李局嘆了口氣：「看來只有大海撈針了，馬上發認屍啟事，」他看了看手腕上的錶，「還有五個小時才到晚上六點，還來得及上晚間新聞，我馬上就和廣電中心聯繫，小王，散會後馬上整理一份簡報給我！」

王亞楠點點頭。

「說到『骨頭收藏家』的問題，我們現在對這個稱號的源頭已經無法追蹤了，」李局神情嚴肅地說道，「你們重案大隊以後要注意，現場一定要嚴格控制消息，不能隨便走漏，以免引起群眾不必要的恐慌！今天的事情就算到此為止，我希望你們一定要汲取教訓，下不為例，並且把這個要求給我馬上傳達下去，做到每個人都清楚！明白嗎？」

「明白！」王亞楠的臉上一陣紅一陣白。

「好，這個案子還是由你們重案大隊負責，小王啊，盡快破案，全市每個老百姓都在看著我們呢！有什麼困難，儘管來找我！」

王亞楠緊咬嘴唇，用力點點頭。

散會後，章桐刻意站在會議室門口等王亞楠，看到她走到近前，就上前安慰地拍拍她的後背：「亞楠，別擔心，妳還有我呢！」

王亞楠一臉苦笑，下意識地摟住了章桐瘦小的肩膀，感慨地說道：「不用妳提醒我，我們是拴在一根繩子上的兩個螞蚱啊！」

章桐微微一笑，兩人肩並肩一起往外走。

「對了，怎麼好久沒有見到妳那個檢察院的老同學了？」王亞楠一邊走，一邊抬頭問道。

章桐心裡咯噔一下，確實有好長時間沒有看見劉春曉了，也沒有接到他的電話。她撇了撇嘴：「人家是大檢察官，忙唄，怎麼了，妳想他了？」

王亞楠有些臉紅：「哪有啊，我想他幹嘛？」

章桐突然站住了，轉身看著王亞楠，一字一句地說道：「亞楠，我們認識至今已經有很長的時間了，可以說我是最了解妳的人。我每天都和死亡打交道，作為妳的朋友，我給妳一句忠告，喜歡誰，就大膽地去追求去表白，要相信自己，妳明白嗎？人這一輩子沒有長到有足夠的時間讓我們去後悔。妳這個年齡已經耽誤不起了，劉春曉是個好人，是個可以託付終身的好男人，妳只要認準了，我就支持妳。」

王亞楠的鼻子一酸：「謝謝你，小桐！」

回到辦公室後，章桐竟然有一種如釋重負的感覺。她窩進了自己墊著厚厚墊子的辦公椅裡。長時間地站立工作，不分晝夜地加班，讓章桐疲憊至極，彎腰以及久坐身體都會疼，在椅子和靠背上綁上厚厚的墊子也是不得已而為之的舉動。她抬頭看著辦公室角落裡那副早就已經落滿了灰塵的白森森的人體骨架模型，不由得陷入了沉思之中。

幾乎每一個學法醫的人都會對人體骨架著迷，包括章桐在內。記得還在醫學院的時候，導師就曾經頗為感慨地說過，人體骨架並不代表著死亡，相反卻是人類生命最原始的展現，平均二百零六塊骨頭，其平衡，其

細緻，簡直是造物主神奇的手筆。人類每一個動作，哪怕細微到手指的顫動，都離不開骨頭完美的結構！思緒回到現實中，章桐不敢相信這個世界上竟然還有人為了得到骨頭而去殺人！

突然，她的腦海裡閃過了一個念頭，隨即脫口而出：「黃金理論！」

黃金理論，就是人體完美比例的一種計算方式。一個人的身高體重所產生的比例，還有頭部、身體和四肢的骸骨長度比例，如果符合傳說中的「黃金理論」的話，那麼，這個人就被稱為一個「完美無缺的人」！同時也擁有一副完美無缺的骸骨！

章桐打開電腦，找出自己剛剛完成的屍檢報告，仔細檢視了起來。由於內臟完全丟失，死者的頭顱和手、腳掌也不存在，所以往常至少五頁以上的屍檢報告，這一次竟然被無奈地壓縮到了只有短短的一頁半。

「體重……大致身高……」章桐一邊自言自語，一邊在紙上推算著，結果很快就出來了，章桐憂心忡忡地看著紙上最終出現的三個數字 ── 2：2：3，果真如此！死者死亡的原因難道真的簡單到只是因為她長了一副「完美無缺」的骸骨？

正在這時，潘建推門走了進來，伸手遞給章桐一份屍檢報告：「王隊叫人送來的。」

屍檢報告是傳真件，上面標註的年分是五年前，也就是 2006 年，報告撰寫人一欄填寫的主任法醫師名字是陳海市的法醫黎淼。

王亞楠在報告上附了一張簡短的字條，上面寫著 ── 查詢了資料庫，只找到這個類似的案件。

章桐一邊翻看，一邊詢問道：「那王隊還說了別的什麼沒有？」

「別的她倒沒說什麼，只是叫你看後馬上打電話給她！」

章桐點點頭，隨即把屍檢報告攤在面前的辦公桌上，仔細研讀起來。

「編號陳 2006A45，送檢日期 2006 年 4 月 5 日。屍檢對象，女性，年齡在三十歲左右，未生育，身分無法確認。遺骸缺失頭部和四肢，只存留部分於軀幹上。骨架和乳房缺失，內臟被完全掏空，只留下完整子宮。無明顯性侵害跡象。已經進行毒物檢驗，被證明死前服用了大量鎮靜劑。死者喉嚨處發現一處劃破口，深度四公分，前後有拖痕，顯示傷口不是一刀造成的。死者被一刀從斷裂的頸部直接劃到腹腔底部生殖器所在的位置，長達八十七點四公分……」

看到這裡，章桐緊鎖起眉頭。她一把抓過右手邊的電話機，直接就撥通了陳海市警局法醫室的電話，經過一番解釋，終於找到了正在解剖臺前工作的原屍檢報告的作者黎淼法醫。

「黎法醫，我是天長市警局的法醫章桐，找你想問個問題，就是關於你剛才傳真給我們的這份屍檢報告的。」

「你說！」

「死者頸部的刀痕和貫穿全身的刀痕，據你觀察是否是同一個人所為？」

電話那頭沉默了幾秒鐘後，隨即就傳來肯定的回答：「我想應該是兩個人，因為頸部的刀痕顯得很猶豫，而且不是很深，前後有拖痕，而另一道傷痕卻非常用力，一點猶豫的跡象都沒有，貫穿全身，而且非常準確！刀痕沒有發生偏移！」

一連幾個「非常」讓章桐的心跳得厲害。她簡短道地謝並且要求盡快看到原始屍檢報告後，就結束通話了電話，轉而打電話將王亞楠叫了過來。

「亞楠，我想我們面對的是連環殺人凶手！而且人數可能不止一個人！」王亞楠剛一到，章桐就迫不及待地把自己了解到的情況告訴了她。

「那為何中間偏偏要隔開五年這段並不短的時間呢？」王亞楠的心中還是充滿了疑慮。

「這我沒有辦法回答妳，但是同樣一把刀，我們每個人使用起來卻有各自習慣上的明顯不同。」說著，章桐從解剖臺旁邊的工具盤上拿起了一把二號解剖刀，「妳仔細看，刀是一樣的，但是只要使用的人不一樣，根據力度與方向的不同，那麼，在受力物體上所產生的刀痕就像我們每個人的簽名一樣，仔細觀察也會有細微的不同。或許妳不太能看出來，但是這在我們經過專業訓練的法醫的眼中，就有很明顯的不一樣了。我剛才已經詢問過陳海市警局的當班法醫黎淼，他肯定了我的意見。第一道刀痕，也就是死者頸部的刀痕，淺顯而且不是一氣呵成，中間有拖拉的痕跡，顯示出握刀的人當時猶豫的心情；而第二道，也就是貫穿全身的這道刀痕，從上至下，乾脆俐落。如果這屍體是一次性處理完成的話，那麼，從用刀的方式前後迥異來看，當時現場就應該有兩個人。」

王亞楠點點頭：「真沒有想到，短短的五年之內，這個人的手法就變得這麼熟練了！」她轉念一想，繼續問道，「小桐，那麼妳對凶器有什麼看法嗎？能確定具體範圍嗎？」

「陳海那邊我也已經安排他們盡快把原始的屍檢檔案調送過來，我要進一步比對兩次屍體上的傷痕。就目前狀況來看，我只能說是由一把非常鋒利的刀造成的，而且是特殊的刀具，不是一般家用的那種。我沒有辦法確定它的具體長度，只能說它是專業用的，因為刀口很薄，非常鋒利，刀頭呈現典型的錐體形狀。這種刀一般在醫用或者廚師所使用的特殊領域中

被比較廣泛地使用。」

聯想到之前潘建的話，王亞楠脫口而出：「剔骨刀？」

「有這個可能，我會安排他們痕跡鑑定組進行對比！有結果馬上通知妳！」

「還有，我記得妳剛才說被害者的生殖器部位是唯一完整保留的，那麼，有沒有性侵害的跡象呢？」

章桐搖搖頭：「目前為止沒有發現。陳海那邊的屍檢報告上也註明沒有發現這一方面的明顯跡象。」

「那就先這樣吧！有問題我再找妳！」王亞楠點點頭。剛要轉身走出解剖室，她突然想起了什麼，站住身，回頭說道，「小桐，我過來妳這邊時，聽門衛說門口有人找妳，是一個老頭！」

「老頭？」章桐皺了皺眉。

「對，他已經來了有一段時間了，妳快去看看吧，打妳的電話總是占線。」

「哦，我在跟陳海那邊通話。我這就過去。」說著，章桐站起身，跟著王亞楠走出了解剖室。

只過了幾秒鐘──章桐猜想也就只有短短的幾秒鐘──她靜靜地注視著眼前長凳上這個年已花甲的老人的側影，彷彿時間已經倒流。她動也不動，就這麼站著，身邊什麼都沒有發生，她完全可以確定這一點；但是她心裡知道，眼前的一切都是假象，平靜的表面之下，暗流在無聲地湧動。

「陳伯伯！」章桐低低地招呼了一聲。

老人回過頭，落日的餘暉在他的身後形成了一個特殊的剪影，章桐看不清楚他臉部的表情。他站了起來。

　　「桐桐，好久沒見，妳都長這麼大了！」老人的聲音彷彿超越了時空的間隔，除了蒼老與沙啞以外，別的都沒有變。

　　章桐的心裡莫名地咯噔了一下，居然有些害怕他的接近。

　　突然來訪的這個人正是章桐在苦苦尋找的陳伯伯，全名陳海軍，離休的神經外科手術專家，同時也是章桐父親生前的好友。

　　「陳伯伯，你……你怎麼來了？」章桐遲疑著問。

　　「正好經過妳家附近，就順道上去看了看，妳媽媽老了許多啊！」

　　章桐點點頭，猶豫了會兒，選擇在距離老人不遠不近的長凳上坐了下來：「我父親死後，我媽一個人把我帶大，她操勞了一輩子！」

　　陳海軍重重地嘆了口氣：「我沒想到你父親會最終選擇走這麼一條路。咳……」

　　目睹陳伯伯流露出的悲傷，章桐有些難過，不由得放下了心裡的戒備和不安，反過來安慰他：「沒事的，陳伯伯，你不用太難過，我父親的路是他自己選擇的，怪不了別人。再說，我和我媽也已經挺過來了，最難的日子都已經過去了。」

　　「對了，聽妳媽說妳現在女承父業，也是一名法醫了。」老人的口氣變得欣慰了許多，「我想妳父親的在天之靈也會為你感到驕傲的！」

　　章桐微微一笑：「陳伯伯，你這次準備在天長停留多久？我想請你來家裡吃個飯！」

　　「會停留一段時間，有些祖業要處理一下。我現在已經移民美國了。

桐桐，伯伯忘了問妳，妳成家了嗎？妳也老大不小了啊！」老人的目光中充滿了章桐記憶深處久違的神情。

「做法醫的，比較難啊！」章桐下意識地嘆了口氣，「所以我現在暫時還不考慮這些個人的事情，先忙工作再說。陳伯伯，梅梅呢？她也在美國嗎？」

老人的臉色微微一變，話語中透露著一股乾澀的味道：「車禍，已經不在了。」

章桐的心不由得一緊。她知道梅梅是陳海軍唯一的女兒，小時候就經常跟著父親來章家玩，與她年齡相差無幾，兩個人就像親姐妹一樣：「她什麼時候去的？」

老人長嘆一聲：「都走了八年了！」

頓時，章桐的眼淚迅速滾落了下來，她緊咬著嘴唇，深吸了口氣：「陳伯伯，我很抱歉提起你的傷心事。」

「沒什麼，都過去這麼多年了，我也已經習慣了。我想梅梅在天堂也是快樂的。」

章桐心裡一酸：「沒想到梅梅這麼早就走了，老天爺真不公平！陳伯伯，那你現在一個人，有沒有什麼打算？」

老人的臉上劃過一絲異樣的表情：「還好，我經常四處講課，也挺忙的，忙起來就不會想太多了，伯伯跟妳一樣，還是工作好啊！」

章桐點點頭，她突然想到了什麼，抬頭問道：「陳伯伯，你來天長多久了，有沒有去看過我父親？」

老人點點頭：「我去過，前幾天，他的祭日。」

「什麼時間去的？」

「很早，天剛亮，」老人一陣苦笑，「年紀大了，睡不著覺，所以早早就去了。多年的老朋友，就像親兄弟一樣啊！說來慚愧，妳父親走了這麼多年，我這還是第一次去看他。」說到這裡，老人默默地搖搖頭，顯得很傷感。

章桐沒有再多說什麼。沉默良久，老人站了起來，一臉的歉意：「桐桐，伯伯先走了，你忙吧，我改日再去你家拜訪！」

「好的！」

遠處，華燈初上。目送著老人逐漸消失的背影，章桐的心裡突然酸溜溜的，想著自己的父親如果還活著的話，一定也有這麼蒼老了。章桐的視線漸漸地變得模糊，遠去的老人似乎已經變成了父親，淚水又一次滑落臉頰。

＊　　＊　　＊

回到家的時候，已經快晚上九點了，章桐站在黑漆漆的家門口，藉著門縫裡露出來的微弱的光，伸手在挎包裡摸索著大門鑰匙。樓道裡又悶又熱，沒一會兒章桐就渾身是汗了。好不容易摸到了鑰匙，她伸手就要往鎖孔裡插，或許是緊張的緣故，一不小心，咣啷一聲，整串鑰匙從手指縫裡滑落下去，掉在了地上。章桐暗暗地罵了一句，摸黑彎腰去撿，可是，右手的食指和中指突然變得麻木起來，她咬緊牙關，努力了好幾次，最後不得不伸出左手在地上摸索。

隨著耳邊傳來門鎖打開的聲音，章桐眼前一亮，原來鑰匙掉在地上的動靜驚動了正經過門廳的母親。

「回來啦！以後叫我開門就可以了！」母親一臉的笑容，這些日子由

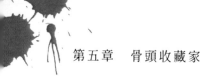

於按時服用了藥物，章桐在母親臉上看見笑容的次數也漸漸地多了起來。

章桐趕緊撿起地上的鑰匙串，塞進了挎包：「沒事的，媽，我每次回來的時間都不一定，妳不用等我的，我會照顧好自己的！」

走進家裡，章桐第一眼就被客廳茶几上的幾盒禮品吸引住了。她一邊放下包，一邊問道：「媽，是誰送的禮物啊？是不是陳伯伯？」

母親從廚房裡端著一碗涼拌麵條走了出來：「是啊，妳陳伯伯來看過我們，順便帶了點東西給妳，還說是美國帶回來的。我還問起他家的梅梅呢，怎麼沒見到她一起來？那丫頭，長得也該和妳一樣高了！我記得以前小時候她常來我們家玩的。」

章桐的心不由得揪緊了，小心翼翼地問道：「那陳伯伯怎麼說的？」

母親依舊一臉的笑容：「妳陳伯伯說梅梅結婚了，嫁了個美國人，工作又忙，所以就暫時不回來了。這孩子，咳！我倒一直念著她呢！」

章桐突然有種想哭的感覺，頓時明白了陳伯伯的一片苦心：「哦，這樣啊，媽，妳也別嘮叨了，人家總會回來看妳的！」看著母親忙碌的身影，章桐實在不忍心戳破這個美麗的謊言。

「對了，桐桐，今天下午還有一個人來我們家了，他說是妳的老同學，小夥子人挺不錯的，桐桐，聽他的口氣，對妳印象很好。告訴媽，是不是妳的男朋友？他是誰？叫什麼名字？妳怎麼瞞著媽不說呀！鬼丫頭！」

聽了母親一連串的問題，章桐差點沒被嘴裡的一口麵條嗆著，她結結巴巴地問道：「媽，妳別亂想了，我沒有男朋友！」

「妳這孩子，都多大年紀了，還遮遮掩掩的想幹什麼！」母親的話聽上去是數落，但卻是笑著說的。

章桐還想解釋，張了張嘴，轉念一想，還是老老實實地閉上了。

夜深了，聽到隔壁母親的房間裡傳來了關燈的聲音，章桐皺眉想了想，猶豫了很長時間，最終還是打消了打電話質問劉春曉的念頭。她心裡當然清楚劉春曉為何會突然上門拜訪，他到底還是對妹妹的失蹤案念念不忘。章桐不能去指責他，畢竟劉春曉並沒有做錯，他的出發點也是無可厚非的，可是這麼一來，章桐就不得不因此去打開自己那段塵封已久的灰色的記憶。想到這裡，她用力地搖了搖頭，習慣性地啃起了自己右手的指甲。每次章桐心亂如麻的時候，她都會啃自己的右手指甲，她不知道自己究竟是什麼時候養成的這個習慣。而只有每次啃右手指甲的時候，她心裡才會多多少少覺得平靜些。

＊　　＊　　＊

第二天一早，剛走進警局大樓，門衛就叫住了她。

「章法醫，有妳的一份快遞，是陳海市發來的！」

這麼快！章桐不由得暗暗佩服起陳海市警局的辦事效率。匆匆簽收完快遞，她順手把厚厚的大信封往手臂肘下一夾，直接就往自己的辦公室走去。

正走到樓梯拐角處，迎面竟然撞上了風風火火正朝外走的王亞楠。章桐剛想開口打招呼，王亞楠就打斷了她的話，神色有些凝重：「快走，有案子。城東廢棄的鋁合金加工廠，妳等等馬上過去。我在那裡等妳。」

時間倒回到大約一個鐘頭前──

總的說來，這一天的收穫應該是不會差的，才早上七點，老王頭撿拾的廢鋁合金邊角料已經有滿滿的一大麻袋了。看著自己豐厚的勞動果實，老王頭不由得瞇縫起了布滿眼屎的雙眼，那老樹皮般的臉頰也下意識地顫抖了起

來，他彷彿看到了一大堆花花綠綠的鈔票正放在不遠處等著自己去拿呢。今天究竟是撞了哪門子好運了，肯定是碰上財神爺了！老王頭很慶幸自己意外發現了這麼個荒涼偏僻的「風水寶地」，想想自己那幫子收破爛的老鄉不聽勸告，非得認死理就在一塊地方發財，老王頭的嘴就笑得合不攏了。既然是自己發現的，那麼，這塊獨食自己也就老實不客氣地吃定了！

突然，一陣劇烈的咳嗽湧上胸口，老王頭不得不丟下自己手中的「拾荒鉗」，拼了老命地咳了起來，一邊咳嗽一邊詛咒著自己剛抽完的那根「土菸捲」。人老了，不中用了，不抽菸又忍不住，抽了煙卻又咳得要死要活的，老王頭心裡不由得鬱悶到了極點。

他一邊咳嗽一邊抬頭四處張望著，總擔心身邊會突然冒出一個不懷好意前來搶地盤發財的渾小子，畢竟自己撿了這麼多年的破爛，不得不學會時時刻刻小心維護自己的根本利益。

咳嗽終於停止了，他彎腰使勁猛拉了一下腳邊的那個早就已經看不出本色的破玻璃瓶子，試圖把下面壓著的那塊巴掌大的鋁合金廢邊角料給拉出來，結果那玻璃瓶子紋絲不動。

老王頭又試了兩次，那玻璃瓶子好像跟自己過不去一樣，就是不動。他不由得有些生氣了：「咋的，和俺過不去啊！瞧不起俺老頭子是不？」說著，他活動活動雙手和雙腳，然後集中注意力，拼盡全身力氣，一咬牙，瓶子終於跟拔蘿蔔一樣被拔出來了。

俗話說，「拔出蘿蔔帶出泥」，老王頭臉上的笑容還沒有消失，眼前那一人多高的廢料垃圾山竟然就隨著一聲「轟隆」巨響坍塌了。

老天爺只給了老王頭兩隻腳，十個腳指頭，他本來站在這廢料垃圾山的半山腰上就是顫巍巍的，四周連個實心的落腳地方都沒有，偏偏這垃圾

山朝著左手方向一瀉千里，老王頭頓時四腳朝天地倒了下去，手裡還死死地拽著那個該死的破玻璃瓶。

耳朵邊的動靜終於消失了，老王頭灰頭土臉地左手撐著地面站了起來，剛想開口罵髒話，突然注意到自己的左手有些不對勁，紅紅的，黏黏的，還有一股子鐵鏽味道。

老王頭腦子裡的第一個念頭就是自己的左手被地上橫七豎八的垃圾割破了，可是，隨即他又感到不對頭，因為手上一點痛的感覺都沒有，看了看，確實沒有傷口，那麼這血一樣的東西究竟是哪裡來的？想到這裡，他憑著多年拾荒鍛鍊出來的「好奇心」，轉身朝左手方向看去。

那是一個黑黑的塑膠袋，在城裡的各個垃圾桶裡隨處可見，那些紅紅的東西就是從這個被自己的身體意外擠壓破了的垃圾袋裡鑽出來的。老王頭皺著眉，小心翼翼地打開了垃圾袋，就著陽光，探頭朝裡一看，還沒等他回過神來，一股說不出來的惡臭就撲面而來，老王頭頭暈目眩，緊接著頓時感到胃裡一陣翻江倒海，把早上吃的那兩個大餅通通吐了出來。

可憐的老王頭堅信自己看到了只有在閻王爺住的十八層地獄裡才會出現的東西。因為一時好奇而打開了那個垃圾袋，他腸子都悔青了。

老王頭清醒過來後做的第一件事情，就是頭也不回地跑到馬路邊，摘下布滿灰塵的公用電話，然後就像見了鬼一樣地渾身發抖，哆嗦了半天才撥通了110。

章桐和助手潘建一起小心翼翼地撐開了那個大號垃圾袋，垃圾袋破損的一角處還在不斷地朝外面滲漏著散發陣陣惡臭的黏膠狀物質。

只看了一眼，章桐的腦袋就大了。她伸手大致翻看了一下屍體殘骸後，神情嚴肅地吩咐道：「潘建，我們馬上要把這些送回局裡解剖室，不

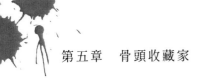

能耽誤了，屍體腐爛程度已經進入了三級。」

最高級別也就是三級。屍體剛開始時是被密封在黑色的塑膠垃圾袋裡的，現在在陽光的照射下，更加速了屍體的腐爛程度，整個屍體正在以不可想像的速度被無孔不入的微生物吞噬著。這也就意味著屍體表面的證據也在迅速消失。現在看來，時間比什麼都重要了。

王亞楠在安頓好了報案的拾荒老頭兒後，加快腳步向章桐這邊走來，一邊走一邊大聲問道：「怎麼樣，什麼情況？」

章桐嚴峻的神情讓王亞楠不由得站住了腳：「妳的意思是又是那雜種幹的？」

「我在垃圾袋裡沒有發現骨頭！」

「天哪！」王亞楠皺眉看向潘建和章桐手中合力拽著的垃圾袋，「難道在這個人的眼中，他丟棄的就是一袋垃圾？」

沒有人回答這個問題。

當黑色垃圾袋被小心謹慎地從裝屍袋裡拉出來的時候，整個解剖室裡頓時被一股惡臭填滿了。潘建努力了很久，試圖憋氣躲過這最初的味道侵襲，因為有經驗的法醫都知道，熬過最初的幾分鐘，後面，自己的嗅覺就會變得麻木了。可是，顯然這種味道並沒有潘建想像中的那麼好對付，沒多久，他就快要嘔吐了。

章桐皺眉看著臉色發綠的助手：「傻在那裡幹嘛？快做事啊！時間不等人！」

潘建不由得打了個寒顫，因為要盡量減緩屍體的腐爛速度，章桐把整個解剖室的中央空調溫度調到了最低。他抖了抖肩膀，嘟囔了一句：「這太噁心了！」

「你以後還會見到比這個更噁心的，想幹法醫你就得學會不噁心！少廢話，快拍照！」

潘建不吱聲了。

在閃光燈劈哩啪啦地照射下的是血肉模糊的細胞膜，還有已經分辨不清的軟骨組織。頭顱和四肢仍然不見蹤影。

王亞楠就像三分鐘熱風一樣刮進了解剖室，當她的視線落到解剖臺上這堆亂七八糟的肉塊上時，她不由得皺緊了眉頭：「這是人嗎？怎麼像剛從絞肉機裡出來的？」

「當然是人，如假包換！要是再晚發現個二十四小時的話，就爛成一鍋粥了。」潘建此刻已經完全適應了空氣中的惡臭，沒好氣地發著牢騷。

章桐狠狠地抬頭瞪了他一眼：「我就知道你嘴裡說不出什麼好聽的來。」

「說真的，你們這邊今天這麼臭，還凍得要命！還讓不讓人活了啊？」王亞楠忙不迭地拉過牆上掛著的工作服匆匆套上，「你們這邊的空調到底開的幾度啊？」

「十四度！」章桐伸手指了指解剖臺上的屍體殘骸，「這已經是最低的了，如果有可能的話，我還真想調到十度以下呢。」

王亞楠無奈地搖搖頭。她非常了解章桐，知道她和自己一樣，眼裡只有工作，別的都是次要的。

「怎麼樣？性別能區分嗎？」

「女性，」章桐指了指那個依稀看得出是女性乳房的肉團，「目前看來，如果單看屍體表面的話，身分判定確認就暫時別指望了，皮膚都快要爛光了，幾乎沒有一塊完整的。」

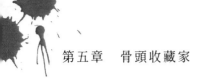

「死亡時間？」

「目前還很難判斷，我在等生化檢驗那邊的蛆蟲培養報告，現在只有根據蛆蟲，也就是麗蠅的幼蟲在屍體上發育的階段特徵來初步判定死者的死亡時間了。」

王亞楠點點頭。

「亞楠，我還要給妳看樣東西！」章桐示意潘建把另一邊工作台上的一個小托盤拿過來，托盤裡是一小團血糊糊的東西。

「這是什麼？」王亞楠一臉的詫異，「死者身上發現的？」

「我是在死者大致的子宮位置發現的，」章桐順手拿起了一把醫用鉗子，輕輕地夾起了那團特殊的血塊，「這是一個四周左右大的人體胚胎組織！也就是說，死者懷孕了！」

「一屍兩命！」王亞楠的臉色鐵青，「太殘忍了！」

章桐想了想，放下鉗子和托盤，繞過解剖臺來到工作台邊，脫下沾滿血汙的手套，拿起桌上的一份檢驗報告，伸手遞給緊跟在自己身後的王亞楠：「我們現在手頭只有一個明確的線索，那就是死者患有隱性亨廷頓舞蹈症。」看著王亞楠臉上略顯茫然的表情，章桐接著說道，「亨廷頓舞蹈症是一種嚴重的遺傳性疾病。也就是說，死者的直系親屬中，有人已經發作了這種病症，沒辦法控制自己手腳的行動，時時刻刻看上去就像在跳怪異的舞蹈一樣。而死者，目前看來還沒有發作，因為她的基因配組中，患病的那對還沒有發生完全變異，還處在正常的邊緣。我建議你查詢全市所有患有亨廷頓舞蹈症的患者，應該要不了多久就會確定死者的身分了。」

「我明白，謝謝，痕跡鑑定那邊有情況馬上通知我！」

章桐點點頭，繼續埋頭整理面前的屍體殘骸去了。

王亞楠手裡緊緊地抓著 DNA 檢驗報告，推門走出了解剖室，在樓道拐角處竟然和趙俊傑意外相遇了。看著趙俊傑渾身無力、臉色蒼白、走路搖晃的樣子，王亞楠忍不住關切地問道：「趙大記者，怎麼一天沒見，你就瘦成這樣了？」

　　趙俊傑皺了皺眉：「沒辦法，還不是那海邊的死屍給鬧的。我這幾天都不知道吐了多少回了。」

　　「你這是去哪裡？」

　　「總編說『骨頭收藏家』那案子的關注度很高，我想去解剖室那邊再進一步看看屍檢資料。」看著王亞楠一臉若有所思的神情，生怕她質疑自己的舉動，趙俊傑趕忙又強調了一句，「你可別瞎想，這可是李局親口答應下來的啊！」

　　一聽這話，王亞楠頓時滿臉的同情：「趙大記者，這一回，即使是李局同意的，我也得給你一句忠告，現在最好不要去解剖室，不然的話，你這輩子都不會忘記即將看到的情景。」

　　「有那麼嚴重嗎？」趙俊傑一臉半信半疑的表情。

　　「信不信隨你便。」王亞楠揚了揚手中的 DNA 檢驗報告單，「我忙著呢，趙大記者，那就不耽誤你了，回見！」

　　趙俊傑呆呆地站在原地，有些不明所以。

＊　　＊　　＊

　　「劉春曉，你這小子這幾天跑哪裡去了？我到檢察院找你幾回了，都吃了閉門羹！」趙俊傑沒好氣地瞪眼瞅著面前的劉春曉，嘴裡嘟嘟嚷嚷地發著牢騷。

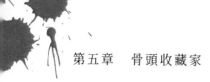

「好啦好啦，我這不有事出去了嘛。今天特地來請你吃海鮮，你不會還生氣吧？我要是你，趁機就坡下驢得了。」劉春曉笑瞇瞇地安慰著趙俊傑，「看你臉色不好，給你要了幾個好菜補補！」

趙俊傑瞟了劉春曉一眼，勉強擠出了一絲笑容：「這還差不多！」

三杯酒下肚，趙俊傑的話就多了起來：「我說老弟，你走了也不吭一聲，說說看，去哪裡了？」

「我去上海了。前段日子聽朋友說他們大學裡來了個美國心理學教授要合作，這個老外對選擇性失憶症治療有很獨特的見解，這不，我就請了假特地去上海找他了。」

「你等等，」趙俊傑用力把一口蝦嚥了下去，緊接著說道，「你別跟我說你把你老同學那件事給不小心忘了啊？」

劉春曉笑得更開心了：「相當程度上我就是為了她去的！」

趙俊傑不由得瞪大了眼珠子：「我看你乾脆改行開心理門診算了！你當檢察官看來是一個很大的錯誤啊！」

劉春曉臉上的笑容消失了，長嘆一聲：「沒辦法，有時候自己想做的事情並不是那麼容易就能夠達成目標的。」

趙俊傑想了想，把話題繞開了，向前湊了湊身子，認真說道：「講講你的收穫吧，有信心讓章法醫恢復記憶嗎？」

「雖然說當年凶手注射的藥物有一定影響，畢竟她昏迷了那麼久，但根據我的觀察，她的表現非常抗拒，其實有些時候是潛意識在發揮作用，而她自己本身是不會覺察到的，抗拒只是一種條件反射。平時，她看上去思維成熟果斷，和一個正常人沒有什麼區別，但是只要一提起這段記憶，她的心理年齡就會退回到二十年前。我想，當時她肯定看到了什麼可怕的

東西，自己孤立無援，清醒之後才會逼迫自己把這段記憶努力封鎖起來。在她看來，只要不想起來，那麼，自己就是安全的了。可是要知道，我們人類的記憶是不會永久性消失的，即使想不起來，那也只是暫時性的。而隨著時間一天天過去，封鎖的記憶也會被喚醒，我擔心的是到那個時候小桐不知道能不能承受得了殘酷的真相。」

「那你把你的想法和她說了嗎？」

劉春曉無奈地笑了笑：「我一直在努力，但是，始終沒有結果。她越抗拒，其實從另一個角度來看，她當時所經歷的場景就越可怕。這是人類思維中的自我保護意識在發揮作用！」

「那你也要想想辦法啊。我有種感覺，這樣下去的話，她遲早有一天會出事的。現在的她就像一顆定時炸彈。」趙俊傑的臉上寫滿了擔憂，「你有沒有考慮過和她正面談一談呢？你有什麼辦法幫她嗎，如果她願意去面對的話？」

「只有一個辦法，那就是催眠！」

「催眠？」

「對！在患者充分信任你的前提下，接受你所實施的催眠，這樣她才有可能真正回憶起當時所發生的每一個細節，就像重新經歷一遍一樣，而眾多疑問才能夠隨之解開。她一直不打開，盒子裡的東西就會隨著時間的流逝而變得越來越膨脹，直至『爆炸』的那一天。」

「那她當初案發後為什麼就不接受這方面的治療呢？」

「那時候她的年齡還很小，心智還不是很成熟，而恢復是要有一個適應過程的。如果案發後小桐就接受催眠的話，那麼，很有可能她的意識就會永遠停留在那個恐怖的環境中了，最終發展成為嚴重的自閉症患者。」

第五章　骨頭收藏家

一聽這話，趙俊傑的臉色有些發白：「難怪她母親當初要竭力在媒體面前保護她了。她妹妹到現在還沒有下落，生不見人死不見屍的！」

劉春曉沒有吭聲。

＊　　＊　　＊

「李局，這是今天的報紙。」局長辦公室祕書志忑不安地把《天長日報》、《天長都市報》等好幾份影響力非常大的報紙放在了李局辦公桌的一角。

李局並沒有抬頭，他繼續仔細檢視著手中的公文。可是，他的目光卻總是不由自主地停留在祕書進來前所看的那幾個字上，再也沒有朝後面移動過。李局心情變得越來越煩躁，最終，他重重地嘆了口氣，妥協了。他把身子靠向身後的椅背，抬頭看了看還站在辦公桌前的祕書，說：「沒事了，小鄭，你走吧！我這幾天心情不好！」

祕書點點頭，轉身離開了辦公室。

李局這幾天心情確實不好，他不用看面前的那幾份報紙就已經能夠猜得出上面頭版頭條的內容標題 ——《「骨頭收藏家」又開殺戒》、《天長警局可能遇見了系列殺人犯》、《我們的安全誰來保障》……其中最要命的是，媒體竟然刊登了一張第一個案發現場發現的死者遺骸的相片，雖然說影像並不清晰，但是用來引起恐慌已經足夠了。

報紙上的字字句句，看上去是寫殺人凶手的殘忍，可是，矛頭卻分明直接指向了天長市警局的辦案不力。李局現在都不敢隨便打開局裡對外公布的微博頁面了，那鋪天蓋地的指責聲讓他感到從未有過的巨大壓力。

局裡懸賞徵集目擊證人線索的獎金額度被提高到了十萬元，三條舉報電話線路一天二十四小時幾乎沒有空閒的時候，電話指示燈閃爍個不停，

電話鈴聲此起彼伏，可是儘管如此，真正有用的線索卻仍然沒有找到。

想到這裡，李局不由得長嘆一聲，難道抓住這麼個渾蛋真的有那麼難嗎？人在做，天在看，天網恢恢疏而不漏，李局咬牙狠狠地一巴掌拍在了辦公桌上，嘴裡咒罵了一句：「老子就不信了！」

＊　　＊　　＊

「王隊，這是妳要的全市包括三個附屬縣區在內的所有疑似亨廷頓舞蹈症患者的資料。」

王亞楠點點頭，從助手趙雲手中接過了資料夾，順手指了指身邊的椅子：「坐下吧，和我一起看，資料太多，我怕時間來不及！我們要趕在凶手找到下一個目標前，盡快抓住他！」

正在這時，電話鈴聲響了起來，王亞楠立刻伸手接起了電話。

「哪位？」

「是我。亞楠，生化組那邊有結果了，死者的死亡時間是兩天前，確切點說就是四十五至五十個小時前。這樣算來，我們在廢棄鋁合金廠發現的死者是第一個死者。海邊那個應該是第二個。」章桐的嗓音有些空洞，聽上去就像在自己頭頂說話。王亞楠知道，能發出這種聲音的地方就是解剖室，章桐肯定又去屍體上找線索了。

此刻的時間已經快要到晚上十一點，這個案子已經讓所有的人都深深陷進去了。

章桐一邊用手指仔細觸控著面前解剖臺上冰冷的屍體 —— 一副空皮囊，一邊一字一句地描述道：「第二道刀口，長二十九公分，由右至左切割左面大腿；第三道刀口，長三十一公分，也是由右至左切割右面大腿。

兩處傷口均未貫穿屍體，目的顯然只是為了便於抽取大腿部位的骨頭。」

「章法醫，妳到底是憑什麼確定凶手是由右邊至左邊這麼切割的呢？我看不出來啊！」趙俊傑湊在解剖臺邊認真地用放大鏡檢視著屍體腿部的傷口。

潘建在一邊答話了：「這還不簡單？你仔細看刀痕，深的就是開始下刀的位置，而淺的位置就是收刀的地方。我們平常切割東西也都是這樣的，開始用刀的時候都會不由自主地很用力，因為要突破真皮層和脂肪層；而收刀時，」說到這裡，潘建伸出戴著手套的右手，在空中優雅地畫個圈，「就很輕鬆啦，你拔出來就是了，所以最後力道就會相對減弱，痕跡也變淺啦！這個原理你還不明白嗎？」

「行啦，你就別賣弄啦，快做事吧！」章桐忍不住輕輕地喝斥了一句。

潘建嘟了嘟嘴，沒再吱聲。

「記錄下來，凶手慣於左手使刀，是個左撇子。」章桐繼續往下面檢視，「被害人的膝蓋骨、腓骨、脛骨都缺失，腳掌缺失。在每根骨頭的關節處都有切割傷痕。」說到這裡，她站直了身體，緊鎖著眉頭，想了想，「他對骨頭非常小心，剔除刀法極為熟練。」

「他要骨頭幹什麼？難道真的要收藏？那究竟要多少他才會滿足呢？」趙俊傑不由自主脫口而出的問題讓解剖室裡的溫度頓時降到了冰點。

「這是什麼？」過了一會兒，章桐無意間一抬頭，眼前的一幕吸引住了她的目光。她順勢指著潘建身後，神情嚴肅地說道：「我們最初做 X 光全身掃描的時候，怎麼就單單忽視了這個部位！」說著，她迅速走到潘建身後的 X 光片顯影燈箱旁邊，「你們快看，仔細看死者的肩部！」

果然，顯影燈箱中的 X 光片上，在死者左右兩個肩膀部位的肌肉裡，分別鑲嵌著三個極易被忽視的小黑點。

「圓形，直徑約零點一公分。」

「這會是什麼？」潘建皺眉問道。

章桐沒有顧得上回答。等確定了大概位置後，她回到屍體旁，接過潘建遞給自己的解剖刀，小心翼翼地割開了死者冰冷的肩部肌肉。

不多一會兒，兩邊共六枚小小的黑色物體被逐一從死者身上取出，放進了一邊的托盤裡。

無論大家怎麼辨認，都沒有辦法認出這些黑色物質的本來面目。

章桐突然想到了冷庫中的另外一具在海邊棧道上發現的屍骸，儘管那具屍體已經血肉模糊無法成型，但是卻並不影響體內物質的查詢，想到這裡，她直接走向了解剖室後部的冷庫。

半個多小時後，同樣的六枚黑色物質也被找到了。

「趕緊拿去痕跡鑑定室，我要馬上知道結果！」章桐有種直覺，這些意外的發現很有可能就是解開眼前這個殺人謎團的一把至關重要的鑰匙。

潘建點點頭，迅速轉身離去。現在大家都在為了這個案子而加班，他不用發愁等到明天才會有結果。

「從屍體表面的疤痕來看，這一邊三個洞眼打進體內非常有規律。」趙俊傑指了指 X 光片。

「對，是人為地打進去的，從傷口恢復的狀態來看，能確定是在死者死後打進去的，因為傷口周圍並沒有明顯的恢復的痕跡留下，細胞壁已經停止生長了。」章桐仔細地在顯微鏡下觀察著剛才尋找死者皮下物質時割

下來的一塊完整的肌膚，「現在的問題是，為什麼凶手要給死者打下這些東西？它們到底是什麼？起著什麼作用？剛才取出來的時候，我感覺有可能是金屬一類的，有一定的分量。」

話音剛落，電腦傳真機就啟動了，發出了吱吱嘎嘎的聲音。章桐站起身，來到傳真機旁：「我們已經有結果了。」

一聽這話，趙俊傑立刻湊了過來。

這是一張由痕跡鑑定室那邊傳來的電腦化學成分鑑定報告。由於痕跡鑑定室在警局大樓的另一頭，步行也要好幾分鐘，所以，當工作忙碌走不開的時候，那些年輕的痕跡鑑定師就會使用傳真機來替自己跑腿。

「潘法醫還是挺快的，半個小時不到就有了結果！」

章桐聞言一臉的不屑。她當然明白潘建為何會有這麼高的辦事效率，而換一個人去的話，一個鐘頭搞定就已經是奇蹟了。所以，此刻報告過來了，潘建還不見影兒，當然這也是可以理解的。

「金，零點一毫克；銅，零點七毫克；鋼，零點四毫克；樹脂，零點三毫克。」趙俊傑念出了成分表，不過還是一頭霧水，「這只能證明那些黑色物質是金屬，但是它到底是什麼還是沒個結果啊！」

「這不難，我們這邊有個資料庫，詳細記錄了現在很多種工業或者商業用的一些代表性物質的化學成分，這多多少少會幫助我們確定大致範圍。」此時趙俊傑眼中的章桐，雙眼閃爍著興奮的光芒，嘴角微微上揚，一抹自信的微笑寫在臉上。趙俊傑不由得有些看呆了，在這邊蹲點這麼久，他已經悲哀地產生了一種錯覺，章桐這個女人或許和死人打交道太久的緣故，早就忘了什麼是笑了，卻沒想到，笑起來的章桐竟然那麼漂亮。

電腦很快就在資料庫中找到了答案，但是卻讓人摸不著頭緒 —— 用

於毛皮、標本一類製作工藝的鉚釘，造成固定材質的作用。

「難道我們的凶手竟然是一個做皮大衣的？」

章桐皺眉想了想，斷然搖頭否決道：「不，現在做皮衣的很多都是用機器了，再說了，做皮衣的不會對我們人類的骸骨了解得那麼清楚，知道在哪邊要害部位下刀而不會損傷骸骨。我想，他很有可能就是一個標本製作師！這種鉚釘只有專業的人才會用到，一般人還不知道它的存在。我得馬上把這個線索通知亞楠，現在的標本製作師已經不多了，尤其是手藝很高超的製作師。」

窗外的天空已經在不知不覺中泛起了魚肚白，儘管淺灰色的雲層仍遮住了太陽，但是卻絲毫掩蓋不住那即將到來的破曉。馬路上的一盞盞路燈在有次序地逐漸熄滅，一些早起的人已經陸陸續續地走出家門開始晨練。

這就是新的一天，章桐揉了揉發酸的肩膀，想拿起桌上的手機打個電話給舅舅，畢竟這些天都是舅舅在幫自己照看母親。

可是，接下來的一幕卻讓她有些害怕，明明手機已經拿在了自己的右手裡，剛要開始按鍵，右手卻突然之間一點感覺都沒有，手機也隨之砸在了地板磚上，發出了一聲清脆的聲響。頓時，手機電池和主機分了家。

章桐傻眼了，前不久晚上自己開家門時，一不留神把鑰匙掉在地板上的場景又一次浮現在了眼前，她記得很清楚，那一刻也是手指突然之間失去感覺，變得異常麻木。

章桐下意識地用左手抓住了已經變得徹底麻木的右手掌，心臟一陣狂跳，眼前地上身首異處的手機正可憐兮兮地瞪著自己。

這到底是怎麼了？右手為什麼會變成這樣？章桐緊鎖著眉頭，感到一種從未有過的無助感正向著自己步步襲來。

第五章　骨頭收藏家

＊　　＊　　＊

　　警察也是人，吃五穀雜糧長大的人，當然也就有害怕的事情。王亞楠不怕死，當了這麼多年的警察，她還從來沒有在死亡威脅面前皺過一下眉頭。上次那個不要命的衝她揮舞著明晃晃的尖刀的劫匪，本以為能讓眼前這個個子不高的瘦弱女警察乖乖地躲到一邊去了，誰想到王亞楠上去一個掃堂腿就把他給撂趴下了，三兩招就俐落地給劫匪套上了銬子。為此，王亞楠得了個「拚命三郎」的頭銜。

　　可是王亞楠也有害怕的時候，那就是每次打電話通知受害人家屬前來認屍的時候，她總要對著電話機猶豫上老半天，深吸一口氣，再拎起電話。還好這樣的時候並不是很多。

　　通宵達旦的資料梳理終於讓一號受害人的範圍得到了大致確定。王亞楠說：「真沒有想到，我們一個小小的天長市，竟然會有三個得這種怪病的人！不是說基因方面的毛病嗎？我想機率應該不會很高的啊！」

　　趙雲一仰脖嚥下了最後一口已經冰冷的咖啡，長嘆一聲：「王隊，我不是醫生，回答不了這個問題。但是不看別的，就說我們現在吃的這些東西吧，有多少是可以放心的？那些不良商販啊，心眼兒壞了，那就什麼東西都能往吃的裡面放了！」

　　王亞楠一瞪眼：「你就別跟個嘴碎的老頭一樣了，趕緊做事吧。」說著，她把挑出的幾份資料放在了資料夾裡，「走，我們一個個過！」

　　「現在嗎？」趙雲指了指牆上的掛鐘，「才五點多啊！」

　　「凶手殺人會挑時間嗎？我們已經來不及了，你就快點吧！」王亞楠不耐煩地催促道。她的心情很糟糕，因為手中這份名單上的三個人中，就有一個是自己要面對並帶去壞消息的，她可不喜歡這種給人家報喪的感覺。

「我們今天還要去天長大學，找生物系的丁教授問些標本製作的情況。」上了車，王亞楠突然想起了一個多鐘頭前章桐打給自己的電話。

　　趙雲點點頭，輕輕一踩油門，警車緩緩地開出了警局大院，一個漂亮的轉身後，無聲地滑進了警局門前寬闊的馬路上。

第五章　骨頭收藏家

第六章　亨廷頓舞蹈症

「您知道亨廷頓舞蹈症這個毛病嗎？」

「你問這個幹什麼？和我失蹤的女兒有什麼關係？」

「是的，我們家玲玲已經沒有消息好幾天了！」當得知警察大清早突然造訪是為了自己失去聯繫很久的寶貝女兒時，眼前這個中年婦女的臉上頓時露出了焦急萬分的神態，先前的敵意轉瞬即逝，「你們有她的消息了？她在哪裡？」

王亞楠和趙雲面面相覷。她明白這是今天跑的第三家了，如果沒辦法確認的話，線索也就斷了。可是，從另一個角度來講，王亞楠卻又不希望眼前這個憔悴的中年婦女就是自己要通知的死者的母親。

她想了想，轉而問道：「錢女士，有個問題想問您一下，可以嗎？」

中年婦女茫然不知所措地點點頭。

「您知道亨廷頓舞蹈症這個毛病嗎？」

「你們問這個幹什麼？和我失蹤的女兒有什麼關係？」

王亞楠微微一笑：「想確認一下您的家族中有沒有人患這個毛病，因為我看您表現得都很正常。您放心，我只是確認一下。」

中年婦女臉上的表情略微放鬆了些，她長嘆一聲，無奈地搖搖頭：「我就猜到了，是不是玲玲犯病了？我就知道躲不過這一天！玲玲的父親三年前死了，就是因為這個毛病！懷上玲玲的時候，我四處求菩薩保佑，不要讓這可憐的孩子也遺傳上這個毛病，可是看來老天爺沒長眼睛啊！」說到這裡，她忽然一皺眉，急切地問道，「玲玲呢？她在哪個醫院，我這就跟你們去接她！」

王亞楠咬了咬嘴唇，她不敢再抬頭看死者母親充滿希望的眼神了。

「您有您女兒的相片嗎？」趙雲問道。

中年婦女點點頭，伸手從身後的玻璃櫃裡拿出一本相簿，小心翼翼地從裡面取下一張七寸大的相片，一臉驕傲地遞給了趙雲：「來，這是我女

兒參加天長選美大賽時候的相片！她無論變成什麼樣子，在我的眼中都是最漂亮的！」

「選美比賽？錢女士，您女兒身材真不錯！」趙雲無意中的感慨突然驚醒了一邊沉默不語的王亞楠，她湊上前，仔細看了看趙雲手中的相片，章桐說過的「黃金比例」又一次在她的腦海裡閃現了。難道死者真的只是因為自己的身材而被害的嗎？

「那，錢女士，您女兒在失蹤前做的是什麼工作？」

「玲玲是一家幼稚園的老師。」

趙雲點點頭：「您能把她失蹤那晚的情況和我們再講一下嗎？」

「那天是星期四，她打給我說要加班，所以會回來晚一些，結果，整整一個晚上都沒有她的消息，她的手機也關機了。我上派出所報案，可是他們說因為是成年人了，所以只是記錄一下，說盡量幫忙……我擔心啊，擔心她因為發病而出事，還好你們來了！」中年婦女的臉上露出了一絲欣慰。

「錢女士，還有最後一件事想請您協助一下我們，您能把您女兒的個人用品給我們一件嗎？我們要確認一下身分。」

「好的好的！」中年婦女並沒有多問，此刻的她已經被即將得到女兒下落的興奮給填滿了。她立刻站起身，走進了小房間，沒多久，就拿了一把黃楊木梳走了出來，上面還留有幾根長髮。

「那今天就先到這裡吧，等一切手續都辦好了，我們來接您去看您女兒！」趙雲說這幾句話的時候淡定從容的樣子讓身邊的王亞楠真恨不得馬上找個地洞鑽進去。雖然說死者的 DNA 還需要最後的檢驗匹配，但是目前種種的跡象都已經表明，眼前的中年婦女很有可能就是死者的母親。身

分的確認很可能只是程式的問題而已了。

走出小屋，直到車子重新駛上馬路，王亞楠這才長長地鬆了口氣：「我真佩服你，能夠這麼不露聲色。」

趙雲不由得一陣苦笑：「沒辦法，我臉上的肌肉都僵硬了。說到這個女孩子，妳檔案包裡的那張相片真的是很美，我根本就沒有辦法把她和垃圾堆裡的那包東西連繫在一起，那簡直就是一個噩夢。說實話，我心裡也不希望死者就是她！為什麼有人會對這麼美好的東西這麼不待見呢？」

「或許就是因為她美好的身材吧。」王亞楠嘟囔了一句，轉而把視線投向了車窗外，再也不吭聲了。

車裡的氣氛頓時變得一片凝重。

二十多分鐘後，天長大學整潔亮麗的校區已經出現在了車子的正前方，在向保全出示了證件後，王亞楠和趙雲順利地把車開進了天長大學校園教工宿舍區。

看著車子兩旁整齊的白楊樹，還有那一張張略顯稚嫩的臉龐，王亞楠不由得伸了個懶腰，隨即感嘆一聲：「要是能有機會重新回到大學校園的話，我真願意不惜一切代價回來！這裡的一切都是那麼美好啊！」

聽了這話，趙雲沒有吱聲，嘴角閃過一絲淡淡的笑容。

在客廳等待丁教授前來的時候，王亞楠藉此機會向趙雲介紹起這位年已古稀的老人來。

「丁教授退休前在天長大學生物系當系主任，他的家族世世代代都是做標本的藝人，祖上還曾經在清宮裡為慈禧太后做過南洋進貢的孔雀標本。論輩分來說，在這個行業裡，丁教授的輩分是最高的了。我們既然要尋找會制標本手藝的人，那就一定要找他打聽了。」

趙雲點點頭，剛想開口，身後傳來了一位老人洪亮的嗓音：「是警局來的人嗎？」

王亞楠和趙雲趕緊站起身，眼前的這位老人儘管頭髮全白了，但是精神頭卻很好，紅光滿面，笑意盈盈。

「快坐快坐，別客氣，就當自己家裡一樣吧，退休了，平常家裡也就沒有什麼人來啦！」老人笑瞇瞇地在沙發上坐下。

因為來之前已經在電話中說明了來意，所以，一番寒暄後，王亞楠就直奔主題，拿出了那張在死者肩膀肌肉處發現的黑色鉚釘的相片遞給丁教授，然後恭恭敬敬地說道：「丁教授，麻煩您幫我們辨認一下！」

丁教授從茶几上拿起一副眼鏡戴上，仔細看了半天，神情變得嚴肅了起來：「在我們標本製作行業中，由於師從的不一樣，所以，使用的鉚釘也有一定的區別，而鉚釘是我們用來固定標本的最重要的工具。你能再讓我看看成分分析表嗎？」

王亞楠趕緊找到那張電腦傳真複印件遞給了他。

時間一分一秒地流逝，丁教授雙眉漸漸鎖成了八字形。他最終放下了手中的複印件，長嘆一聲：「這和我們丁家的專門成分配製表一模一樣，但是還缺少一種硫酸酐，所需要的含量不多，我們用來溶解掉標本原料表面的有機物的，然後再使用鉚釘造成固定作用。你要知道，現在學標本製作工藝的人越來越少了，即使我們丁家也只有兩個人知道這個成分配製表，一個是我，我很久都沒有再做標本了，還有一個是我的外甥，他就住在城東，這是他的地址。」說著，老人草草地在便條紙上寫下了一個地址和人名，遞給了王亞楠。

王亞楠注意到老人身後的鋼琴上有一張相片，是兩個人的合影，相片

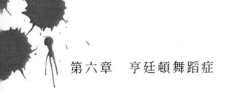

中丁教授的身邊站著一個年紀較輕的男子。要不是他的頭髮、眉毛和臉上的皮膚都是出奇地白的話，王亞楠的目光不會在這張相片上停留的。

老人注意到了王亞楠的目光，道：「這就是我的外甥，他從小就得了這個病，遺傳的！」

王亞楠尷尬地點點頭。繼續問道：「那麼他現在從事什麼工作？」

「我不知道，我有一年多沒有他的消息了！他痴迷這個行業，但你也知道，現在標本製作師越來越沒有飯吃了，所以，在斷了聯繫前，他一直沒有什麼穩定的工作！」老人的情緒比起剛見面時低落了許多，他轉而問道，「小姐，方便告訴我到底發生了什麼事嗎？」

王亞楠猶豫了一會兒，回答道：「沒事，只是有些技術問題跟您打聽一下。丁教授，謝謝您，那我們今天就暫時先告辭了！改日再登門拜訪您！」

告別丁教授後，為了儘早確認一號屍體的身分，趙雲和王亞楠一起開車帶著證據回了警局。

剛進辦公室，還沒有來得及喘口氣，王亞楠就撥通了章桐的電話：「小桐，妳現在還在解剖室嗎？」

「對。」

「妳馬上對屍體取樣做一個硫酸酐測試，尤其是切口部位，只要屍體含有這種化學成分的話，那麼，凶手的身分就能夠確認了！硫酸酐是標本製作師專用的化學用品。」

「我馬上做，一有消息就通知妳！」

此時，在城市的另一端，一個身著特快專遞制服的投遞員正匆匆忙忙地走出電梯，來到最靠邊的一戶人家門口。這是他今天的第一筆投單，為了能早點下班及避免因客戶不在家而空跑一趟，快遞員特地起了個大早。

按響門鈴沒多久，門裡就傳出了匆忙走近的腳步聲，緊接著門就打開了，出現在快遞員面前的是一位頭髮全白的老婦人。

「請問，這裡有沒有住著一個叫章桐的人？」為了確定地址和名字沒有錯，快遞員頗有責任心地又低頭檢視了一下投遞記錄。

老婦人點點頭，一臉善意的微笑：「那是我女兒，有事嗎？她工作忙，現在不在家。」

「是這樣啊，那麻煩您代簽一下吧，我這裡有一份她的特快專遞，是美國來的！」說著，快遞員遞上了投遞記錄本和筆，指點老人簽過名後，就從隨身的挎包裡拿出了一份特快專遞交給了老人。

「美國來的？」老婦人皺眉想了半天，看看信封表面歪歪扭扭的字跡，一個都不認識，不由得抬頭問道，「小夥子，你確定這個快遞是給我們家的嗎？我們家根本就不認識外國人啊！」

快遞員勉強擠出了一絲笑容：「老太太，地址人名都沒有錯，你看到沒有 —— 收件人一欄寫著 ZHANG TONG，所以呢，你就放心吧，等妳女兒回來後問她就行啦！」

看著老人半信半疑地總算關上了門，快遞員這才鬆了口氣，嘟嘟囔囔地轉身向電梯口走去了。

很快，這封奇怪的來自大洋彼岸的特快專遞就被快遞員給忘了個一乾二淨。畢竟每天經過他手裡的快遞有上百份之多，而這種收件人不知道寄件人的事情，他也見慣不怪。老人嘛，記性差那也是正常的，有些做小輩的怕麻煩，都不願意把自己的生活圈子朋友圈子一一告訴家裡的老人的，這就叫做「代溝」。想到這裡，走出大樓的年輕快遞員的臉上露出了「可以理解」的笑容。

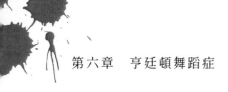

第六章　亨廷頓舞蹈症

　　　　　　※　　※　　※

「快，王隊，我們可能發現了一個生還者！第一醫院急診部剛剛打來電話報警，說他們那邊有一個疑似從凶手手中逃脫的年輕女孩，現在正在搶救。」

　　助手的話音剛落，王亞楠和趙雲兩個人就衝出了辦公室，直接向底層車庫跑去。

　　很快，車庫裡就發出了車輪摩擦地面的尖銳的聲響。為了搶時間，這一回王亞楠是堅決不讓趙雲開車了。

　　警車拉響了警笛聲，風馳電掣般地向第一醫院開去。

　　時間回到大約半個鐘頭前。

　　繁華的中山路大街上，購物的人們熙熙攘攘摩肩接踵，馬路中央滿是來來往往的車子，不耐煩的司機時不時地拚命摁著喇叭，驅趕著前面開得慢吞吞的車子。

　　突然，靠近天長寶生商廈後門口的一輛白色金盃麵包車的後車門猛地被拉開，一個身上沾滿鮮血的女孩子跳下車後沒命地狂奔，一路尖叫，沒走幾步就一頭撞上了不遠處正在行駛的一輛小貨車。女孩頓時倒地不起。

　　小貨車司機嚇傻了，趕緊打開車門，跳下車，來到車前方。等確認自己真的撞了人後，他迅速掏出手機報警。

　　馬路兩邊購物的人們漸漸地圍攏上來，看著血泊中還在不斷抽搐的女孩子，人們的眼中充滿了同情。

　　就在這場奇異的車禍現場不遠處，那輛白色金盃小麵包車靜悄悄地倒車，轉頭，很快就拐進了旁邊的一條岔道上，沒多久就消失了，似乎根本

就不曾出現過一樣。

今天對於第一醫院急診室的當班護士和醫生來說，是個極不尋常的日子。

救護車把車禍現場的受傷女孩子送到了第一醫院。剛被推下救護車，這個渾身是血的女孩就伸手拽住了身邊的護士，示意自己有話要說。

女孩因為失血過多，身體已經極度虛弱，看她竭力伸手指向自己面前的小貨車司機，大家產生的第一個念頭就是叫保全立刻控制住陪同她前來就醫的這個身材矮胖的司機，肯定是車禍肇事，要是他再跑了的話，那就麻煩大了。

誰想到小貨車司機見狀，迅速擺出一臉無辜的樣子，雙手拚命地揮舞著，大叫大嚷地辯解了起來：「我沒有撞她，是她自己撞到我車上來的。我還以為她是碰瓷的呢！天地良心啊……」

隨後趕來的心細的當班主治醫師在女孩血肉模糊的傷口上看出了異樣。儘管女孩的鮮血在快速移動的輪床上很快就彙整合了一汪，並且滴滴答答地往下流淌，但是對外傷非常熟悉的主治醫師一眼就看出了女孩身上的大部分傷口都是利器造成的，傷口都在骨關節部位，而不是簡單的車子高速碰撞所引起的。

在把女孩推進手術室的那一刻，意識到情況異常的主治醫師趴在由於失血過多而正逐漸失去意識的女孩嘴邊，試圖從那不斷顫動的嘴唇裡聽到一點有用的線索。

他聽到了這麼一段微弱的斷斷續續的話：「快報警……他要殺我……刀……」

聯想到先前警方在媒體上釋出的安全警示和報紙鋪天蓋地的報導，沒

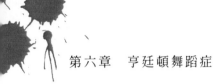

有絲毫的猶豫，主治醫師立刻示意身邊的護士打電話報警。

當王亞楠和趙雲趕到第一醫院重症搶救室時，他們被毫不客氣地攔在了搶救室門外。隔著厚厚的玻璃窗，看著搶救床上那渾身插滿儀器連線線的可憐的女孩子，王亞楠不由得緊緊咬住了牙關。

「抽吸！肺部有阻塞！」主治醫師一邊用聽診器監聽著病人的胸部，一邊命令道。

護士俐落地把一根米黃色的細管子插進了病人的體內，塑膠管吸滿了粉紅色的泡沫，然後又將其排到了一邊的金屬托盤上。

肺泡很快就清除了，病人剛才還是藍灰色的臉漸漸地恢復了正常。

突然，血壓監視儀發出了尖銳的警報聲，主治醫師尖叫道：「血壓過低，馬上給我兩個單位的 O 型陰性血、一份林格氏液和葡萄糖混合物。快！同時查她血型。見鬼！我們時間不多了！」

看著搶救室內一片混亂的局面，王亞楠不由得轉頭小聲問道：「趙雲，你說這女孩會挺過來嗎？」

趙雲沒回答。

女孩最終還是走了，死因是失血過多引起的多臟器衰竭。站在女孩那還略帶餘溫的屍體旁邊，王亞楠的心情沮喪到了極點。搶救室裡滿地狼藉，已被鮮血染紅的止血棉被扔得到處都是，儀器的嘀嘀聲和主治醫師嘶啞的嗓門發出的怒吼聲彷彿還在耳邊縈繞著，可是，仔細聽去，搶救室裡此刻卻已經是一片死一般的寂靜。這還是第一次看著一個活生生的人就這麼死去，王亞楠突然有種想哭的感覺。她抬起頭，看向頭頂那依舊明亮的手術燈，深吸一口氣，努力使自己平靜下來。

天長市警局會議室裡坐滿了人，卻沒有一點聲音，大家都在等著一個

人的到來。

　　沒多久，走廊裡傳來了高跟鞋的聲響，很快，身穿工作服的章桐就出現在了門口。她一言不發，神色凝重地來到桌邊。

　　「經檢驗，死者體內含有舒安寧和三唑侖的混合物殘留，而且劑量比二號死者要多很多，顯然死者對這種混合鎮靜劑有很強的抗藥性。儘管凶手加大了劑量，但死者還是清醒了過來，而死者身上的新鮮傷痕也表明了很有可能是傷口的疼痛加快了死者的清醒。」

　　「那傷口的具體情況呢？」李局問道。

　　章桐拿出了三張放大的死者傷口相片，用磁鐵貼在了白板上：「你們看，死者胸口的傷痕和折斷的三根肋骨都是典型的車禍導致正面撞擊造成的，而其餘的每一處傷痕都恰到好處地在骨關節處，」她又拿出了二號死者的屍檢照片，指著它說道，「和前面的死者身上的傷痕幾乎完全一致。」

　　「目前看來這起案子和前面兩起案件有可能是同一個人乾的！」停了一下，章桐又補充道。

　　「那死者的身分有沒有查明？」李局看向坐在自己對面一聲不吭的王亞楠。

　　王亞楠點點頭：「死者叫李曉倩，生前是天長市第一實驗小學的體育老師！」

　　「這就難怪她會有這麼好的體力，在受傷這麼嚴重的狀況下還能從凶手那邊跑了出來！」李局感慨地說道，「小王，目前有嫌疑人嗎？」

　　「我手下正在對天長寶生商廈後門口的監控錄影進行查詢，相信很快就會有線索的。當時案發現場附近的路人說，死者應該是從一輛白色麵包車裡逃出來的，具體車牌號一時還說不清楚，我會繼續跟進的！」

李局一臉的凝重：「已經三條人命了，我們沒有時間了！」

散會後，王亞楠腳步沉重地走向自己的辦公室，經過門廳的時候，保全叫住了她：「王隊，這邊有人找！」

王亞楠回頭看去，不免有些詫異：「丁教授，您怎麼來了？」

丁教授微微一笑，揮了揮手中的名片：「別忘了，這可是妳留給我的！我正好沒事，經過這裡就來看看，上次和你一起來的小夥子呢？」

「他啊，跟線索去了，丁教授。」王亞楠有些心不在焉，此刻的她實在沒有心思和眼前這個老人寒暄。

顯然老人看出了王亞楠眉宇之間的愁容，他把王亞楠拉到一邊僻靜的角落：「我知道我是個糟老頭子，只會給你們警察添麻煩，可是，我這一次來只有一個目的，我想知道你們上次為了那幾枚鉚釘找我的真正原因，你能告訴我嗎？我馬上就走！」

王亞楠面露難色：「我……對不起丁教授，案件還在辦理，不方便透露啊！」

丁教授嘆了口氣，說：「那好，我換種方式，你不必開口，這樣就不會違反紀律了。是不是和報紙上的『骨頭收藏家』有關？」

一聽這話，王亞楠雙眼的瞳孔下意識地緊縮了起來。剛想開口，卻被老人揮手打斷了，他依舊是一臉的笑容：「沒事，那就這樣吧，打擾妳了警察小姐，改日記得有空來我家坐坐啊！再見！」

說著，老人自顧自默默地轉身朝大樓外走去了。

看著老人的背影，王亞楠的心裡卻總是感覺到有什麼地方不對勁，她皺眉想了想，腦子裡仍然是一片混亂。無奈之餘，她搖搖頭，向電梯口走去了。

章桐推門走進家裡的時候，母親正在廚房忙碌著，整個客廳裡溢滿了飯菜的香味。章桐的臉上也露出了輕鬆的笑容，她太渴望這麼溫馨的日子了。

　　已經有兩天沒回家了，母親一直都由舅舅照看著，這讓章桐輕鬆了許多，只是舅舅自從妻子因病去世後，一直單身，也沒有孩子，章桐的心裡多少為老人淒涼的晚年感到些許悲哀。此刻，老人正背對著客廳玄關坐在沙發上看報紙。

　　「舅舅！」

　　老人連忙站了起來：「桐桐，回來了！正好吃飯，妳媽在做飯呢！馬上就好！」

　　「舅舅，我媽這幾天多虧你在這邊照顧！」

　　「反正我也沒有什麼事，一週也就兩次門診，不耽誤多少時間的！」舅舅微笑著看著章桐，「妳什麼時候有空，舅舅請妳吃飯！」

　　「吃飯？」章桐有些摸不著頭緒。

　　「是這樣的，妳也老大不小了，你媽老提起妳的終身大事，這不我們醫院裡有幾個年輕人還是挺不錯的，事業型的男人，不過也挺顧家的，舅舅想幫你們撮合撮合，妳看呢？」

　　看著老人臉上善意的笑容，章桐尷尬地抿了抿嘴：「他們就不介意我是法醫，成天和死人打交道？」

　　老人哈哈一笑：「妳的腦子怎麼這麼封建啊！我早就打好預防針啦！傻丫頭，見個面吃個飯而已，妳怕什麼？談戀愛還是要靠緣分的，舅舅只不過幫你提供個機會罷了。」

　　正說著，母親從廚房走了出來，一看見女兒回來了，她的臉上也頓時

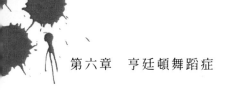
浮現出了笑容，趕緊招呼道：「桐桐，快幫忙擺桌子吃飯。對了，有一份美國來的特快專遞，媽放在妳的房間了。」

「美國來的？」

「那投遞員就是這麼說的！」

章桐也就沒有再多問什麼，她很清楚現在對於母親來說，生活越簡單越好，不要讓她想太多。

吃過晚飯後，因為樓道裡太暗，唯一的一盞燈也由於年久失修而報廢了，章桐擔心舅舅年紀大了，可能會因為看不清楚腳底而扭了腰，所以執意要送他到樓底下。

走到樓門口的時候，章桐猶豫了一會兒，問道：「舅舅，我知道您對神經學方面也有一定的研究，我的右手可能出了什麼問題。」

老人不由得愣住了：「怎麼樣？說說看……」

章桐點點頭：「其實也沒有什麼，就是這段日子，有時右手會突然變得麻木，一點感覺都沒有。我不知道是不是我的工作太忙太緊張了，所以引起了一些神經系統的異樣病變？可我右手並沒有扭傷，也沒有腫脹，就是會突然失去感覺。」

「妳照過 X 光片嗎？」

「照過，一切正常。這幾年來我並沒有受過外傷。我記得在一本講神經系統的書中看到過，說有時候疼痛麻木其實是假象，是受到了神經末梢的一種假的傳輸訊號引導而產生的。而這種病症一般都會出現在患者以往曾經受到過嚴重打擊的情況下。當時可能受過傷，沒有完全恢復……」章桐沒有繼續說下去。

老人沉思了一會兒：「妳說得沒錯，這樣也是有可能的。但是也不能

排除是妳的工作因素導致的結果。妳是當法醫的，經常要使用手術刀等器械，用久了，手部功能就會受到一定的影響，可能妳當時並沒有注意到，後來日積月累，就有可能產生妳現在這種情況。桐桐啊，妳太累了，工作太投入，有時候也該好好休息休息，給自己放個假，妳說呢？」

＊　　＊　　＊

夜深了，章桐已經在床上翻來覆去了很久，卻沒有辦法入睡。她深吸一口氣，坐了起來，擰亮了床頭的檯燈。從小到大，自從出事後，章桐晚上睡覺從來都沒有關過燈，她害怕黑暗，害怕那黑暗的夢境把自己給徹底吞噬。

章桐想了想，拿過檯燈旁邊的手機，撥通了劉春曉的電話。這幾天她一直猶豫著要不要主動和劉春曉聯繫。說實話，她對劉春曉這麼冒冒失失想探究自己的心理而感到些許惱火，所以好幾天都生氣沒有和他聯繫。可是如今看來，或許也只有劉春曉能夠幫自己了。

電話接通了，可是，當電話那頭傳來劉春曉渾厚的嗓音時，章桐卻又立刻結束通話了電話。她迅速打消了這個念頭，不，她不願意去面對那個可怕的夢境，至少，她的心理還沒有做好足夠的準備。

看著來電顯示上那熟悉的電話號碼，劉春曉剛要回撥過去，轉念一想卻又輕輕地把電話放了回去。他長嘆一聲，走到窗口，看著窗外寧靜的夜色，臉上卻充滿了擔憂。他知道此刻自己不能太莽撞，慢慢等吧，二十年都過去了，相信章桐也會熬過去的！總有那麼一天，她會來找自己的，劉春曉對於這個想法深信不疑。

＊　　＊　　＊

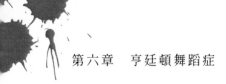

夏末秋初的早晨，暑熱已經漸漸淡去，晨練的人們三三兩兩地出現在天長市城中公園的門口。此刻的天空中，太陽還只是露出一抹淺淺的微笑。

「張家阿姨，妳來得這麼早啊！」

「是啊是啊，沒辦法，我們家鬆鬆一大早就要出來遛的！家裡關不住的！牠比我起得還早！」被稱作「張家阿姨」的是一位普通的退休中年婦女，就像很多別的退休的空巢老人一樣，張家阿姨也養了一條狗，沒辦法，誰叫自己的兒子在上海工作呢。所以每天的這個時候，張家阿姨都會雷打不動地帶著她心愛的金毛犬鬆鬆來到離家不遠的城中公園蹓躂。不管怎麼說，自從養了鬆鬆後，張家阿姨臉上的笑容也多了起來。尤其是當自己的老姐妹們誇鬆鬆長得好看的時候，真的是比當初誇自己的寶貝兒子聰明還讓她感到驕傲和滿足。

鬆鬆一走進公園就掙脫了繩索，狗樣十足地跑了起來，急得張家阿姨在後面顛著腳猛追，可是儘管她跑得上氣不接下氣，鬆鬆還是一溜煙不見了影子。

沒辦法，張家阿姨一邊叫著「鬆鬆」，一邊朝著公園另一邊假山方向走去，她知道，假山那邊是鬆鬆最愛去的地方，每一次自己都會在那邊把牠抓個正著。她現在開始後悔自己當初貪便宜買條公狗了，都兩歲了，還沒有聽話懂事。想到這裡，她無奈地一陣苦笑，自己的孩子這麼大了，難道就懂事了嗎？

假山前面是一段木板路，晨練的人基本不到這裡來，因為這裡草木太多，經常會有蛇出沒。

「鬆鬆！鬆鬆！」張家阿姨有點惱火了，往常自己到這邊的時候，那

條笨笨的金毛狗都會傻乎乎地站在木板路上等自己，今天怎麼就偏偏不見影兒了呢？到底去哪裡了？

張家阿姨有些著急了，她下意識地提高了嗓門，口氣也變得不是那麼溫柔了：「鬆鬆，你給我出來！不出來我回去揍死你！」

這麼一叫加上充滿威脅意味的口氣倒是立竿見影，不出張家阿姨所料，那齊膝高的草叢裡不一會兒就鑽出一隻狗頭來，隨即屁顛屁顛地跑出了她的寵物狗鬆鬆。

張家阿姨彎下腰，剛想把搖著尾巴跑到自己身邊的金毛狗鬆鬆摟到懷裡，突然，她意識到不對勁，她發現鬆鬆白白的犬齒下正牢牢地咬著一塊說不清是什麼的東西。

張家阿姨年紀大了，眼神有點不好使，她雖然看不清楚鬆鬆的大狗嘴裡叼的究竟是什麼東西，但是她很不喜歡狗狗在外面亂吃，所以趕緊嚴厲命令道：「鬆鬆，快吐掉！亂吃東西要拉肚子的！快吐掉！」

溫順的鬆鬆聽話地張開了大狗嘴，隨即一臉無辜地看著自己的主人，那塊不明物體也迅速吧嗒一聲掉在了地面上，這時候張家阿姨才總算看明白自己的愛犬究竟叼的是什麼東西。她頓時渾身寒毛直豎，心臟跳得越來越快。張家阿姨嚇得一屁股坐在了地上，眼前分明是一塊剛剛咬下來的女人的乳房！

回過神來後，張家阿姨用盡全身力氣發出了一聲讓人毛骨悚然的慘叫。

＊　　＊　　＊

當王亞楠趕到現場的時候，當地派出所的同事見面第一句話就是：「我們找到這個凶案的目擊證人了！」

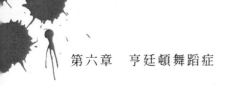

「你說什麼？目擊證人？」

在接到報案趕來現場的路上，王亞楠就已經知道這個案件又是「骨頭收藏家」的大手筆，因為死者的頭顱和腳掌、手掌都已經被切去，剩下的只是一副空皮囊和一堆爛肉而已。

「目擊證人？他在哪裡？」王亞楠難以掩飾聽到這個消息時的興奮。

出乎意料的是對方緊接著卻是一陣苦笑，他伸手一指身後不遠處警戒線外的大青石：「喏，就在那邊，是個醉鬼，反正他也說不清楚，說自己記不得了，因為當時喝醉了。」

王亞楠緊走幾步來到目擊證人坐著的大青石邊上，彎下腰緊盯著眼前這張髒兮兮的臉：「我是天長警局重案大隊的，請您配合我們的調查，把當時看到的情景一五一十地告訴我。」

明顯是酒醒沒多久的中年男人皺了皺眉，雙眼矇矇矓矓的，有氣無力地晃著腦袋：「警察小姐，我記不太清了，只知道是個男的。我當時喝醉了！」

看來真是個醉鬼。王亞楠想了想，繼續問道：「你確定你當時喝醉了？」

「是啊，昨天晚上天太熱，我在朋友那邊喝多了，走著走著，不知怎麼的就跑這邊來了。我在那邊大樹底下睡覺呢，稀裡糊塗的。」說著，他勉強伸出手指了指身後，「我現在頭好疼，什麼都記不得了。」

「那你是怎麼醒過來的？」

「被那老太婆殺豬一樣的慘叫聲給驚醒的。美夢都沒有了。」醉漢滿臉的惱怒，宿醉後的頭疼讓他不斷地倒吸涼氣，嘴巴裡「噓噓」作響。

「這可怎麼辦？他喝醉了，什麼都記不得了。」王亞楠一臉的苦惱。

「我有辦法！」

身後傳來一個聲音，王亞楠迅速轉身看去，「你怎麼來了？」

來的人正是劉春曉。他直接走到近前，彎腰仔細看了看醉漢的眼神，隨即問道：「你能告訴我你喝的是什麼酒嗎？」

一聽這話，醉漢立刻來了精神頭，興奮地指手畫腳起來：「一瓶啤酒，二兩二鍋頭，還有一點乾紅！」

劉春曉「撲哧」一聲笑了：「你確實喝得夠多的。怎麼樣，我現在請你喝酒吧？」說著，不管王亞楠一臉的詫異，他揮手叫身邊的一個派出所警察過來，小聲說道：「馬上幫我去那邊二十四小時營業的小賣部買一瓶啤酒過來 —— 哦，不，兩瓶！」

「買酒？」年輕的小夥子有點不敢相信自己的耳朵。

「快去吧，辦案需要。再加上一袋子花生米。」劉春曉一臉的嚴肅，一點都不像開玩笑的樣子。王亞楠也不好多說什麼，她打定主意靜觀其變，反正目擊證人什麼都記不起來了，她倒要看看劉春曉究竟有什麼本事來喚醒人家的記憶。

酒很快就買來了，當著眾人的面，劉春曉擰開了酒瓶子，遞給了醉漢：「來，接著喝。我請你！」

醉漢一聽就來了勁，他左右看了看，見並沒有人阻止自己，立刻接過來毫不客氣地倒頭一陣猛灌。

「王隊，劉檢察官這麼做是什麼意思？目擊證人已經稀裡糊塗的了，這樣子讓他再喝的話，不就更加分不清楚東南西北了嗎？」助手在王亞楠耳邊小聲嘟囔道。

王亞楠沒吭聲。

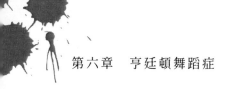

沒過多久，酒精的作用很快就在醉漢的臉上顯現了出來，他的嘴裡也開始冒出了一串串前言不搭後語的字眼來。

見此情景，劉春曉迅速奪過醉漢手裡的啤酒瓶，身子向前湊近，小聲問道：「現在告訴我，你昨天晚上聽到什麼了沒有？看見什麼了？你告訴我，這瓶酒就還是你的！」

醉漢瞇縫著雙眼，晃著腦袋，皺眉想了想，隨即一臉恍然大悟的樣子：「我……想……想起來了，是車的聲音，吵醒我了，白色的……麵包車，一……一個男的！」

「你怎麼知道是一個男的？」劉春曉步步緊逼。

「他的臉……臉……臉上……」醉漢雙眼的瞳孔開始緊縮。他並沒有直接回答劉春曉的問題，看他的情形，就好像昨天晚上案發時的情景在眼前再現一樣，臉上竟然露出了恐懼的表情。

「他的臉到底怎麼了？」

「像死人！對！對！白得可怕！」此時的醉漢說話已經不結結巴巴了，恐懼彷彿慢慢地在他的身上流露了出來。

「臉像死人？」

「對！慘白慘白的，連眉毛也是白的，頭髮也是白的。」醉漢一把搶過了劉春曉手中的酒瓶，一通猛灌，彷彿酒精能夠讓他忘記昨晚可怕的記憶一樣。

「眉毛？你確信你沒有看錯？」

劉春曉並沒有搭理一邊王亞楠的疑問，他繼續問道：「那麼你接下來看見什麼了？」

醉漢又有一些稀裡糊塗了，他使勁皺著眉：「他把一個女人拖了出來，然後……跪在那裡，一直跪著，手裡拿著一把長長的刀，他開始切呀切呀切呀……」邊說他邊做出那種拿刀切割的舉動。

　　「你怎麼知道他拖的是個女人？」王亞楠忍不住問道。

　　醉漢的臉上露出了一絲怪異的笑容：「頭髮很長很長！都，都快到地上了，當……當然是……女……女人了！」

　　劉春曉猛地拍了他一巴掌，提醒道：「然後呢？」

　　「然後他拿一把錘子敲她，這麼一下一下一下……不停地敲……就……就像在釘木板……啪啪啪……」

　　王亞楠實在憋不住了，她上前把劉春曉拽到了一邊，嚴肅地小聲問道：「他怎麼可能看得那麼清楚？案發時可是晚上啊！」

　　劉春曉一言不發地指了指案發現場不遠處的一盞路燈：「昨天晚上又是十五，月亮很大！」

　　「那麼他現在說的情況可靠嗎？難道凶手就在這邊肢解受害者？看他醉醺醺的樣子，我有點懷疑！」

　　「應該可靠。人的記憶是和固定場合還有周邊環境結合在一起的，他昨天在喝醉酒的情況下目睹了這起凶殺案，所以我讓他重新回到酒醉狀態，這樣就能夠喚醒他當時的記憶。再說了，他的醉酒應該也不是深度的，只到朦朦朧朧的狀態，基本意識還是有的，因為他剛才說了，他畢竟穿過了大半個城中公園走到這裡。」

　　王亞楠沒話說了，她很快叫來了身邊的下屬：「馬上調取所有出口處的監控錄影，跟蹤一輛白色麵包車！」

　　此刻的醉漢抱著酒瓶子還在那邊不停地嘟嘟囔囔。劉春曉微微一笑，

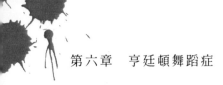
走上前，拉起醉漢，同時用目光示意另一邊的同事過來幫忙：「走吧，我們請你吃飯去！」

「好！好！吃！」醉漢搖搖擺擺地跟著劉春曉和派出所的警察走了。

王亞楠走出發現屍體的草叢裡，章桐正埋頭在仔細勘驗著屍體殘骸的表面。

「小桐，有什麼線索嗎？」

「這裡是第一案發現場，有很多血跡，呈現出噴濺狀，屍體內部的骨頭都被取走了，和前面的死者一模一樣。」

「死亡時間？」

「可以確定為昨天午夜十二點至凌晨兩點之間。」說著，章桐一邊指揮著潘建幫忙把屍體遺骸放進裝屍袋，一邊回頭說道，「亞楠，我覺得這個凶手越來越沒有耐心了！」

「為什麼這麼說？」

「我還是第一次看到他直接在殺人現場分解屍體拿走骨頭。他已經顧不了周圍的環境有可能暴露自己。」章桐面色凝重。

王亞楠想了想，問道：「小桐，什麼樣的人眉毛、頭髮和臉全是白的？」

「應該是白化病患者，也就是一種基因嚴重缺失引起的病變。這種病人怕光，在陽光底下睜不開眼，皮膚如果在陽光下裸露過長時間，會被灼傷。所以，為了躲避陽光，病人一般都是晝伏夜出，白天很少出門。」

「那麼說我們昨晚的凶手很有可能就是白化病患者！」王亞楠自言自語道。此時，她的腦海裡晃過了一個人影，王亞楠不由自主地脫口而出，

「這難道是巧合？」

「你說什麼？」章桐有些糊塗。

「沒什麼，我是說劉春曉剛才來了，還幫了我很大的忙！」

「他來幹什麼？」

「我也不知道他是怎麼冒出來的。也不好多問，他現在和目擊證人一起走了。小桐，說真的，你這個老同學真的很聰明，像本百科全書一樣，這次多虧他了。」

章桐沒有吭聲，繼續迴轉身忙碌，儼然一副事不關己的模樣。

王亞楠並沒有直接回警局，在簡單交代了趙雲一些事情後，一個人開車來到了天長大學。由於昨天剛來過，所以這一次大學門口的保全並沒有阻攔，見到車裡坐著的王亞楠，就直接點點頭放行了。王亞楠直接開車來到了生物系教職員宿舍的大樓下。

停好車後，王亞楠快步走向了門棟。現在還沒有到早上九點，丁教授應該還在家。她來到二樓門口，想了想，還是伸出手敲起門來。

門很快就被打開了，來應門的是丁教授一臉憨厚的保母。王亞楠被引到了客廳坐下。

還是昨天的那個客廳，什麼都沒有變，唯獨缺少的是那張放在鋼琴上的特殊的相片。王亞楠皺了皺眉，她心裡很清楚，丁教授一定意識到了什麼。

手機突然響了起來，是趙雲發來的簡訊。王亞楠匆匆看後，不由得眉頭緊鎖。

「警察小姐，妳來了啊！」丁教授的臉上看不出任何異樣的表情。他

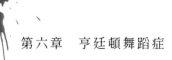

從裡間臥室走了出來，坦然自若地伸出手和王亞楠握了握，微微一笑以示友好。

　　兩人再次落座後，王亞楠決定直奔主題。她知道在丁教授面前，她沒有必要去隱瞞什麼，這是一個非常聰明的老人，他似乎已經猜到了自己今天會突然上門拜訪。

　　「丁教授，我這次來是為了您的外甥黃志剛，他現在在哪裡，您能告訴我嗎？我同事根據您提供的地址去找了，鄰居說他早就已經搬走了。」

　　「我很久都沒有他的消息了，你昨天和同事來這裡的時候我就已經告訴過你們，我已經很長一段時間沒有見到他了。想來應該都快有七八個月了！」

　　「他是不是有一輛白色麵包車？」

　　老人想了想，點點頭：「是，他是有一輛，買了快兩年了。因為他的病，他白天幾乎不出門，即使出門，因為有很多人嘲笑他，幾乎人人見了他都躲得遠遠的，所以他從不乘坐公車。等到在網路上有了標本製作訂單後，為了方便送貨，他就買了這輛車。」

　　「他以前在網路上開店嗎？」

　　「對，好像在什麼『同城網』上，因為現在標本製作需求越來越少，他有時候就為那些失去寵物的僱主製作一下標本，留作紀念。如今這樣的生意也一天比一天少，一年到頭也賺不了幾個錢。大概半年多前，我就沒有了他的消息。」提起這個外甥，丁教授似乎有些心疼，語氣中充滿了憐憫，那是老人對晚輩慣有的關切。

　　「那他現在還在做這種生意嗎？怎麼能夠找到他呢？」

　　「我不知道，我年紀大了，身體也不好。」丁教授說著，把目光投向了

窗外，言語中帶著逐客的味道。

「那，丁教授，您就休息吧，我也不打擾您了，改日再來看您！」

老人點點頭，沒有再多說什麼。

走出丁教授家所在的樓棟，王亞楠鑽進車裡後的第一件事情就是撥通了趙雲的電話：「我這就回局裡去，你馬上申請傳喚令，黃志剛有重大作案嫌疑！」

天長市警局會議室裡坐著六個人，除了李局和幾個長官外，就只有王亞楠。這是每天的重大案情彙報例會，大家臉上的神情都很嚴肅。

「四具屍體，我們目前只確定了一具的身分。但是根據我在丁教授那邊得到的線索，我在天長同城網上找到了這個店鋪，」說著，王亞楠把手中的膝上型電腦轉向了大家，「『收藏永生』，同城網上就只有這一家是專門為家裡過世的寵物製作標本的商家，而死者張玲養過一隻薩摩犬，今年年初患病去世，經查實她曾經在這家店鋪訂過貨。店主的登記資料顯示正是黃志剛，也就是丁教授的外甥。據丁教授回憶說他這個外甥因為遺傳的原因，幼年時就患有嚴重的白化病，生活基本上與世隔絕。他是一個出色的標本製作師。我們在幾個案發現場所發現的化學用品殘留和死者肩膀上殘留的鉚釘，經證明正是一個標本製作師所必備的工具，而成分表經過丁教授確認，也正是他們家祖傳的鉚釘配比成分表，如今除了他以外，也就只有這個黃志剛知道成分的具體配製方法了。最後，根據第三個現場的目擊證人描述，凶手頭髮、眉毛、皮膚呈現出異樣的慘白，這正符合白化病人的特徵。」

「那他現在人到底在哪裡？」李局皺眉問道。

「我們已經發出通緝令了，目前正在四處查詢。」

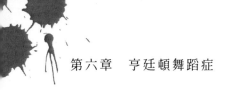

「店鋪中的客戶資料你查過嗎？」

王亞楠點點頭：「我和同城網的網編聯繫過，調取了他的業務往來資料和所有跟他有過往來的客戶資料，目前正在加緊考核。他最後一次登入是在今天早上，網監組正在嚴密監控這個帳號，他們一有情況就會和我聯繫。希望能在他再次動手前抓住他。」

「我們沒有多少時間了！」李局深深地嘆了口氣，目光中充滿了焦慮，「這是一個把人命當兒戲的人，再不抓住他，就會害死更多的人。我們這些人就沒有臉穿這身警服，更加沒有臉去每天面對我們周圍的天長老百姓。」

李局的話讓在場所有人的心裡都沉甸甸的。

「王隊，黃志剛的帳號有動靜！」

「太好了，我馬上過來！」王亞楠把手中的彙報資料遞給了身邊的下屬，迅速朝樓上網監組的辦公室走去。

剛到門口，就和正送報告來的章桐撞了個滿懷。

「妳這麼火燒火燎的要去哪裡？」章桐伸手揉了揉被撞酸的肩膀，「給，這是屍檢報告。」

「簡單說一下吧，我沒有多少時間，我正好要去網監組那邊，妳也順路，我們邊走邊說。」

章桐點點頭：「死者是女性，這一次年齡相對比較大，三十至四十歲之間，有過生育史。犯案手法幾乎一模一樣，可以肯定是同一個人乾的。」

王亞楠突然想到了什麼，脫口而出：「她的毒物化驗呢？」

「妳不提我還差點忘了，舒安寧和三唑侖，這些都是一樣的，但是這

一次有一個例外，我在她血液中竟然化驗出了細小病毒！」

「細小？」

「對！」

「那是什麼東西？」王亞楠還是沒有明白過來，她在樓梯拐角處站住了腳，轉身問道。

「妳沒有養過狗，沒聽說過那也是正常的。細小病毒是一種狗類常見的病毒，非常頑固，感染細小病毒的症狀類似於我們人類的腸胃炎，不過來勢更加凶猛而已。如果錯過最初七十二小時的黃金治療時間的話，那麼，得病的狗的死亡率就非常高。」

「這種病毒會傳染給人類，對嗎？」

「對，病毒非常頑固，高溫低溫都沒有辦法把它徹底消滅。即使做好了消毒工作，離開宿主後，沒有半年的時間，病毒還是沒有辦法完全消除的，而狗主人會不知不覺地在和自己的寵物接觸的過程中傳染上這種病毒，傳染管道包括唾液、體液兩種。身體好的人可能顯現不出什麼症狀，但是身體比較差的話，就會在感染病毒後出現嘔吐和嚴重拉稀、便血的症狀，需要及時就醫。」

聽了章桐的話，王亞楠隨即問道：「那白化病患者呢？如果他傳染上會怎麼樣？」

「白化病患者的免疫系統是缺失的，所以會更加容易得病，潛伏期是四十八小時。一般出現的症狀就是拉稀、便血。」

「你真是幫了我的大忙了！」說著，王亞楠興奮得拍了章桐一巴掌，加快腳步向網監組跑去了。

章桐苦笑著搖搖頭，轉身向另一個方向的法醫辦公室走去了。

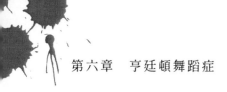

「情況怎麼樣？」

網監組當班的成副隊長一臉嚴肅，他伸手指著面前的顯示器螢幕說道：「他是八分鐘前登入的，IP 地址顯示是在新疆伊犁，我查了，是一個經過層層偽裝的 IP 網址。他很狡猾。我們追蹤起來要很長一段時間。」

「我們時間不夠了。」王亞楠嘆了口氣，說道，「這樣吧，妳登入進去，以女性的口吻，就說要為自己的寵物做一個標本來紀念牠！」

「你的意思是釣魚？如果他要見面怎麼辦？」

「沒關係，我會處理的！」

在成副隊長準備註冊登入時，王亞楠抽空打了個電話給趙雲：「我需要你馬上聯繫天長市內所有醫院的肛腸門診，查問今天是否有一個白化病人前去就醫，症狀是腹瀉便血並且很有可能還伴有嘔吐。如果沒有的話，要他們密切關注，並且把黃志剛的相片傳給他們，做到人手一份！」

「好，我馬上去辦！」趙雲那邊剛結束通話電話，網路上就有了反應。

＊　　　＊　　　＊

「店主，能幫忙做一個寵物標本嗎？」成副隊長發出了詢問。

對方猶豫了一會兒，回覆道：「可以，是狗還是貓？」

王亞楠示意成副隊長讓自己親自和對方對話。

「狗。」

「怎麼過世的？」

「生病。」

「方便告訴我病因嗎？」

「細小病毒！」訊息剛傳過去，王亞楠意識到自己犯了大錯。

不出所料，一聽說是細小病毒死的狗，對方立刻就拒絕了：「對不起，這幾天我身體不好，暫時不接生意。」

　　「求你了，天氣熱，狗狗都快要發臭了！」

　　對方的頭像卻迅速黯淡了下去。

　　「王隊，他離線了！」

　　王亞楠氣得狠狠一拳打在了牆角，她真後悔自己為什麼下意識地脫口說出死因是「細小病毒」呢？結果打草驚蛇，看來目前獲取線索的希望只能寄託在趙雲的身上了。

　　「你們接著關注這個帳號，很有可能這裡是他尋找獵物的地方，一有消息就立刻通知我。還有，如果再見到他上線，你們換一個 IP 地址後和他聯繫，按照我剛才的方法。」

　　成副隊長點點頭：「你放心吧！」

　　章桐推開家門的時候，意外地見到母親正坐在客廳的燈下織著毛衣，她不由得笑了：「媽，妳也不休息一下啊？」

　　母親頭也不抬地說道：「天快冷了，該給你爸織毛衣了！」

　　章桐心裡一沉，又仔細看看母親臉部的表情，那是一種沉浸在自我陶醉中的幸福。她忐忑不安地問道：「媽，妳今天有沒有吃藥？」

　　母親抬頭，一臉的茫然：「我又沒病，吃藥幹什麼？」

　　章桐急了，趕緊走進母親房間，拉開床頭櫃專門放藥的小抽屜，裡面整整齊齊地擺放著很多個玻璃藥瓶。因為怕母親年紀大了吃錯藥，所以章桐每次都是把藥按照每天的量放好，以防萬一。

　　她仔細檢視著藥瓶子，標註著今天的日期的一瓶顯示母親真的已經吃

過藥了，但是，卻又為何是一副沒有吃藥的表情？章桐知道，母親的病正在一天天變得嚴重起來，舅舅在開藥的時候再三叮囑每天必須按時按量地吃藥控制，只要有一天不吃，那就會出問題。她拿著空藥瓶子走出了房間，滿腹疑惑地看著母親的背影，自己不在家的時候，究竟出了什麼事情？

「媽，晚飯妳做了嗎？」

母親沒有吭聲，繼續在埋頭編織著毛衣，彷彿這屋子裡除了她以外就沒有第二個人一樣。

章桐想了想，迅速掏出手機，撥通了舅舅的電話。

十多分鐘後，舅舅匆匆忙忙地帶著醫療手術箱趕了過來，給母親打了一針。在安頓她睡下後，舅舅這才放心地關上了臥室的房門，走了出來，疲憊地坐在了章桐對面的沙發上。

「舅舅，我媽她怎麼樣了？」章桐焦急地問道，「藥怎麼不發揮作用了？」

舅舅搖了搖頭：「我也不清楚，我給她的量已經是最大的了，不過，像她這樣的病情，我真的還是建議你讓她住院最好。我怕日子久了，她有耐藥性，而你工作又那麼忙，萬一你不在家，她發病，有個什麼好歹，我真的不知道該怎麼辦！」

「我……讓我再想想！」章桐猶豫了，「我媽現在睡著了嗎？」

「睡著了。這樣吧，桐桐，妳明天把妳媽帶到我醫院來，我幫她再檢查一下，看看具體情況。」

「好的！謝謝你，舅舅！」

送走了老人，章桐感覺腦袋暈暈的，她不由自主地走到母親臥室門

口，輕輕打開門，呆呆地注視著母親在床上安睡的樣子，眼淚止不住地流了下來。已經不知道有多少次了，她想放棄自己的工作，好好地陪在母親的身邊，好好照顧她。可是，每次電話一響，就會下意識地向門外走去，丟下可憐的母親一個人孤零零地在家裡。母親是自己在這個世界上最親的人了，如果因為一時疏忽而讓母親有什麼意外，那麼，自己的良心將永遠都得不到安寧。

想到這裡，章桐深深地嘆了口氣，伸手抹去眼角的淚水，輕輕關上臥室門後，就朝隔壁自己房間走去。

在打開燈的一剎那，她不由得愣住了，在自己窗前的書桌上端端正正地擺放著一個陳舊的小樟木盒子。章桐皺了皺眉，記憶中這是母親的東西，一直鎖在母親年輕時陪嫁的大樟木箱裡，從來都不允許別人去動，父親還在世的時候，曾經開玩笑說這裡面鎖著母親的祕密。可是，現在它為何會突然出現在自己的書桌上？

顧不得多想，章桐來到書桌旁，打開了小樟木盒子，裡面只有一封已經拆開的信。章桐的心跳得厲害，因為她認出來了發黃的薄薄的信紙上的字跡：

桐桐，對不起，爸爸要永遠離開妳了，當妳看到這封信的時候，我想，妳也已經長大了。希望妳能夠理解爸爸的苦心，一個不稱職的父親心中的痛苦。現在，爸爸要懇求妳一件事 —— 不要去找妳妹妹了，永遠都不要。我不希望妳和我一樣陷入無止境的希望與失望直至絕望的生活中，忘了秋秋，也忘了爸爸吧！答應爸爸，好嗎？

永遠愛你的爸爸

這一刻，章桐才稍微明白父親的苦心。

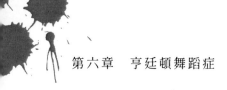

＊　　＊　　＊

「王隊，有消息了，城南醫院的門診護士說她們那邊昨天晚上有一個長相奇特的白化病人前去就診，掛的是肛腸科！」趙雲的話打斷了王亞楠的思緒。

「病歷上有住址記錄嗎？」

「沒有，什麼都沒有。」

王亞楠皺眉說道：「他知道我們在找他，所以他白天不敢出來的，只能在晚上。這樣，你馬上帶一個人去城南醫院蹲點。有消息就通知我，我現在就去天長大學！」

「天長大學？」

「對，去找丁教授。我相信他還隱瞞了什麼！」王亞楠匆忙拿起外衣就往辦公室外走去。

「王隊長，妳去哪裡？」說話的人正是幾日未見的劉春曉。

王亞楠的雙眉微微一挑：「劉檢察官，你有什麼事嗎？」

「我是來調檔案的。」劉春曉編了個理由，他不想給周圍的人留下一個自己沒事總是來找章桐的印象，尤其是面前的這位女刑警隊長。

「事情辦完了嗎？」

「是啊，我正好要下班了。」

一聽這話，王亞楠頓時喜上眉梢：「那這樣吧，我正好有要用到你的地方，你能陪我去一趟天長大學嗎？」

劉春曉愣了一下，隨即點點頭：「我今天反正沒什麼事情了，那走吧，我開車送妳去！」

轉身之際，王亞楠偷偷用眼角瞄了一眼身邊比自己高整整一個頭、長相英俊的劉春曉，嘴角露出了一絲笑容。

　　一路上，王亞楠把案情簡單地向劉春曉介紹了一下，並且把自己內心的疑慮和盤托出。

　　劉春曉沉默了，他雙手緊握著方向盤，目光嚴肅地盯著車子的前方。

　　很快，天長大學就到了。

　　面對突然到訪的王亞楠和劉春曉，丁教授並沒有顯露出太多的驚訝，彷彿兩人的來訪都在他的意料之中。

　　一番寒暄過後，王亞楠問道：「丁教授，我也不瞞您了，相信您也已經知道了我們的來意。現在我們手頭所有的線索都指向黃志剛。您是他唯一的親人，又是他的授業恩師，他一定很尊敬您！我想請您配合我們的工作，告訴我們他在哪裡？如果我們再不阻止他的話，不知道又有多少無辜的生命要被奪去了！請您理解我們，好嗎？」

　　丁教授嘴唇顫抖著，半天沒有說話。

　　王亞楠看了看身邊的劉春曉，劉春曉點點頭：「丁教授，您能不能告訴我們黃志剛的母親到底是怎麼去世的？我相信她應該不是病故的。」

　　丁教授的目光突然從茫然和警惕變得充滿了傷痛，他猶豫了好長時間，最後，深深地嘆了口氣，搖了搖頭：「你說得沒錯，小夥子，她是被害的，案子至今未破。」

　　「被害？」

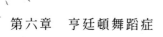

第六章　亨廷頓舞蹈症

第七章　剝離眞相

　　章桐一聲不吭地衝進了母親的臥室，拽開抽屜，拿出藥瓶，顫抖著雙手擰開小藥瓶那淺黃色的蓋子後，把裡面的藥全倒了出來，等看清楚手掌心中的幾枚藥丸，章桐的心頓時懸到了嗓子眼。她把手中的藥丸放在了桌面上，又陸續拿出了剩下的所有八個藥瓶子，裡面的藥也被一一倒了出來。不出所料，如果不是仔細看的話，章桐簡直不敢相信母親服用的竟然是維生素片！最初舅舅開出的處方藥全都是自己親手放進去的，怎麼現在竟然變成了維生素片？難怪母親的反應會變得那麼遲鈍。

「對，是一次搶劫。我妹夫去世後，我妹妹一個人拉扯孩子，日子過得很艱難，但是我妹妹很倔強，一個人工作養孩子。志剛這孩子從小就懂事，得了這個毛病以後，他很自卑，很不合群，我沒有兒子，就把家傳的手藝傳給了他，也算是個謀生的手段。本指望他們一家從此平平安安地過日子，可是，九年前一個隆冬的晚上，我妹妹下夜班，結果遇到了劫匪，我妹妹被連刺八刀，死在了大街上。但是當我從警察那裡得到消息後趕到醫院時，她的遺體已經被志剛領走了，從此我就很少見到這個孩子了。不過……」老人沒有繼續說下去。

「不過什麼？」劉春曉緊接著問道。

老人猶豫了，他想了想：「我至今都不知道我妹妹葬在哪裡！」

王亞楠隨即追問：「您還有您妹妹的相片嗎？年輕時候的！」

老人點點頭：「你們等一下，我去找找！」

等待的時間總是特別漫長，王亞楠焦急地在客廳裡走來走去。

「我說，王隊，你坐一下吧，人家丁教授年紀大了，手腳不太靈活，找東西自然會慢一點。」劉春曉簡直快被王亞楠來回踱步給晃暈了。

王亞楠一瞪眼：「你和小桐一樣，叫我『亞楠』吧，這樣我聽著舒服。『王隊』是我的下屬叫的，我們平級，你不用拍我馬屁！」

劉春曉一咧嘴，沒再吱聲。

「讓你們兩位久等了，這些都是老照片，有些陳舊了。」丁教授捧著兩大本發黃的相簿走了出來。

打開相簿，彷彿掀開了一段塵封已久的記憶，王亞楠很快就認出了相片中那個年輕苗條梳著兩條長辮子的女人。她伸手指著那個女人抬頭問道：「丁教授，這就是您妹妹年輕的時候？」

「對，這張是她十八歲時候照的。我妹妹小我二十一歲，我父親六十歲的時候有了她。我們兄妹兩個年齡差距很大。」丁教授淡淡地一笑。

「她去世的時候多大年齡？」

「還差三天就是三十九歲，但是活著的時候一點都看不出她的年齡，她很愛美！」

王亞楠緊緊地盯著相片中的年輕女人：「丁教授，您確信現在還沒有找到您妹妹的安葬地嗎？」

「我後來問過志剛，他說海葬了，因為沒有錢買墓地。」

離開丁教授家以後，在回警局的路上，劉春曉突然說道：「王隊，哦，不，亞楠，我有一個朋友是民政局的，他們那邊有我們天長市的殯葬記錄，最早可以查到二十年前。我上週曾經聽他說起過這件事。」

「那太好了，我來開車，你馬上打電話給他。」說著，王亞楠從口袋裡掏出了那張臨走時問丁教授要的寫有黃志剛母親的姓名和死亡時間的紙，遞給了劉春曉，「你現在就打，別耽誤了！」

劉春曉把車停在了路邊，和王亞楠交換了座位。

第二天一大早，看著母親在廚房裡忙進忙出的樣子，就好像昨晚的變故根本就沒有發生過一樣，章桐心下稍安。可臨出門時還是不放心地走回母親的房間，打開床頭櫃的小抽屜，再一次清點了一下裡面的那幾枚藥丸，等到確信數目正確無疑了，她這才和母親打了聲招呼，離開了家。

在經過舅舅家樓棟門口時，和早起鍛鍊的舅舅不期而遇，章桐想起了父親遺書的內容，腳步有些猶豫。

「桐桐，怎麼了？妳媽今天又不對了嗎？」

章桐搖了搖頭：「沒有，舅舅，你別擔心。我媽今天還好，昨天你的藥應該是發揮作用了。」

「那就好，」老人深吸一口氣，一臉愁容，「妳媽媽也是個苦命的人啊！」

「舅舅……為什麼爸爸捨得拋下我和媽媽離開這個世界？」章桐懇切地看著面前的老人。

「算了，都過去了，好好待你的母親吧，她這輩子太苦了！」說著，老人心疼地看了章桐一眼後，默默地轉身頭也不回地離開了。

是啊！現在她只有母親了，一定要好好照顧母親才行。母親！她的腦海中突然閃過了一個念頭 —— 藥！藥肯定有問題，不然的話為什麼母親一連吃了這麼多日子都沒有惡化，而偏偏昨晚卻……章桐不敢再繼續朝下想，她迅速轉身朝家的方向跑去。

「桐桐，妳怎麼回來了？」母親一臉的訝異。

章桐一聲不吭地衝進了母親的臥室，拽開抽屜，拿出藥瓶，顫抖著雙手擰開小藥瓶那淺黃色的蓋子後，把裡面的藥全倒了出來，等看清楚手掌心中的幾枚藥丸，章桐的心頓時懸到了嗓子眼。她把手中的藥丸放在了桌面上，又陸續拿出了剩下的所有八個藥瓶子，裡面的藥也被一一倒了出來。不出所料，如果不是仔細看的話，章桐簡直不敢相信母親服用的竟然是維生素片！最初舅舅開出的處方藥全都是自己親手放進去的，怎麼現在竟然變成了維生素片？難怪母親的反應會變得那麼遲鈍。

「媽，這個藥，誰動過？」

母親茫然地搖搖頭：「我不知道。」

「那這幾天家裡來過什麼人沒有？」

母親皺了皺眉，仔細想了想：「妳舅舅，還有，就只有妳陳伯伯、快遞員……」

「不！不可能！」章桐失聲叫道，聲音不自覺間提高了很多。抬頭看見了母親眼神中的恐懼，章桐不由得深深懊悔了起來。她深吸一口氣，讓語調變得緩和一點，「媽，沒事，妳歇一會兒，我打個電話給舅舅。」

「哦。」母親點點頭，忐忑不安地走出了自己的臥室。

章桐關上門後，迅速撥通了舅舅的電話：「舅舅，我馬上送我媽去你醫院，先住一段時間……不！沒什麼別的原因，我把她一個人放在家裡不放心……好的，我這就打車過去！」

結束通話電話後，章桐看著面前桌子上那一大堆維生素片，心裡突然感到從未有過的不安。她下意識地抬頭看了看牆上父親的相片，咬著牙，走出了臥室。

＊　　＊　　＊

「妳有心事，章法醫？」趙俊傑猶豫再三，還是小心翼翼地說出了自己的心理話。在這裡基層鍛鍊也已經一個多月了，筆記也做了一大堆，該吐的也吐了，該看的也看到了，可是，付出這麼多，離自己真正目標的達成卻還是遙遙無期，為此，他苦惱極了。

今天的章桐似乎有些不一樣，她剛剛走進辦公室的時候，趙俊傑就從她的臉上看到了沉重的心事。最主要的一點就是，從不遲到的她，今天竟然遲到了。難道自己的機會終於來了？

「我沒事。」章桐乾巴巴地回應了一句，甚至懶得抬起來頭去看他一眼，直接就走進了裡間的更衣室。

門隨後被關上了，潘建瞅機會瞪了趙俊傑一眼：「你多嘴幹嘛？沒見到她今天虎著張臉嗎？小心捱罵！」

「我這不是關心她嘛！」趙俊傑委屈地嘟囔了一句，卻又心有不甘地看了一眼緊緊關著的更衣室門。

一大早，剛剛趕到城南醫院門口的王亞楠火了，就診記錄明明白白地顯示凌晨兩點多的時候，病人已經過來複診並且順利拿走了藥物，而趙雲和兩個下屬卻什麼都沒有看到，這也就意味著這條線索已經斷了。走出醫院大門後，王亞楠氣得拍著車門就一通怒吼，手指都快要戳到了趙雲的臉上：「我跟你說過多少遍，叫你不要安排新手值班。現在倒好，人家在你們眼皮子底下晃了一圈，你們卻連個鬼影子都沒有看到，你叫我上哪裡再去抓他！」

趙雲的臉一陣紅一陣白，他低著頭。

「王隊，是我的錯，我不應該這麼做，我請求處分！」

「處分個屁！」王亞楠皺眉怒吼，「再死了人，你負得起這個責任嗎？」

「王隊，是我不好！是我犯了錯誤！趙副隊長守了大半夜了，下半夜輪班時是我大意睡著了，和趙副隊沒有關係，是我的責任！……」趙雲身邊的下屬不斷地檢討著自己。

王亞楠惱怒地揮揮手，沒有搭理他，繼續咬著牙說道：「趙雲啊，你也是老警察了，怎麼就這麼不長記性呢！盯人就得瞪大了眼珠子，連隻蒼蠅在你面前飛過你都得給我看清楚，我派你來不是叫你來睡覺享福的。你叫我怎麼說你才好！」她重重地嘆了口氣，「嗇……算了，回去再說吧！」

大家剛要上車時，王亞楠的手機響了。一看是網監組的號碼，王亞楠

頓時來了精神：「成副隊長，怎麼樣？」

「犯罪嫌疑人在五分鐘前剛剛完成一筆交易，我雖然沒有查到他的 IP 地址，但是我鎖定了交易對方的 IP 地址。IP 地址顯示她就在城東東河花園三棟四〇二室。因為天氣炎熱，寵物主人要求馬上上門接貨！」

「他答應了嗎？」

「答應了，說半個小時後到！」

「好的，我們馬上過去！」結束通話電話後，王亞楠似乎把剛才的不愉快全都拋到了九霄雲外，興奮地對身邊開車的趙雲說道，「轉機來了，趕緊去城東東河花園，我們必須在十五分鐘之內趕到。不能再讓他跑了！」

由於寵物剛剛去世，心情恍惚的東河花園三棟四〇二室住戶汪曉月聽到門鈴響，第一個反應就是去打開門。可是，她做夢都沒有想到這幾個神色嚴峻的人竟然是警察。

「你們是……」

王亞楠並不打算把真正來意告訴眼前這個情緒低落的女人。她眼角瞄到了裡屋地板上躺著的一隻已經死去的寵物狗，隨即語氣平和地說道：「你不用擔心，我們是來考核一下你剛才是不是在網路上訂購了寵物標本製作？」

汪曉月點點頭：「是啊，出什麼事了？」

「沒事，我們希望你配合一下我們的工作。」王亞楠說著，轉身對趙雲吩咐道，「你留下，保護事主的安全，我和小張他們去樓下。」

「我去吧！」

王亞楠一瞪眼：「這是命令！」說著，她頭也不回地走出了門。

時間一分一秒地過去，沒多久，小區拐角處拐進了一輛奶黃色的金盃麵包車，車頭的方向正指著三棟這邊。王亞楠皺了皺眉，顏色不對，難道自己搞錯了？

「王隊？要不要上？」

王亞楠搖搖頭，小聲說道：「再等等看！」

車子在樓下停好後，並沒有熄火，車門就打開了，從車裡出來了一個男子。可是奇怪的是，現在的天氣非常炎熱，這個男子卻戴著帽子和墨鏡，甚至還穿著長袖衣服，戴著手套，彷彿非常懼怕這早上的陽光會晒傷他的皮膚。

「快！就是他！」見到這一副怪異的打扮，王亞楠猛地拉開了左側車門衝了出去，兩個下屬也緊緊地跟在身後。

「黃志剛，我們是警察！」

剛剛亮明身分，這突如其來的動靜就把沒離開麵包車幾步的男子嚇了一跳。他來不及多想，立刻用力推開已經走到自己身邊的警察，飛速轉身鑽進了自己的麵包車裡。由於剛才發動機並沒有熄火，所以，他狠狠地一腳踩下油門，猛打方向盤，車子迅速倒退了十多公尺，拐上了小區的綠化地，軋過花壇，衝向了小區的大門。一路經過之處，人們紛紛躲避。

「快！不能讓他跑了！」此時，剛剛聽到動靜從樓上跑下來的趙雲早就已經鑽進了停在不遠處的車子，發動後，緊咬著奶黃色麵包車的尾巴就追了出去。

王亞楠急得一跺腳，趕緊掏出手機，撥通了局裡的總機，要求沿途攔截那輛麵包車。

此時正是天長市的上班高峰期，大馬路上的車輛沒多久就排成了一條長龍。可是，等王亞楠和下屬追到門口時，警車和麵包車都早已不見了蹤影。

堵塞的交通讓警方的追捕增添了不少難度，但是儘管如此，黃志剛所駕駛的那輛奶黃色麵包車還是像條被驅趕著朝漁網遊過去的魚，眼見到就要被逼停在城郊的外環路上了，可是奶黃色麵包車卻還不放棄，左衝右突，試圖掙脫身後警方逐漸收緊的包圍圈。

就在這時，原本被甩在身後好幾個車位的趙雲駕駛著的警車突然加速衝上了路邊的隔離綠化帶，在超過麵包車的那一刻，他猛地一打方向盤，衝了下來。

「轟隆」一聲，麵包車終於被結結實實地攔腰撞停了，警車死死地卡住了麵包車的車身。

麵包車裡，那個戴著墨鏡的男人絕望地閉上了雙眼。

黃志剛被捕後一直沒有開口，這在王亞楠看來也是意料之中的事情。在透過當地派出所得到他最新的居住地址後，她就把章桐和一組現場技術勘測人員叫上了一起前去。

這是一棟老式民居，位於天長市的城南老住宅區內，由於臨近拆遷，所以周圍的住戶都已經陸續搬走了。一路上偶爾看見一兩隻被搬家的主人遺棄的小狗小貓。

黃志剛租住的是一間地下室。聽房東說地下室有一個老式的鍋爐，先前是用來給周邊供暖的，他也不明白這個住客為何指名要租下這個帶鍋爐的地下室，照常理來說，一般人是不會願意自己睡覺的房間裡放個小耳朵爐的，可是，這個住客卻顯然非常樂意。房東再三表明，要不是看這個住

客每月都按期繳納房租的話，他早就把他趕走了，因為這個住客那怪異的皮膚讓他渾身不舒服。

掏出鑰匙打開地下室沉重的大門後，房東迅速消失在了身後的夜色中。

王亞楠和章桐一先一後走進了地下室。

這裡空間很大，燈光昏暗，有著一股怪異的味道，有點像醫院的消毒水夾雜著腐爛物的臭味。

在地下室的一角，整齊地排列著一排蓋著厚厚的防雨布的大鐵籠子，在它們的對面，就是那一個老舊的鍋爐。

兩人對視一眼，先走向那排大鐵籠子。王亞楠伸手拽開了防雨布，隨著抖落的灰塵，出現在她們面前的是一幅恐怖的景象 —— 大鐵籠子裡鑲嵌著一層玻璃，就彷彿博物館裡的展覽櫥窗一樣，一排排的人體骷髏在玻璃後用那黑洞洞的眼眶凝視著眼前這些揭開防雨布的不速之客。

這一刻怪異的寂靜讓人不由得感覺毛骨悚然。

「亞楠，你叫我查的那種化學產品，是一種酸，標本製作師用它來溶解骸骨上剩餘的有機體。」章桐伸手一指面前的骸骨，低聲喃喃，「這就對得上號了！」

汗水在王亞楠的眉毛上聚集了起來，刺激著她的眼睛，可是儘管如此，王亞楠卻依舊眼睛一眨不眨地盯著眼前這些可怕的收藏品。

「你能辨認出這些骸骨的製作時間和性別嗎？」

章桐點點頭，調亮了手中應急燈的光度，從第一個展覽櫃開始，逐一辨認：「女性，年齡在三十五至三十八歲之間，生育過，從骸骨光澤度來看，應該是在五至十年前⋯⋯亞楠，我發現了一行字！」說著，章桐彎下

腰，在骸骨腳踝部位仔細辨認了起來，「這是 2002 年製作的⋯⋯」章桐突然轉過身，一臉的凝重，「亞楠，這上面寫著『母親』兩個字，我想這很可能就是黃志剛的母親！你看，所有的骸骨中就只有這一具是坐著的，擺放得非常仔細，甚至還放著假花！⋯⋯」

「天哪，難怪丁教授說他妹妹去世後，就一直沒有下落，原來被製作成了⋯⋯」她重重地嘆了口氣，抬頭看看這具特殊的骸骨，一時間，什麼話都說不出來了。

整個儲藏櫃裡總共有七具骸骨，細心的犯罪嫌疑人竟然在每具骸骨下面都標註了逝者的姓名和年齡。看著那剩下的三個空空的還沒有來得及填滿的櫃子，在場所有人的心裡都明白那意味著什麼。

鍋爐裡是一層厚厚的灰，間或夾雜著一些細小的骨屑。很顯然，這是犯罪嫌疑人用來烤乾骨頭的地方⋯⋯

王亞楠不忍心再繼續看下去了，她掏出手機，撥通了局裡的電話：「⋯⋯請盡快增派一個現場技術小組來局口街三十八號⋯⋯」

回到局裡，已經是深夜了，可是對於章桐來講，自己的工作才剛開始，要做的事情有很多，從現場帶回來的每一具骸骨都要分門別類進行必要的鑑別，以等待不久就要到來的 DNA 鑑定。整個解剖室裡忙碌個不停，幾乎所有的法醫和助手都到場了。

劉春曉在解剖室門口已經徘徊很長時間了，他一接到趙俊傑的電話就趕到局裡。此刻，他默默地透過解剖室門上那透明的小玻璃窗，注視著章桐忙碌的背影。最近一段時間以來，劉春曉只要一有空，就會來到這裡，遠遠地注視著自己心愛的女人，但是他不敢靠近。章桐的心理還是太脆弱，劉春曉生怕自己的莽撞會傷害到她，為此，他寧願在一邊默默地關注。

　　劉春曉的執著被一邊的趙俊傑全都看在眼裡，他無奈地搖搖頭，想了想，重新又轉身折回了刑警隊辦公室。

　　「趙大記者，你怎麼這麼快就回來啦？」刑警隊資歷最淺的小鄧不由得打趣道，「你不是說要去法醫室，我們這邊太無聊了嗎？」

　　趙俊傑嘟了嘟嘴：「還是來這邊吧，那邊人太多了！對了，還沒有開口嗎？」

　　小鄧搖搖頭，雙手一攤：「哪有那麼容易？你以為這是演戲啊？」

　　「王隊長呢？」

　　「還在審訊室呢！」

　　王亞楠已經快要沒有耐心了，面前的黃志剛，一臉的淡定從容，無論問他什麼，都是一副不屑一顧的笑容。

　　「王隊，怎麼辦？」助手鄭傑湊到王亞楠耳邊小聲問道。

　　王亞楠皺了皺眉，隨即打開了資料夾，取出了第一張相片，然後推到黃志剛面前：「你應該比我們都清楚她是誰吧？」

　　黃志剛愣了一下，眉宇之間閃過一絲慌亂。他把目光從相片上移開了，依舊一聲不吭的樣子。

　　「你既然不肯開口，那好，我們換個話題，和我說說骨頭吧。你為什麼要蒐集骨頭？」

　　這個問題顯然打開了黃志剛的話匣子，霎時之間，他的目光中充滿了神采，言語也變得滔滔不絕起來。

　　「骨頭？那可是世界上最純潔最珍貴的寶貝啊！它是一種令人難以置信的物質！像花崗岩一樣堅硬，卻比木頭還要輕，而且還有生命力！」

「骨頭沒有生命力！你說錯了！」王亞楠突然打斷了他。

「你胡說！骨頭能讓生命變成永恆！它不會生鏽，不會腐蝕，它是生命永恆的延續，比起那些會腐爛的臭皮囊來說，骨頭神聖多了。你不配談骨頭，你不懂骨頭！」黃志剛突然像觸了電一般猛地跳起，聲嘶力竭地怒吼著，要不是手腕上鋥亮的銬子把他的手牢牢地固定在了椅子上的話，王亞楠毫不懷疑黃志剛會憤怒地向自己衝過來。

「坐下！老實點！」身邊的警察趕緊一把把他摁了回去。

「所以，你才把你母親的骨頭保留了下來，對嗎？」

一聽這話，黃志剛雙眼的瞳孔一陣收縮：「你把我母親放哪裡了？你們不許碰她！你們不許碰她！……」

「我們可以還給你，但前提條件是，你必須告訴我們，你為什麼要殺害那麼多無辜的女人？」

「好吧，我告訴你，我什麼都告訴你們。我殺她們，原因其實很簡單，她們的骨頭太完美了！尤其是從爐子中剛取出來的那一刻！美得那麼耀眼！也可以說，我讓她們得到了永生！」說著，黃志剛的嘴角劃過了一絲淺淺的笑意，他的眼神專注地注視著前方。

王亞楠卻感覺渾身冰涼。

推門走出審訊室的時候，王亞楠一抬頭，眼前站著章桐和丁教授，她的心頓時一沉，這一刻是她最不願意去面對的。

「亞楠，丁教授是接到通知前來認屍的，就是黃志剛的母親。不過在此之前，他想先見見妳！」

王亞楠點點頭，暗暗嘆了口氣：「那就來我辦公室吧！」

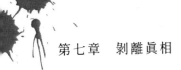

傍晚，王亞楠破天荒地主動把章桐約出來，在咖啡館裡，她卻半天沒有說話，兩眼發愣。

「亞楠，以前案子結了，都沒有見過妳這副樣子，是不是還在為丁教授那件事鬱悶？」

王亞楠點點頭：「想想自己唯一的妹妹去世後卻得不到安息，反而要以這種特殊的方式存留在這個世界上，換了誰都會想不通。更別提過了這麼多年，還要親手把妹妹的骨骸埋葬，而妹妹的兒子卻成了殺人犯，人命在他的眼中一文不值，妳說這叫一個把這輩子都用來做科學研究的老教授如何承受得了？」說到這裡，王亞楠突然抬頭認真地注視著章桐，一字一句地問道，「妳說這個世界上有靈魂嗎？」

章桐的心一動：「妳指的是……」

「死人的鬼魂！」

「妳為什麼這麼問？」

「我也不知道，突然想到而已。小桐，妳每天都和死人打交道，那你有沒有想過這個問題呢？如果死了的人都有鬼魂的話，就像黃志剛的母親，每天就在櫥窗裡那麼一動不動地注視著自己的孩子去剝奪別人的生命，你說她會怎麼想？」

章桐沒有回答這個問題，甚至王亞楠後面所說的她都沒有聽進腦子裡去。此刻的她滿腦子裡只有一個念頭，這個念頭是以前的她從來都沒有認真考慮過的，那就是老是纏繞著自己的那個噩夢裡，那在耳邊不斷迴響著的小女孩的哭泣聲。她不由得皺了皺眉，難道妹妹真的是在託夢給自己？妹妹已經不在這個世界上了嗎？

她回答不了這個問題。

「亞楠，趙雲怎麼樣了？這麼久都沒有他的消息了。」

「他啊，被轉院送到上海去了。」王亞楠忍不住誇獎道，「平時瞧不起他，老說他沒什麼陽剛之氣，不像個當刑警的，這緊要關頭開車撞人家，還真是出乎大家的意料了。聽去送他的小鄭他們說，下半身都動不了了，居然還笑得出來！」

「醫生怎麼說他的傷勢？」

「聽說是第三節脊椎骨斷了，手術很難做，要去上海那邊找神經方面的專家才有希望讓他重新站起來！」

章桐沒有說話，她很清楚第三節脊椎骨斷了的後果究竟是什麼。看著眼前神情複雜的王亞楠，章桐實在不忍心讓她再承受失望和自責的打擊了。

深夜，躺在床上，章桐久久不能入睡，昏黃的燈光下，房間裡的一切都變得那麼陌生。

母親還在舅舅的醫院裡住著，所以家裡空蕩蕩的，只有章桐一個人。

本來今晚她是不想回家來的，可是，對於那個夢中的小女孩，章桐的心裡一直念念不忘。

她的手裡拿著一個已經有些陳舊的老相框，裡面是一張自己偷偷藏下來的全家福，父親的身邊站著母親，面前是兩個五六歲年紀的小女孩，相片中的一家四口笑得很開心。這是妹妹留在這個世界上唯一的一張相片，章桐像保護自己的生命一樣珍藏著手中的這張老相片。她的手指輕輕地撫摩過老相片的表面，冰冷的感覺瞬間填滿了全身。父親已經離開了這個世界，這麼多年以來，尋找失蹤的妹妹就成了她一種固執的嚮往，不管別人說什麼，章桐是永遠都不會去接受妹妹已經離開這個世界的想法的。

那麼，在這麼多年裡，妹妹究竟去哪裡了？章桐苦苦思索著，目光下意識地一寸一寸地掃過屋子裡的每一個角落，突然，眼前的一幕打斷了她的思緒。她迅速站起身，拉開了書櫃的門，一封卡在櫃門上的紅綠相間的國際特快專遞隨即「撲通」一聲掉在了地板上。章桐皺眉彎腰撿起了地上的快遞，認出這就是母親前段日子替自己簽收的那封奇怪的美國快遞，記得當時自己因為工作忙碌的緣故，心不在焉，也就沒有及時打開，而只是一丟了事。但是章桐卻分明記得自己是隨手把快遞丟進了書櫃的抽屜裡的，如今卻又為何這麼隨意地被夾在了櫃門上？

還有，最奇怪的是，手中的這封快遞摸上去輕飄飄的，已經被打開過了，並且此刻，偌大的快遞信封中，空空如也！

章桐有種不好的預感，隨手把快遞信封放入抽屜，躺在床上思考這一切奇怪的現象。

第二天。

「下班了啊，老同學！」

「對！你怎麼來了？」

「過來忙啊，一個案子，光那些案卷就讓我加了好幾天班了。」說著，劉春曉誇張地伸了個懶腰，「妳呢？怎麼樣？晚上一起吃飯？」

章桐搖了搖頭：「我媽身體不好，我得回去。下次吧。」

劉春曉難以掩飾一臉的失落。

正在尷尬之時，王亞楠推門走了出來：「還沒走啊？我還以為我是最後一個了呢！」

章桐心裡頓時有了主意，立刻拉住了王亞楠說：「妳來得正好，我這個老同學正愁沒人幫他花錢，晚上叫他請妳吃飯吧！」

「真的？」王亞楠不敢相信自己的耳朵，「有這樣的好事？」

「放心吧！」章桐拍了拍王亞楠的肩膀，「我什麼時候騙過妳？」

＊　　＊　　＊

作為一名法醫，章桐知道自己沒有選擇案子的權利。可是，法醫也是人，是人就有害怕的時候。她呆呆地站在胡楊林邊上，看著眼前這片一望無際的金黃，雙腳卻像灌了鉛似的，一步都沒有辦法往前邁動。

「章法醫，你沒事吧？是不是不舒服？」剛剛實習回來的潘建好心提醒道。

「沒什麼，我昨晚沒有休息好罷了，快做事吧。」說是這麼說，章桐的臉色卻是一片慘白。她咬咬牙，繼續深一腳淺一腳地朝著不遠處樹林中被紅藍相間的警戒帶緊緊包圍著的現場走去。

「快看，章法醫，趙大記者今天比我們來得還要早！」順著潘建手指的方向，章桐果然看見了已經消失了近一週的趙俊傑。

「他來這裡幹什麼？」

正說著，趙俊傑已經看到了章桐，他立刻一臉緊張地迎了過來。

「章法醫，妳怎麼會接手這個案子的？不該是妳的啊！」

「老鄭出差了，當然就只有我接了。怎麼了？我不能接嗎？」

趙俊傑尷尬地打了個哈哈：「那倒沒有，你誤會我的意思了。屍體就在那邊，王隊等你很久了！」

章桐沒有再搭理他，加快了腳步向前走去。

「亞楠，什麼情況？」

王亞楠指了指右手邊的一個淺坑：「有人帶著狗出來旅遊，狗在這邊

扒出了一些骨頭，狗主人覺得這骨頭不像是一般的動物骨頭，所以就報了警。」

章桐在淺坑邊蹲下身子，仔細地檢視著凌亂地散落在坑裡的骨頭，半天沒有吭聲。

「怎麼了？情況嚴重嗎？」

章桐突然之間明白了趙俊傑會對自己這麼緊張的原因：她的手中正靜靜地躺著一根小小的腿骨，從骨縫閉合狀態來看，這根腿骨的主人不會超過十二歲！

時間一分一秒地過去，地上鋪著的白色塑膠布上的骨頭越來越多，最後，也是在淺坑最底部找到的，是一個小小的完好無損的人類的顱骨。

章桐死死地盯著顱骨上那兩個黑洞洞的眼窩，彷彿時間都已經停止了。

「章法醫？」潘建小聲提醒道，「我們接下去該怎麼辦？」

章桐沒有吱聲，只覺得天旋地轉，腦海一片空白，頭疼欲裂。

潘建尷尬地朝四周看了看：「章法醫？妳怎麼了？大家都在看著我們呢！」

「我沒事，趕緊處理一下！把這些骸骨都收起來。」說著，章桐強忍心中的悲痛，起身向停在不遠處的法醫現場車走去。

見此情景，王亞楠不免有些愕然，好友章桐明顯看上去有些不太對勁，這和她以往在出現場時的嚴謹作風完全兩樣。

「小潘，你們老大今天怎麼了？」

「不知道，」潘建雙手一攤，「她今天一到這裡就不舒服，我想大概是

昨晚沒有睡好吧。」

「是嗎？」王亞楠根本就不會相信章桐是因為沒有休息好才會這樣，她太了解她了。

「咳，老弟，你知道嗎？胡楊林那邊今天出事兒了！」趙俊傑一離開現場，就迫不及待地打給還在檢察院上班的劉春曉。

「胡楊林？」

「對，就是二十年前章法醫妹妹出事的那個胡楊林，我今天一得到消息就趕過去了。」

「案子怎麼樣？」

「聽重案組的人說是一個小孩的遺骸，看上去有些年分了。」

「這案子是章桐接的嗎？」

「對。我也沒有想到會是她來接這個案子。」

結束通話電話後，劉春曉面色凝重，難道真的就是二十年前失蹤的章秋？

第七章　剝離眞相

第八章　妹妹

「小桐，怎麼樣了？顱面成像出來了嗎？」

章桐雙手握著一張相片顫抖不止，眼淚大顆大顆地往下掉。

王亞楠的心跟著揪緊，湊上前打量。誰想到這一看就把她驚呆了，因為章桐手中這張列印相片上的女孩子竟然和她長得相差無幾！幾乎就是一個縮小版本！

第八章　妹妹

　　王亞楠從現場回到局裡的時候已經是下午一點多了。她剛走進辦公室，章桐的電話就到了，雖然在電話中並沒有說什麼，但是章桐的口氣卻讓王亞楠很擔心。

　　解剖室裡，氣氛明顯不對，兩張冰冷的不鏽鋼解剖臺上都擺放著小小的灰白色的骨頭，潘建和章桐的臉上看不到一點表情。

　　「怎麼樣？屍體有問題？」

　　「屍體沒有問題，確認是人類遺骸，女性，年齡在九至十二歲之間。但是，這裡是兩具遺骸，確切點說是兩具不完整的遺骸。」

　　王亞楠沒有搞清楚章桐話中的意思：「妳是說是兩個受害者？」

　　章桐點點頭：「根據找到的一塊骶骨和頭骨，我們可以確定其中一位死者為女孩，但是我們同時又找到了兩對恥骨。長短不一的兩對恥骨，兩對的骨齡都在九至十二歲之間，由此可以斷定死者不是一位，而是兩位。但是因為骸骨的不完整，另外一位還沒有頭骨，所以，目前對於另一位死者的具體身分我們還沒有辦法確認。妳也知道，處在發育期之前的兒童根據骸骨是比較難以確認性別的，更別提還缺少了很多塊骨頭。所以，就手頭的線索來看，我沒有辦法。但是我會盡力。」

　　「那死者被害的年分能確認嗎？」

　　章桐點點頭：「根據骨骸的碳化年分推算，兩人的被害時間大致為十五至十八年前。不過我還在等痕跡鑑定和生化檢驗那邊的報告。他們提取了現場埋屍淺坑裡的生化樣本，今天會出結果的。」她想了想，繼續說道，「亞楠，我想申請對現場進行再次勘查，妳看怎麼樣？」

　　「我也想到了，受害者可能不止一個。等等案情通報會上我會馬上向李局彙報的。」

王亞楠走後，章桐伸手拿起那枚小小的頭骨，仔細端詳著，半天沒有說話。

　　會議上，大家臉上的神色都很凝重。聽完王亞楠的彙報後，整個房間裡頓時鴉雀無聲。

　　靠門坐著旁聽的趙俊傑突然站了起來：「我有個想法，可以說一下嗎？」

　　李局點點頭。

　　趙俊傑看了看大家，隨即說道：「我的老同學，也就是市檢察院的劉春曉和我說起過，在那片胡楊林裡曾經陸陸續續失蹤過好幾個孩子，年齡都在九歲上下，相差無幾。我在想，會不會和我們發現的這個案子的受害者有關？」

　　「你的消息確切嗎？」李局半信半疑地問道。

　　「當然確切，由於某些特殊原因，劉檢察官關注那區域的兒童失蹤案件已經有很長一段時間了。其中一個失蹤的女童名叫章秋，也就是章法醫的妹妹。而章法醫當時就在案發現場，可以說她目睹了一切！」趙俊傑講起自己的發現時，顯得有些滔滔不絕，甚至有一些小小的得意。

　　「你是說小章是目擊證人？」李局放下了手中的筆，一臉的困惑。

　　趙俊傑點點頭：「我本來申請到你們局裡蹲點就是為了章法醫妹妹那個至今未破的失蹤案。可惜的是她對當時的情景想不起來了。」

　　「想不起來？」

　　王亞楠補充道：「案發時凶手在章桐體內注射了一定劑量的麻醉藥，企圖讓章桐成為植物人。沒想到章桐在昏迷一個月之後甦醒了過來，但是卻患上了選擇性失憶症。」她轉而面對趙俊傑，「不過，趙大記者，搞半天

你這不是來當臥底了嗎？」

趙俊傑尷尬地摸了摸腦袋：「我們做記者的，有時候是要犧牲一點的！」

「好了好了，你們不要把話扯開了，」李局站了起來，「這樣吧，小王，你派人調查一下城郊胡楊林近二十年的失蹤人員報案記錄，並且和市檢察院的劉檢察官聯繫一下，盡快落實死者的身分。」

「李局，章法醫懷疑現場不止一個受害者，我打算對現場進行再次全面的勘驗。」

「沒問題，人手和裝置方面有困難的話就告訴我。」說著，李局神情嚴肅地掃視了眾人一眼，「這個案子至關重要，涉及了未成年人，大家要打起精神，從現在開始，全域性上下取消假期，實行二十四小時輪班制，爭取早日破案！抓住凶手！」

＊　　＊　　＊

章桐撥通了母親病房的電話。

「媽，我是桐桐，妳好嗎？我這幾天要加班，不能過去看妳了。」

「哦，那妳要多注意休息！別太累了！」母親的聲音顯得很失落。

「對了，媽，有件事情問妳一下，妳最後在家的那幾天，有人來看過我們嗎？」

「你說是上週？」

「對！」

「我想想……除了妳陳伯伯以外，應該就沒有什麼外人了！」

「陳伯伯？」

「嗯，他經常來！有什麼事嗎？」

「沒什麼，我只是問問罷了。媽，妳休息吧！我有空再打電話給妳！」

結束通話電話後，章桐無法平靜下來。她走到辦公桌邊上，拉開抽屜，取出了那封已經打開的特快專遞。這還是她收到信後第一次認認真真坐下來看這封信，經過辨認，信封上的地址是一家私人療養院。寄件人的名字很陌生，從來都沒有聽說過。看著空空如也的信封，章桐實在想不通為何有人要偷這一封來歷不明的信件。不過有一點是可以肯定的，那就是偷信件的人起先肯定並不清楚信件中的內容，是因為無意之中看到了所以才會慌張地拿走了信紙，以至下意識地隨手把拆開的信封就這麼往書櫃裡草草一塞了事。他沒有足夠的時間去考慮周到，從而把信封一起拿走，他怕被人發現。看來，如果能知道這封信的內容，很多謎題就能夠迎刃而解了。

想到這裡，章桐找出紙筆，按照信封上寄件人的地址回了一封信給對方，並且附上了已經被拆開的信封，請求寄件人詳細告知信件的具體內容。最後，她打電話通知了特快專遞公司前來取件。

回想起母親那些被調換過的藥物，還有這封奇怪的快遞，章桐的心情有些複雜。不管結果怎麼樣，章桐只認準了一點，那就是，為了母親，她必須弄清楚事情的真相。

＊　　＊　　＊

中午，天空下起了雨，漸漸地，雨勢越來越大。天地間彷彿被一層厚厚的白簾覆蓋住了。這是秋雨，每下過一場，天氣就會明顯轉涼許多。

城郊胡楊林邊上停著兩輛警車和一輛黑白相間寫著大大的「法醫」兩個字的箱式法醫現場專用車。

「怎麼樣，我們要不要等雨停了以後再幹？」王亞楠發愁地瞪著車外

密密麻麻的雨絲。

步話機中傳來了章桐的聲音：「不用，我們已經準備好了。」

不一會兒，王亞楠就從警車的後視鏡中看到法醫現場車的兩扇車門相繼被打開了，章桐和助手潘建身穿厚厚的雨衣從車裡鑽了出來。透過雨衣，可以清楚地看到兩人的手中各自拿著一個長長的類似於天線的東西，連線在身後背著的一個背包中。

王亞楠趕緊也套上雨衣，鑽出了車子，緊跟在章桐的身後：「需要我做什麼？」

「不用，我們自己處理就好！發現了會通知妳！」章桐揮了揮手，隨即和潘建兩人一先一後向前面的樹林走去了，離他們不到十公尺遠的地方就是掩埋屍骸的淺坑。

樹林裡，雨勢有些減弱，章桐和潘建分別拉出了手中的雷達搜尋器的圓盤形天線，打開儀器，兩人各占一個角，間隔拉開大約二十公尺，開始一寸一寸地搜尋著地面的痕跡。十多分鐘過去了，監視器螢幕上始終一片寂靜，包括掃過那個最早發現屍體的淺坑時，也一點反應都沒有。章桐不由得開始懷疑起了自己的推論，時間過去這麼久了，找不到骸骨那也是有可能的。不過，難道自己就這麼放棄嗎？

三分鐘熱風颳過，雨點被吹得飄了起來，打在了章桐的臉上，雨水讓她幾乎睜不開眼睛。頭頂的樹枝在風中發出了奇異的沙沙響聲。突然，耳邊變得鴉雀無聲，腳下的樹枝踩斷的聲音、風雨聲……全都在瞬間消失得無影無蹤，章桐的雙腳就如同灌了鉛一般牢牢地被釘在原地。眼前的景象變得似曾相識，那高高的胡楊樹，那奇異的在空中伸展的樹枝，還有腳底那鬆軟的雜草……章桐不由得倒吸一口涼氣，這些場景在自己的夢中不止

一遍地出現過，還有嗚咽的哭聲……

　　章桐打了個寒顫，猛地轉過身，眼前什麼都沒有！為什麼自己卻聽見夢中那無數次在自己耳邊出現的哭聲？她的心不由得懸到了嗓子眼。

　　正在這時，手中的監視器發出了刺耳的「嘀嘀」報警聲，被驚醒的章桐趕緊低頭一看，只見手中的雷達探測監視器螢幕上出現了一個小小的亮點，這就意味著這種深層雷達探測儀發現了地表以下不超過一點五公尺深度的骸骨的蹤跡。她顫抖著雙手按下了放大開關，螢幕上很快就呈現出了骸骨的形狀，不用再去懷疑這是不是人類的骸骨，因為那枚小小的頭骨已經把一切都展露無遺了。

　　當探測完淺坑周圍五十公尺範圍內的整片地面後，章桐不無悲傷地意識到，自己所面對的不是一個死者，而是有很多。算上先前發現的兩具，最終的數字很有可能是七具。

　　雨依舊下個不停，章桐在登記完最後一個座標位置，並且插上小旗幟做下記號後，站起身，抬頭看了看灰濛濛的天空。雨水又一次飄進了她的眼睛，章桐感到了一種說不出的刺痛，下意識地閉上了雙眼。突然，她的耳邊響起了駭人的哭泣聲，聽上去像是一個疼痛到了極點的小女孩發出的撕心裂肺的哭泣。聲音越來越清晰，彷彿就在耳邊，章桐急了，她趕緊睜開雙眼，四處張望，嘴裡喃喃自語：「妹妹！妹妹！我聽到妳在哭了，妳在哪裡……」

　　章桐異常的舉動讓一邊正在忙著整理儀器的潘建愣住了，他簡直不敢相信自己的眼睛，隨即伸手抹了一把臉上的雨水，大聲叫了起來：「章法醫，妳怎麼了？妳沒事吧！」

　　哭聲戛然而止，章桐面色慘白地站立在原地，半天才回過神來：「我

沒事，小心儀器，別搞壞了！」說著，她頭也不回地向警車停靠的位置走去了。王亞楠和她的幾個下屬正在等待著她的回音。

由於下雨，只能在警車裡進行現場分工。章桐在地圖上用紅筆標註了發現屍骸的幾個點，然後抬頭說道：「目前方圓五十公尺的範圍內就只發現這麼多了。這片胡楊林這麼大，我們要今天全都搜尋下來那是不可能的，但是我們以後可以根據失蹤人口報告再來查詢遺留的屍骸。不過，」她停頓了一下，轉頭看了看車窗外漸漸減弱的雨勢和一片泥濘的案發現場，苦笑道，「我雖然已經做下了記號，但是這挖掘工作也是夠你們受的了。加油幹吧，夥計們！」

王亞楠全副武裝，率先鑽出了警車，剛走幾步，她卻又轉了回來，滿臉疑惑地指著章桐手中的雷達探測儀問道：「小桐，妳別騙我，它真的可靠嗎？能發現地下的骸骨？我手下這幾個可是有兩天連軸轉了呀！」

剛剛鑽出車子的章桐不由得微微一笑：「亞楠，妳放心吧，我這是費盡了口舌才插隊從省裡實驗室借來的雷達探測儀，地底下一點五公尺深度範圍內的所有含有磷鈣成分的骸骨，都會在監視器螢幕上顯現出來，分毫不差。我不會讓你們白忙活一場的！」

聽了這話，王亞楠粲然一笑，轉身扛著小鏟子離開了。

在潘建的指點下，大家在有標記的幾個點上陸續開始了挖掘工作。沒過多久，第一具凌亂的骸骨露出了地面，為了不毀壞骸骨，大家立刻丟下了鏟子，蹲在地上小心翼翼地用雙手的十根手指開始慢慢刨土。雨水讓表層泥土變得泥漿般黏稠，輕輕擦去骨頭表面的汙物，站在一邊一直一聲不吭的章桐點點頭，平靜地說道：「這是一節尾椎骨，屬於女性，而且未成年……」

大家的心裡一片冰涼。

＊　＊　＊

劉春曉從辦公桌抽屜裡又一次拿出了那本陳舊的筆記本，輕輕推給了桌子對面的王亞楠：「這是我所收集到的所有失蹤孩子的資料，還有家庭住址，但是因為時間過去太久了，很多人肯定都已經不在原來的地方住了。」

「這沒關係，我們會去查的。」王亞楠接過了筆記本，「謝謝你！對了，你能告訴我為什麼你會對胡楊林失蹤案感興趣嗎？你不會和趙大記者有著一樣的目的吧？」

劉春曉搖了搖頭：「我沒有那麼想出名。」

「那我明白了，你是為了章桐！你們是同學。趙俊傑在會上把章桐小時候發生的事情都告訴我們了，你也想幫她，只不過你和趙俊傑的出發點不同罷了。」

劉春曉愣了一下，微微有些臉紅，他實在不習慣被別人看穿自己的心思。

王亞楠沒有再繼續說下去。她站起身，晃了晃手中的筆記本：「謝啦，我會盡快還給你的。」

劉春曉點點頭，沒再多說什麼。

往日冰冷空蕩的解剖室裡，今天卻是一番擁擠的景象，原有的四張不鏽鋼解剖臺根本就不夠用，最終不得不臨時清理出了另一邊的工作台來擺放從現場接收回來的骸骨。

經過了一整夜的忙碌，除了個別的骨頭因為在野外時間太長的緣故缺失沒有找到或者過於破損無法辨認外，剩下的都一一根據骨齡和附著在骸骨表面的土壤微生物標本的年限鑑定做了分類。

第八章　妹妹

　　五具骸骨，外加冷庫中原先的兩具，總共七具。根據裸露的乳突和圓形額骨的判定，這七具骸骨都屬於女性。

　　看著這一塊塊在地下沉睡了多年的骨頭，章桐的心情異常沉重。潘建此刻正在對七個頭骨掃描件進行三維立體人面像處理，相信不久就可以見到這七個女孩的大致長相了，可是章桐卻一點都輕鬆不起來。

　　電腦發出了清脆的嘀嘀聲，隨即一邊的列印機開始工作了。章桐站起身，深吸了一口氣，走到列印機邊上，一張張地仔細檢視著影印出來的顱面成像圖。

　　正在這時，解剖室的門被推開了，王亞楠快步走了進來。

　　「小桐，怎麼樣了？顱面成像出來了嗎？」

　　章桐雙手握著一張相片顫抖不止，眼淚大顆大顆地往下掉。

　　王亞楠的心跟著揪緊，湊上前打量。誰想到這一看就把她驚呆了，因為章桐手中這張列印相片上的女孩子竟然和她長得相差無幾！幾乎就是一個縮小版本！

　　「太像了！不可思議！」王亞楠忍不住脫口而出。

　　意識到亞楠的到來，章桐迅速擦乾眼淚，哽咽著對助手潘建說：「這最後一張相片上的是哪一具骸骨？」

　　潘建低頭查了一下，回答道：「六號！」

　　章桐隨即走到標記為六號的屍骸旁邊，用手術鉗取下了顱骨內的一顆完整的牙齒，然後來到工作區，進行牙髓質取樣。

　　「小桐，你這是……」王亞楠一臉的困惑。

　　「雖然相片和秋秋很相似，但我還是要做 DNA 取樣對比分析，確定她

是不是我二十年前失蹤的妹妹章秋。」

「都過去這麼多年了，妳還能採集到有用的 DNA 樣本嗎？」王亞楠盡量把話題扯開，並沒有去觸及章桐的傷心事。

章桐深吸了口氣，伸手指了指面前兩毫升小試管中灰白色的牙髓，說：「無論經過多長時間，只要能提取到牙髓，就能分析出 DNA 樣本以供比對。」說著，她轉過身，認真地看著王亞楠，「謝謝妳對我的理解！」

王亞楠當然明白章桐話中的含義，她伸手摟住了好朋友的肩膀，輕輕嘆了口氣：「我們是朋友，這是我應該做的！」

下午四點鐘，章桐和助手潘建還在解剖室忙個不停，儘管房間裡開著空調，但還是汗如雨下。由於骨頭已經變得很脆弱，所以不能用水沖洗，每一根骨頭都必須用刮刀仔細地刮除乾淨，又不能太使勁，生怕損壞骨頭的表層。刮除下來的泥土都被送往了生化檢驗組進行取樣分析，而死者的頭骨卻因為結構複雜，被放在最後處理。

「章法醫，劉檢察官找妳！」潘建指了指門口。

「劉春曉？他找我幹什麼？」章桐好奇地轉過了身，果然，劉春曉一身便裝，正透過解剖室的玻璃門在向屋裡四處張望著，看見章桐看向自己，隨即點頭微笑示意。

章桐猶豫了一下，摘下手套，走出解剖室，來到走廊拐角，這才轉身問道：「你來這裡幹什麼？找我有事嗎？」

「想請妳吃晚飯，有時間嗎？」劉春曉雙手插在牛仔褲兜裡，滿臉似笑非笑。

「我猜想沒時間。這個案子發現的屍體太多，我們要盡快趕出屍檢報告來，要不下次，好嗎？」

劉春曉顯得很失落，暗暗嘆了口氣：「那好吧，我先走了。」

看著劉春曉的背影消失在樓道裡，章桐突然有種想把他叫住的衝動。她知道劉春曉不會平白無故來找自己，而自己這段日子以來也確實想找一個人好好傾訴，但是，章桐清楚事情絕不如自己想像的這麼簡單。

解剖室的門猛地開了，露出了潘建的腦袋。

「章法醫，DNA 報告出來了！」

就這麼一刻，章桐渾身的血液彷彿都被凝住了。她咬牙點點頭，不再去想劉春曉剛才的造訪，轉而快步推門走進了解剖室。要知道，她等這一刻已經等了整整二十年了！章桐實在沒有辦法讓自己平靜下來。

李局辦公室，燈火通明，自從胡楊林骸骨被發現的第一天開始，李局就沒有回過家。和別的警察不一樣，他不光要時時刻刻關注著案情的進展，更讓他頭痛的是，每天他還必須騰出更多的時間來應付媒體的狂轟濫炸。此刻，他正在搜腸刮肚地醞釀著明天的新聞釋出會的發言稿。

「李局，方便和你談談嗎？」

李局一抬頭，站在自己辦公室門口的是章桐。他趕緊站起身，伸手指了指自己辦公桌對面的椅子，滿臉笑意：「快坐吧，小章，你找我有什麼事嗎？」

章桐並沒有坐下。她向前走了幾步，猶豫了一會兒，這才開口：「李局，對不起，我想撤出胡楊林這個案件的調查工作。」

一聽這話，李局不由得愣住了，在他的印象中，這可不是章桐辦案的一貫作風：「小章，你有什麼困難嗎？說出來，大家一起解決。你要知道，局裡本來法醫人手就不足，現在老鄭又出差在外，你要是中途退出來，那麼整個案件的偵破工作就很麻煩了！你是不是再考慮一下？有困難大家可

以一起解決的！」

　　章桐並沒有表態，只是遞上了早就拿在手中的一份DNA檢驗報告單：「這是在其中的一位死者身上所提取到的DNA樣本對比圖。」

　　「哦？找到匹配的了？那不是挺好嗎？」李局疑惑的目光緊緊地盯著手中的報告單，「妳又有什麼好擔心的呢？」

　　「她和我匹配上了！她是我失蹤二十年的妹妹章秋！」章桐的嗓音有些發抖。

　　「你說什麼？」李局沉吟了一會兒，繼續說道，「那麼趙俊傑在會上所說的事情都是真的了？」

　　章桐點點頭：「是的，我妹妹就是在那片林子裡失蹤的，而按照局裡規定，我現在是受害者家屬，就不方便參與這個案件的進一步調查工作了。」

　　李局沉默了。章桐說得不錯，為了避免一些不必要的證據鏈汙染，局裡確實有「申請迴避」這麼一條「避嫌」的規定。可是，在現在這個特殊的時期，如果章桐真的退出的話，那就沒有人能夠很快接手法醫的工作了。想到這裡，李局在辦公椅上坐了下來，誠懇地說道：「小章，我完全能夠理解妳失去親人的心情，但是，請妳理解現在是破案的非常時期，我們需要妳留下參與工作。至於『避嫌』的規定，我會向上層彙報，申請特批。特殊時期特殊管理，我相信妳的公正！小章，我也希望妳能夠顧全大局，為整個案件著想，好嗎？」

　　章桐沒有再多說什麼，拿起檢驗報告單，默默地轉身走出了李局的辦公室。

　　「潘建，有結果了嗎？」回到解剖室，章桐一臉平靜地來到了X光掃

描器前。在她去李局辦公室之前就已經吩咐潘建對所有的骸骨進行 X 光掃描，期望能夠發現那些肉眼不一定能發現得了的裂痕。

潘建伸手拿起了一塊脊椎骨：「傷痕大致相同，都是第三節脊椎骨錯位而導致的死亡！」

「第三節脊椎骨靠近頸部，這樣看來，死者都是被瞬間扭斷了脖子。我們唯一可以感到安慰的是，死者沒有痛苦，很快就失去知覺了！還有一點，」章桐冷冷地說道，「手法完全相同，凶手是同一個人！」

「章法醫，我實在想不明白的是，這些未成年的小女孩為何會被害？而且還被埋屍荒郊野外？凶手為什麼要這麼做？」

章桐剛想回答，突然，她的眼前如閃電般地一閃，出現了一幕場景 —— 一個小女孩躺在地上拚命掙扎，一柄滴血的尖刀正向她的臉部慢慢靠近。小女孩從最初的哭泣轉至撕心裂肺的尖叫，可是這一切努力都是徒勞的，因為一隻無情的大手牢牢地摀住了小女孩的嘴，使得她發出的聲音最終都變成了無力的嗚咽聲。

章桐不由得渾身顫抖，瞳孔收縮，呼吸急促。她想上前阻止，可是，她動不了……

「章法醫？章法醫？……」耳邊傳來了潘建焦急的呼喚聲。

章桐緩緩睜開雙眼，這才發覺不知何時自己竟然倒在了解剖室冰冷的瓷磚地面上。

「章法醫，妳剛才突然暈過去了，妳沒事吧？要不要去醫院？」剛才那突發的一幕顯然讓潘建慌了神。

「不用，我沒事。潘建，查一下死者的頭骨，仔細看一下，尤其是六號頭骨，不要放過任何一個細節。」

「好的，我馬上去！你自己小心！」

章桐點點頭。她不敢再閉上雙眼，害怕剛才那一幕又一次出現在自己面前。

時間一分一秒地過去，潘建激動的聲音打破了房間中令人窒息的死寂。「我發現了！我發現了！」他朝章桐招招手，「章法醫，妳真厲害！妳沒猜錯！死者眼窩周圍的骨頭上確實有明顯的刮削痕跡！」

「別的呢？」

「剩下的幾個也有這樣的痕跡，但不是很明顯！就是這六號頭骨有些特殊！」

章桐當然明白其中的原因，雖然說她回憶不起那段腦海深處隱藏著的黑色記憶，但是對妹妹的印象還是非常深刻的。妹妹雖然年幼，但是性格卻非常倔強，記得有一次發燒去醫院打針，因為怕疼，妹妹掙扎扭動個不停，父親拚命摁著她都沒有用，結果，針頭竟然斷在了妹妹的身體裡。章桐完全可以想像，面對死亡威脅時妹妹拚命掙扎的景象，難道就是因為如此，她的眼窩上才會有那麼多的刀痕？想到這裡，章桐的心一陣顫抖，因為她突然意識到這些刀痕告訴了自己一個殘酷的事實——妹妹的雙眼被人活生生地挖走了！

王亞楠坐在辦公室裡。她沒有辦法集中自己的注意力，李局剛才打來的電話讓她有種不祥的感覺。於公，沒有誰比章桐更了解這個案子了，於私，回想起前段日子章桐心事重重的樣子，王亞楠知道，此時的她肯定正站在十字路口徘徊。王亞楠猶豫了，她不知道自己該怎麼去面對這件棘手的事情。

電話鈴聲突然響了起來，把王亞楠嚇了一跳，她條件反射般地迅速伸

第八章　妹妹

手接起了話機。

「亞楠嗎？我是小桐，死者都是被扭斷脖子而死，死前被挖去了雙眼！」

「你說什麼？」王亞楠腦海中的第一個念頭就是自己肯定聽錯了，「七個都是這樣嗎？」

「對，我們核對過很多細節了，應該不會錯！屍檢報告半個小時後送去給妳！」

天長市警局會議室，到場的不止有王亞楠和她所屬的重案組的人，還有專門負責追查被拐賣人口的辦案人員。

本來是一件大海撈針的工作，還好有了劉春曉筆記本上詳細資料的幫助，所以，查起檔案來自然就方便了許多。而劉春曉作為特約顧問，也坐在了靠門的最後一排。

王亞楠指著自己身後白板上的七張經過翻拍放大的相片，神情嚴肅地說道：「我標記為一號、四號和六號的身分均已經查明，並且已經和受害者親屬聯繫上，他們很快就會前來進行最後的 DNA 確認，結案後就認領屍骸。而剩下的四個，卻只有名字和年齡，她們的家屬早就搬離了原址，失去聯繫了。我們要尋找起來，難度很大！我們城郊的胡楊林是省級自然保護旅遊度假區，每年到這裡來的遊客有很多，但是由於林區的範圍太大，直到近兩年才配備了專門的森林警察透過直升機進行空中巡邏維持治安。調查顯示，儘管所帶裝置齊全，上週三卻還是有幾個大學生驢友在林子中迷了路，至今下落不明。由此可以得出結論，凶手一定對這個林子的地形非常熟悉，以致他能夠在很短的時間內擄走孩子而不留絲毫痕跡！最終還能安然離開！」

「那麼說，凶手很有可能是本地的人了？不然的話他又怎麼會這麼沉著冷靜，而且前後殺了這麼多人呢？事後又瞬間消失得無影無蹤，看上去他好像並不擔心會被別人發現啊！」有人說道。

王亞楠點點頭：「有這個可能。而且，根據法醫屍檢報告來看，死者是瞬間被扭斷了脖子，屍骸的其餘部位並沒有發現另外的傷痕，除了眼窩。這也就是說殺害這些死者的凶手動作乾脆俐落，毫不拖泥帶水，至少，他非常了解如何快速置人於死地！」

「那又怎麼解釋在八年前，失蹤案件突然停止發生了呢？」

「有兩種可能。其一，凶手發生了意外，從而無法再繼續實施殺人的舉措，有可能死了；其二，凶手因為特殊原因而離開了天長，他沒有機會再作案了。我覺得兩者的可能性都有。」王亞楠皺眉分析道，「對於一般人來講，八年可是一個並不短的時間。他到底去了哪裡呢？」

「如果章法醫能夠回憶起當時的情景來就好了！」

劉春曉沒有吭聲，他十指交錯疊放在一起，心事重重地看著平鋪在自己腿上的記錄本。章桐會願意敞開自己的心扉嗎？事情不會那麼簡單的。

章桐站在母親病房門口。她並沒有像往常那樣一到這裡就迫不及待地推門進去和母親說說話，因為妹妹死了，而母親的潛意識中肯定不會接受這個殘酷的事實。章桐不敢面對母親，她怕控制不了自己的情緒。

「小桐，怎麼了，不進去看看妳媽嗎？」剛剛巡視完病房的舅舅來到章桐的身邊，「妳媽的病情現在已經控制住了，只要不受刺激，她就不會有事。妳這幾天沒來，妳媽老惦記著妳呢！」

章桐想了想，還是打消了推門進去的念頭。「舅舅，我媽先拜託你了，這幾天我工作忙，可能不能來看她了，你好好和她說，她會理解的。

對了，舅舅，我不在的時候，有人來看過我媽嗎？」

「沒有，我這裡派了專門護理的人員，如果有人過來探望的話，她們會通知我的。小桐，怎麼了，出什麼事了？」舅舅一臉的疑惑。

「沒什麼，舅舅，我現在不能和你說太多。麻煩你好好照顧我媽，千萬記住不能讓除了我以外的任何人來探望她！我很擔心我媽的人身安全！」

「你放心吧！」舅舅想了想，抬頭看著章桐，然後一字一句認真地說道，「小桐，妳長大了，舅舅不會過多干涉妳的工作，也知道妳不喜歡舅舅嘮叨，但是妳遇事也不要一個人扛著，看妳臉色也不好。小桐，只要妳願意，打一個電話，舅舅就會來幫妳的！我們是一家人啊，妳別忘了！」

章桐點點頭：「謝謝你，舅舅！有你的話，我就放心了！」

走出醫院，章桐一眼就看見了劉春曉正站在門廊盡頭向過道這邊張望。看見了章桐，他的臉上露出了笑容，向這邊招了招手。

等走到近前，章桐皺眉問道：「你來這邊幹什麼？」

「我找妳，妳助手說妳來第一醫院看望病人了。」

「你打聽我的隱私？」章桐的目光中露出了一絲敵意。

「沒有沒有，妳可千萬別誤會，我不是那種人。老同學，我真的是有急事要找妳！我在這裡已經等了妳很長時間了！」劉春曉有些緊張，他不停地把雙手一下插在口袋裡，一下停在胸前，一副不知道放在哪邊才好的樣子。

章桐的口氣緩和多了：「我是來看我母親，她在這邊住院。走吧，我們出去找個地方說，這裡人太多了！」

「那就到我車裡去吧，我車就停在醫院外面！」

章桐點點頭，緊跟在劉春曉的身後離開了醫院的大門。

　　還沒等劉春曉把話說完，章桐就搖頭拒絕了，她毫不猶豫地拉開車門走了出來，反手就把車門甩上了。

　　劉春曉趕緊也鑽出了車子，竭力勸解道：「小桐，妳聽我說，妳只有面對那段記憶，才有希望從此走出心裡的陰影！小桐，妳要相信我，讓我來幫妳，不能讓妳以後的日子再受折磨了。妳必須鼓起勇氣來面對。」

　　「不！不！你別再費這個心思了，過去的都已經過去。請你不要再提！」她轉過身，一臉的悲傷，「我父親自殺了，妹妹被人殺害了，母親瘋了，你還想我怎麼樣？難道我也瘋了你就安心了？」

　　「小桐，冷靜點，妳要明白只有想起那段記憶，才有希望抓住凶手！妳說得沒錯，你妹妹的死無法挽回，但是只要抓住了凶手……」

　　「你不要再說了，我求你了！」章桐怒吼一聲打斷了劉春曉的話，狠狠地瞪了他一眼，隨即轉身頭也不回地離開了，只留下劉春曉獨自一個人呆呆地站在車子旁邊，沮喪地看著章桐的背影逐漸消失在茫茫黑夜之中。

　　夜深了，躺在床上的章桐久久無法入眠，母親不在家，她不得不打開了屋裡所有的燈。妹妹已經死去的消息把章桐壓得喘不過氣來，而劉春曉的一席話更是把她說得心煩意亂。

　　難道自己真的太自私了？章桐的目光又一次落在了那張唯一的全家福上面，記憶中父親最後的樣子逐漸變得清晰了起來。

　　二十年前的那個金色的秋天，妹妹走了，沒過多久，倔強的父親不聽母親的勸阻，帶著沒有照看好妹妹的自責毅然辭職離開了家。他臨走時摟著章桐，一遍遍地重複道：「相信爸爸，一定會把秋秋找回來！你要相信爸爸……」

第八章　妹妹

　　在以後很長一段時間，章桐幾乎天天都會趴在窗口看著樓下，期待著爸爸那高大的背影出現在狹窄的小道上，而爸爸的懷裡，則摟著熟睡的妹妹。

　　直到一個冰冷的初冬的夜晚，章桐在自己的小床上快要睡著了，門被敲響了，耳邊隨即傳來母親的哭泣聲。

　　章桐睡眼矇矓地推開臥室的門。她做夢都沒有想到，父親竟然在這個時候回來了，一臉的疲憊，整個人消瘦了許多。

　　「爸爸，妹妹呢？」章桐第一個念頭就是妹妹去哪裡了，父親的身邊並沒有妹妹的影子，「她睡了嗎？」

　　章桐不明白父親臉上的表情為什麼好像馬上就要哭出來的樣子：「爸爸，你怎麼了？」

　　「爸爸不好，沒本事，沒有找到妳妹妹！」父親的話語中充滿了難言的歉意。

　　「爸爸？」

　　「桐桐，去睡吧，妳爸爸累了，明天再說吧！」母親心不在焉地拉走了還有很多問題沒有來得及問的章桐。

　　她做夢都沒有想到，這竟然是自己最後一次見到活著的父親。第二天上午，父親跳樓自盡的消息就傳來了。

　　這些年，章桐一直不能接受父親因為失去妹妹過於內疚而自殺的事實，有那麼一刻，章桐覺得父親很自私，妹妹失蹤了，家裡不還有自己嗎？同樣是女兒，為什麼就留不住父親的腳步？

　　想到這裡，她深深地嘆了口氣，抬手抹去了眼角滲出的淚花。

正在這時，電腦發出了一聲清脆的門鈴似的「叮咚」聲。章桐心裡不由得一動，她抬頭看了看鐘，已經到了凌晨兩點，這個時候還會有誰傳郵件來呢？她從床上坐起來，來到書桌旁，點開了信箱，螢幕上顯示有一封來自美國的郵件。章桐這才記起曾經在那封前幾天發出的特快專遞中留下了信箱地址。

　　信件是美國南卡羅萊納州的一家療養院負責人發出的。

尊敬的章女士，您好！

　　您的來信已經收到，聽到您的遭遇，我很抱歉。

　　根據您發來的信封，我詢問了相關人員，確認是替我院Ａ區四棟Ｂ座的一位已經去世的華裔女士發出的，根據她的遺囑，我們替她把一封早就寫好的信件轉發給了您。這位女士的全名是安吉拉‧陳。

　　如果您想了解有關這位陳女士的詳細情況，建議您和她的律師聯繫，我們已經把您的來信轉交給了她的律師。

　　……

　　章桐接連把郵件看了好幾遍，最終靠在椅背上陷入了沉思。安吉拉這個名字在國外很普通，不誇張地說十個女孩中會有兩三個叫這個名字，但是，「陳」這個姓卻讓她心頭一跳，聯想起了前段日子陳伯伯的突然到訪。章桐不禁為自己這個怪異的念頭感到有些詫異。她想了想，隨即打定主意撥通了電子郵件中所提到的那個美國律師的電話。

　　對方會說中文，這樣一來，溝通就方便了許多。在核對了具體身分後，律師告訴章桐，安吉拉‧陳的中文名字叫陳冬梅，住院的病因是眼部腫瘤惡化。

　　「那她有登記聯繫的親人嗎？在療養院的時候有沒有人去看望過她？

第八章　妹妹

我想和她的親人聯繫一下！」

　　電話那頭傳來了敲擊鍵盤的聲音，沒多久，律師又回到了電話機旁：「章女士，很抱歉，陳女士並沒有登記緊急聯繫人，在她住院期間，也沒有人去探望過她。她的遺產都捐給了當地的慈善機構。」

　　「您確信？」

　　「對，很抱歉！」

　　「那您那邊有沒有那封信的備份？」問這個問題時，章桐幾乎絕望了。

　　「當然有，章女士。因為陳女士當時已經是癌症晚期，她的雙目完全失明了，所以她最後的一些法律方面的私人檔案都是由我親自處理的。她口述完這封信後，當時要求備份一封，說以防萬一您沒有收到。我現在就傳給您。」

　　「謝謝您！發到我的信箱裡就可以了！」

　　「好的。對了，還有最後一件事情，我想我有必要讓您知道。陳女士雖然是得了重病，但是她最終卻是以自殺的方式結束了自己的生命。」

　　「謝謝。」章桐的心跌落到了谷底。

　　結束通話電話後，等待的時間彷彿凝固住了，章桐緊張地注視著電腦螢幕。終於，她看到了自己期待已久的消息。可是，就在那一刻，章桐卻感覺一隻無形的手正牢牢地卡住自己的喉嚨，讓自己的呼吸幾乎停止了：

小桐，妳好：

　　過了這麼多年，請原諒我直到現在才和妳聯繫。當妳收到這封信的時候，我大概已經永遠離開了這個世界。可是，我不想帶著那個讓我一生都得不到安寧的祕密去見上帝，因為那樣一來，我就會得不到上帝的寬恕，我的靈魂就上不了天堂。

知道嗎？小桐，父親是我在這個世界上唯一的親人，我不能沒有他，所以，從小到大，我沒有做任何違背他意願的事情，即便那些事情非常殘忍，給妳及很多人帶來傷害。但我想，只要父親高興，笑一笑，我也會去做。但是，當我慈愛的父親最終變成可怕的魔鬼的時候，我很後悔當時的順從和沉默，甚至還成了可恥的幫兇。我也曾想過，如果當年我沒有出面誘騙那些女孩去玩，是不是就不會發生悲劇了？那樣的話，我們或許會是最好的朋友，妳永遠是我姐姐。我還記得，有一次我隨父親去妳家玩，妳把自己最心愛的玩具和糖果讓給了我，這讓秋秋很生氣，說妳偏心要和妳絕交。小桐，我還能像以前那樣喊妳「姐姐」嗎？妳能原諒我嗎？我這一輩子最大的願望，就是希望能夠得到妳的寬恕。

　　上天留給我的時間不多了，潘朵拉盒子在二十年前的秋天就被打開了，原諒我沒有辦法阻止魔鬼，我無法站出來指責對我有著養育之恩的父親，我所能做的，就是懲罰自己！

　　小桐，我很快就能見到秋秋了，我也會乞求她的寬恕！

梅梅

　　梅梅？章桐的腦海中迅速閃現出了一個屬弱的女孩的身影，一頭齊耳的短髮，瘦削的臉頰上總是架著一副與臉形極不相稱的大大的黑框眼鏡，可是儘管如此，很多東西在她眼中仍然是模糊一片。她是陳伯伯唯一的女兒，每次來章家玩，都會怯生生地跟在父親的身後，從不主動和別人說話。由於年齡相仿，大家又都是女孩，所以沒有多長時間，章桐就和梅梅成了無話不說的好朋友，只是，章秋卻和梅梅對著幹，認為章桐偏心於梅梅，時不時欺負梅梅。可是，好景不長，妹妹失蹤後沒多久，陳伯伯就帶著梅梅離開天長市了，就連父親的葬禮他們都沒有參加。隨著時間的推移，章桐也在記憶中漸漸地把梅梅的身影淡忘了。

第八章　妹妹

可是如今，梅梅又一次出現在了章桐的生活中，並且是以這麼一種特殊的方式，一時間，她有些無法接受。上一次與陳伯伯見面，他分明說梅梅是車禍去世的，那麼，梅梅怎麼又會出現在療養院裡呢？為什麼要寫一封這麼奇怪的信給自己？陳伯伯究竟隱瞞了什麼？難道妹妹的失蹤真的會和他有關？梅梅信中怎麼會把自己的父親稱作魔鬼？一個個疑問如潮水般接踵而至，章桐的心裡成了一團亂麻。

王亞楠沮喪地站在一棟破舊的居民樓底下，這裡因為馬上就要拆遷了，所以連一條最基本的柏油馬路都沒有。剛剛下過一場瓢潑大雨，滿是磚瓦碎石的泥濘路面迅速變成了一鍋糨糊，只不過是泥糨糊，才走沒有幾步，兩隻腳就全都陷進泥地裡拔不出來了。

助手小鄭開始發起了牢騷：「王隊，就沒有別的路好走嗎？再這樣下去，我們就得打赤腳了！」

王亞楠無奈地搖搖頭，乾脆把鞋子脫了，用塑膠袋裝好，邊繼續往前走邊向在身邊帶路的當地派出所同事詢問道：「這裡這麼難走，你確定郭桂霞家還住在那邊嗎？」

派出所的民警是一個年輕的小警察，看來剛下基層沒多久，鼻子上長滿了青春痘。他一臉的苦笑：「老所長交接時說了，這是唯一的一戶無論什麼條件堅決不肯搬家的釘子戶，都上報紙了，生活條件多麼艱苦，斷水斷電是家常便飯，可是他們就是不搬家。你看，周圍的那些剩下的無非都是為了多要幾個拆遷費和拆遷辦在打拉鋸戰，可就是最裡頭的郭家，死活不搬，也不談條件。我們派出所都去調解過好幾次了，沒用，理由就一個，說要等自己的女兒回家！」

聽了小民警的一席話，王亞楠的鼻子不由得一酸，她能夠理解郭家死

活不肯搬家的原因，章桐就是一個活生生的例子。她今天選擇大老遠地橫跨大半個天長市城區跑到這裡來而不是在電話中簡單地通知對方死訊，就是因為在公，她想親自問問仍在堅守的對方父母對於案子發生時的記憶，而在私，王亞楠實在不忍心透過冰冷的電話線來公事公辦地告訴對方他們的寶貝已經找到了，只不過那是一堆冰冷的白骨。

王亞楠這麼做的原因只有一個，那就是無論哪一個警察，當他面對被無辜奪去生命的孩子冰冷的屍體時，他的心都是最軟的。而王亞楠此時只是最普通的一個警察而已。

看著站在門口的警察，眼前的中年夫婦有些驚訝，在王亞楠自我介紹並表明來意之後，方才將亞楠及其助手請入內。屋子不大，家具也不多，書櫃及衣櫃有些掉漆，雖然簡陋但卻很整潔。在確定了眼前的男女主人正是失蹤女童郭桂霞的父母之後，王亞楠並沒有直接告訴他們孩子的死訊，反倒打聽起了孩子失蹤時的情景。

「都怪我不好，我要是那天不加班陪小霞玩就好了，就不會出這種事了。都怪我，為了點加班費，就……」儘管過去這麼多年，再次提起這件傷心事的時候，卻仍然像發生在昨天一樣，男主人的臉上立刻充滿了悲傷。

「冷靜點，郭先生，您說您女兒是在很短的時間內失蹤的，有多長時間？您還有個大概的印象嗎？您當時的報案記錄中並沒有記載得很清楚。」

「時間很重要嗎？」男主人顯得很疑惑。

「對，您最好能回憶起，因為這個對您孩子案件的順利偵破很關鍵！」王亞楠沒有告訴他的是，這也是目前唯一的一條線索了。走訪了整

第八章　妹妹

整一天，除了眼前這一戶以外，剩下的失蹤女童的親屬都已經沒有辦法回憶起當時現場的詳細情景，郭家也就成了尋找這個案子目擊證人的最後希望了。

「那我想想……」男主人一臉愁容。

這時，一直在一邊默不作聲的女主人開口問道：「我們小霞呢？你們找到她了嗎？」

這是一個揪心的問題，王亞楠柔聲說道：「還需要進一步確認，過一會兒麻煩你們和我一起去一趟市警局進行 DNA 取樣分析對比。」

「不，我不離開這個家，離開了，這個家就不在了。小霞就找不著回家的路了，我要在家等小霞。」女主人出人意料地一下子跳了起來，迅速向裡屋走去。

「對不起，小霞她媽已經病了好幾年了，平時看不出來，但是只要一提到離開家，她就會這樣，你們別介意啊！」男主人無奈解釋道。

「沒關係的，郭先生，您太太的心情我們可以理解。」

男主人感激地點點頭，隨即說道：「時間的話，應該不會很長，具體我記不清楚了。那天突然接到單位打來的電話，讓我回去加班。我上公車後坐了兩站地，突然覺得將兩個孩子放在公園玩不妥，就往回趕。大概也就半個小時的時間吧，等我再回去小霞就不見了。」

「兩個孩子？還有另外一個孩子在場嗎？」這個消息倒是讓王亞楠吃驚不小，難道還有一個女孩也失蹤了？

「是我朋友的孩子，年紀和小霞差不多大，那女孩眼睛不太好，看不太清楚。聽說那孩子很可憐，沒有母親，小霞失蹤的兩年前，那個女孩隨父親移民去了國外，寒暑假回國度假。每當回國，就會找我家小霞一起出

去玩。她父親姓陳，是醫生，我和他是在多年前看病的時候認識的。大家住得比較近，兩個孩子經常在一起玩……」說到這裡，他重重地嘆了口氣，雙手顫抖著從大衣櫃裡摸索了半天，拿出一個小相框，猶豫了一下，才遞給王亞楠。這是一張黑白照片，裡面是一個小女孩的半身相片，因為時間已經過去很久了，相片有些變色。相片中的女孩臉龐偏瘦，笑容中夾雜著淡淡的羞澀，腦後梳著最常見的馬尾，雙眸漆黑如墨，如天上的星星一般熠熠生輝。

「這就是我的女兒小霞，你們是不是找到她了？她長大了，但是相貌應該不會怎麼變化……」男主人的神情顯得有些激動，目光中充滿了期待。

「另外的小女孩後來找到了嗎？」

男主人點點頭：「她說她去別處玩了，沒有和我們家小霞在一起，所以也就沒有看到後來發生的事情。她真幸運！這些，你們警察已經全都知道了。」

王亞楠突然之間意識到在所有的已知胡楊林失蹤案中，除了章桐外，沒有第二個目擊證人。她的心情糟糕透了。

電話鈴響了，是熟悉的《白樺林》，劉春曉無論換過多少個手機，來電提醒卻始終都是這首樸樹的《白樺林》。他也不知道為什麼，每次聽到這首曲子的時候，他的腦海裡總會閃現出章桐的影子，一個空靈中透著憂傷的謎一般的女人。

「你好。」劉春曉把手機夾在肩膀上，一邊雙手在辦公桌上不停地翻找著一份五分鐘前分明還在自己的眼前徘徊的檔案，一邊嘴裡繼續招呼著，「哪位？」

第八章　妹妹

「是我。」

熟悉的聲音使得劉春曉的心臟幾乎停止了跳動，他趕緊把手騰了出來，抓起手機，來到窗口，這邊訊號會好一點。

「小桐嗎？妳在哪裡？出什麼事了？」

章桐並沒有正面回答，她猶豫了一會兒，緊接著問道：「你還在辦公室嗎？」

「我在，還沒有下班。」直覺告訴劉春曉，章桐肯定出事了，他從沒有聽到她的聲音這麼顫抖過，「妳在哪裡，我馬上開車來接妳！」

「不用了，我這就過來，我想通了，願意接受你的催眠！」說到這裡，她略微停頓了一下，隨即口氣變得非常堅決，「我要知道真相！」

劉春曉知道，要想催眠成功，首先一點，自己要被章桐完全信任才可以。當他把自己的顧慮告訴她時，換來的卻是章桐的安慰。

「你多慮了，放心吧，我等這一天已經等了二十年了。」

「小桐，我還是要向妳說明白，等等妳所面對的可能是妳所接受不了的東西，記住，那些都已經過去了，不要勉強自己，如果不行，就趕緊退出，明白嗎？」

「你什麼時候變得這麼拖泥帶水了？無論發生什麼，我都不會怪你的！我妹妹已經死了，沒有什麼再能把她挽回的了，而抓住凶手也是我現在唯一所能做的了。」

一聽這話，劉春曉的內心不由得一緊。他若有所思地看了章桐一眼，後者蒼白的臉色讓他更加確信了自己最初的判斷，章桐這麼快就一百八十度地大轉彎，肯定發生了什麼很大的變故。但是現在他又不能問，想到這裡，劉春曉不動聲色地點點頭：「好吧，妳跟我來！」

在劉春曉檢察官辦公室所在的這個樓層的盡頭，有一間五平方公尺左右的房間，空間不大，卻布置得特別溫馨自然，淺色的牆紙、淡紫色的窗簾，房間的擺設也很簡單，就只有一張沙發床。在屋角的天花板上，架著一個微型的監視器，它會忠實地記錄下房間內所發生的一切。房間雖小，但是隔音效果卻很好，只要關上門，外面什麼聲音都聽不到。這裡就是天長市檢察院專設的心理諮商室，除了平時的辦案，劉春曉還有一份工作，就是在這裡與所有案件中被認為需要進行心理評估的對象逐一進行認真交流，最後做出合理的判斷。

這一次催眠對他來講，卻是一個困難重重的挑戰。劉春曉很清楚，心理催眠的實施者最忌諱的就是與被實施者之間有著感情上的聯繫，因為在整個催眠的過程中，被實施者完全是在自己的一步步引導下度過的，自己就必須以一個置身事外的旁觀者的心態來面對可能發生的任何狀況。可是，平時遇事不驚的劉春曉這一次要面對的卻是章桐和那個被掩蓋了整整二十年的驚天祕密，而這個祕密已經讓很多人失去了生命，其中包括章桐的親人，劉春曉沒辦法去坦然面對。

「就是這裡嗎？」章桐在房間裡轉了一圈後問道。

劉春曉點點頭：「我給你十分鐘時間放鬆一下，然後我們開始。」

劉春曉走後，章桐在房間正中央的沙發上坐了下來。環顧了一下四周後，她深深地吸了口氣，努力使自己平靜下來。

＊　　＊　　＊

「你們章法醫呢？我打她手機卻顯示關機！我有事要找她，她在哪裡！」王亞楠急吼吼地沒敲門就直接衝進了法醫辦公室，把潘建嚇了一跳，他趕緊站了起來。

第八章　妹妹

「不知道，她下午打來電話說有事去檢察院了，要請半天假。」

王亞楠愣住了，從不請假的章桐在這個節骨眼上去檢察院幹什麼？

章桐把手中那張珍藏多年的全家福遞給了劉春曉：「這是我妹妹留下的唯一一張相片，其餘的，已經都沒有了。父親死後，母親把家裡很多東西都清理了，我想你可能會需要，所以就帶了過來。」

劉春曉點點頭，把相片又還給了章桐，伸手打開了錄音機，先報出了時間、地點和人名，然後轉身柔聲說道：「妳先躺下，選一個妳覺得最舒服的姿勢，閉上眼……好，這樣很好，現在，妳睜開眼，把所有的精力都集中在你手裡的相片上，尤其是妳妹妹的臉上！」

看著章桐都一一照著做了，劉春曉這才繼續說下去，「現在靜下心，仔細回想著妳記憶深處妹妹章秋的一舉一動，哪怕是一個細小的皺眉，或是一個眨眼的細微動作。在做這些事情的同時，妳的眼睛始終不要離開妳妹妹的臉，一刻都不要離開。對，慢慢想，慢慢想……」

漸漸地，章桐的神情變得有些迷離，舉止也顯得遲緩了起來，雙眼微合，但是卻仍然一絲不苟地按照指令做著每一項步驟。

劉春曉知道，此刻的章桐已經進入了深度睡眠。時機成熟了，劉春曉輕輕地拿走了章桐手中的相片，而章桐的雙手卻依舊保持著握舉的姿勢不變。

劉春曉向前微微探出身子，用一種非常親切的口吻小聲說道：「小桐，妳現在已經來到了二十年前你們全家出發去郊外旅遊的那一天，妳十歲了，妹妹叫章秋，是一個非常可愛的小女孩。告訴我，小桐，妳妹妹呢？她現在在哪裡？妳看見她了嗎？」

聽到這話的時候，章桐的雙眼並沒有睜開，只是眼皮微微顫動。她略

微遲疑了一會兒，平靜地回答道：「我看見了，她就在我媽媽身邊，在編花環。」

「告訴我，小桐，在妳的周圍，妳現在看到了什麼？」劉春曉知道章桐的內心不是那麼容易被打開的，他決定繞一個圈子從另一個角度著手。

章桐的臉上露出了天真無邪的笑容。

「爸爸，媽媽，我，還有秋秋。」

「妳在做什麼？」

「我在幫媽媽整理吃的東西。」

「還有別人和妳們一起去郊遊了嗎？妳周圍除了妳家裡人以外，還有別人嗎？」

「梅梅和陳伯伯也來了。不過他們現在不在……」

「梅梅是誰？」儘管心中產生了詫異的感覺，劉春曉依舊自始至終保持著一種平靜緩和的語調。

「梅梅是陳伯伯的女兒。」

「好孩子，那妳能告訴我梅梅的樣子嗎？」

「她個子不高，戴著副很重的眼鏡，她看不太清楚，必須得戴眼鏡……」

「妳現在能看見他們嗎？」

章桐搖了搖頭：「梅梅和陳伯伯去雙龍潭釣魚了。」

劉春曉對於章桐妹妹失蹤的樹林分布圖瞭如指掌，知道章桐一家當年野營的地方拐彎往南一直走就是雙龍潭：「妳和妹妹為什麼不和梅梅在一起玩？」

第八章　妹妹

一陣沉默後，突然，章桐的口氣一變，顯得有些躁動不安：「我要去找梅梅，她在等我們，我們說好的。」

「說好什麼了，妳能告訴我嗎？」這突然的變故讓劉春曉有些措手不及。

儘管和章桐靠得很近，但是劉春曉卻並不伸手去觸碰她。因為他知道，自己的雙手一旦和她接觸的話，那麼，催眠也就會宣告結束。

「別急，我就在妳身邊，告訴我，小桐，好嗎？」

「梅梅說雙龍潭很好玩，她讓我幫爸爸媽媽收拾好後就把妹妹帶過去，不要告訴爸爸媽媽，我們去玩水，那裡還有好多魚……她已經在雙龍潭等我了，我得趕緊走了。」

劉春曉默默地在心中數到五，然後柔聲問道：「那，告訴我，妳們去了嗎？」

章桐點點頭。

突然，情況又急轉直下，章桐渾身發抖，臉部的肌肉開始逐漸扭曲了起來，呼吸也變得十分急促。

劉春曉很想馬上叫醒她，可是，他知道自己或許就只有這一次機會來接近真相，他必須抓緊時間。想到這裡，他咬了咬牙，狠狠心，湊在章桐的耳邊繼續沉穩地說道：「現在告訴我，你看見了什麼？」

「我，我看見……不，不！放開我妹妹。你弄疼她了！快放開她……」

「告訴我，妳在對誰說話？」劉春曉急了。

「不！不……」章桐開始掙扎，臉部的肌肉扭曲得更加屬害，身體也

向上方漸漸弓起，又頹然落下，隨即又重複這一怪異的舉動，使得她看上去就像一隻拚命想鑽出牢籠的母獅子一樣。

章桐腦海中現在所面對的那個人就是整個案子中的關鍵人物，劉春曉強迫自己緊追不放，哪怕只是一點蛛絲馬跡，都要想盡辦法把它挖出來。

他又一次湊到章桐的耳邊：「快，告訴我，他長什麼樣？」

章桐的神情猙獰得可怕，看來已經恐懼到了極點。

見此情景，劉春曉知道自己不能再繼續下去了，他迅速伸手在章桐耳邊打了個響指，很快，章桐漸漸地平靜了下來，就彷彿做了一場噩夢一般疲憊不堪，她喃喃自語：「我沒事，我沒事……」

「到底是誰？小桐，妳告訴我！」劉春曉急了。

章桐深吸一口氣，努力擠出一絲笑容：「沒事，我很好，只是思緒很亂，我還要仔細理一理。我想回家，你能送我嗎？」

「妳……真的沒事？」

「等我想明白後，我會告訴你的。放心吧，如果有情況我會找亞楠，別忘了，她可是刑警隊的老大，也是個厲害人物，我等等就打電話給她。你放心吧！」

面對著倔強的章桐，劉春曉只好放棄了追問，雙手一攤，說：「好吧……」

劉春曉在把章桐送回家後，帶著錄音資料開車去了天長市警局。

目送著劉春曉的車漸漸駛離視線，章桐頓時一掃剛才精神恍惚的樣子。她緊皺著眉頭，心裡盤算了一會兒，隨即轉身向小區的另一個出口走去，邊走邊掏出了挎包中的手機。

第八章　妹妹

　　電話是打通了，但是還要繼續等待，對方才能赴約。章桐默默地走到不遠處的花壇邊，坐了下來。她打開手提包，找出了那張珍藏已久的妹妹章秋的相片，陷入了痛苦的回憶之中。

　　整整埋藏了二十年的記憶一旦被打開，就如同開了閘的洪水一樣，一瀉千里。

　　那是一個陽光燦爛的日子，章桐記得很清楚，她拉著秋秋的手，騙過爸爸媽媽的眼睛，如約來到了雙龍潭邊，她一眼就看到了梅梅正在離自己不遠的地方站著，手裡拿著一個用不知名的野花編織成的花環，她好像正在向自己招手，又好像是在跳舞，陽光下的梅梅像極了一個美麗的小公主。章桐笑了，不斷催促著妹妹快走。妹妹極不情願地磨磨蹭蹭，嘴裡嘟嘟囔囔地抱怨著：「和瞎子有什麼好玩的！」

　　突然，梅梅好像聽到了什麼人的召喚，她跑開了，章桐感到很奇怪，她大聲叫了起來：「梅梅，等等我。秋秋，妳快點！」

　　秋秋不情願地瞪了一眼，把手一甩：「妳去找她吧，我自己在這裡玩！」

　　章桐猶豫了一會兒，她看了看四周，是一片美麗的花海，還有一個微波粼粼的水潭，像個小大人似的點點頭，囑咐秋秋道：「那好，妳等我，可別亂跑啊！不然等等爸爸媽媽要罵死我的。」說完這句話，章桐快樂地朝梅梅消失的地方跑去了。

　　沒跑幾步，身後傳來了異樣的聲響，她站住了，剛一回頭，眼前的一幕頓時讓她目瞪口呆，秋秋被一個男人摀住了嘴，扛在肩上，正朝反方向的林子深處跑去。秋秋拚命掙扎著，嘴裡發出了嗚嗚的叫聲。

　　章桐急了，趕緊追了上去，「撲通」一聲抱著男人的腿邊哭邊祈求：「放開我妹妹。你想幹什麼？爸爸，媽媽……」

此時男人肩上的秋秋沒有了任何動靜，腦袋歪在一旁軟軟地趴著，緊閉著的雙眼鮮血淋漓，血沿著臉龐流下來，使得整個臉龐看起來特別駭人。就在這時，那個人停住了奔跑的腳步，轉過身來。章桐猛地一震，她認出了這個人。

　　「陳伯伯，你⋯⋯」

　　「妳走開，這不關你的事。」

　　「陳伯伯，你別嚇唬我，你要把秋秋帶到哪裡去？她怎麼受傷了？」年幼的章桐緊緊地抱著陳海軍的雙腿不撒手，以為這樣就能保護妹妹。

　　陳海軍的臉上閃過一絲怪異的笑容，他放下了肩上的章秋，彎下腰，惡狠狠地看著章桐，說：「趕緊鬆開手，不然別怪我不客氣。我帶你妹妹去個好玩的地方，很快就回來⋯⋯」

　　幼小的章桐只感覺右手一陣撕心裂肺的疼痛，陳海軍瞪大雙眼使勁掰開章桐的手，同時另一隻手迅速伸向了章桐的後脖頸，她只感覺到一陣輕微的刺痛，以及有個女孩的聲音在喊「爸爸不要傷害桐桐姐⋯⋯」隨即意識變得模糊，倒了下去。

　　矇矓之中，她看見陳海軍重新抱起了猶如一個破布娃娃似的章秋，迅速跑向密林深處，在他的身後，緊跟著一個熟悉的女孩的身影。

　　那是梅梅⋯⋯

　　思緒漸漸收回，雖然章桐已經確定陳海軍就是凶手，但距離案發年代久遠，缺乏直接有力的證據。章桐打算約其見面，想辦法誘使他承認，然後用錄音筆記錄，留作證據。

　　半個多小時後，小區後門僻靜的拐角處，焦急徘徊的章桐終於等到了她要見的人，這一次，她再也難以控制自己心頭的怒火了，走上前去就狠

狠地給了陳海軍一巴掌。看著那瞬間凝固的笑容，章桐感到說不出來的噁心。

「是你，是你殺死了我妹妹，害死了我父親，逼瘋我母親。你就是一個畜生，連親生女兒也利用，梅梅就是因為你而內疚自殺的。虧我們一家人對你那麼好，你簡直就是個道貌岸然的畜生！」

陳海軍的臉上頓時一片死灰，他的雙手不停地顫抖著，嘴裡喃喃自語，目光中流露出深深的絕望：「我早知道會有這麼一天的，我早知道會有這麼一天的！這一天終於來了……」

「在我心目中，你就像我的父親一樣，我尊敬你。但是沒想到你卻是這麼一個人！」章桐越說越傷心，眼淚洶湧地奪眶而出。

「桐桐，妳聽我說，我這麼做可都是為了梅梅啊……」陳海軍老淚縱橫，「她的眼睛得的是艾氏綜合症，我想盡了一切辦法，卻只能眼睜睜地看著她一天天變成瞎子。我這雙手救了這麼多人，卻偏偏救不了自己的女兒，我沒有辦法接受這麼殘酷的事實啊！妳理解我，好不好？」

「沒有那麼簡單，你不要再騙我了，當年的事情我都想起來了。難道梅梅失明就能成為你殺人的理由？再說了，我妹妹有錯嗎？那些小女孩有錯嗎？就因為人家有著漂亮的大眼睛就該遭此厄運嗎？我在現場沒有發現屍骸上遺留任何纖維痕跡，你利用梅梅去誘騙那些女孩，之後你對她們究竟做了什麼你比誰都清楚。還有我母親的藥，也是你調換的吧？她已經病得很重了，你為什麼還要這麼做？都是因為你，我才失去了妹妹和父親，你還不收手，想要加害我母親。你會遭報應的！」

章桐由於激動，嗓門越來越高。天已經黑了下來，周圍非常安靜，偶爾有一兩個行人經過，章桐憤怒的斥責聲吸引了馬路對面走過的一個中年

遛狗人的注意力,他回頭朝這裡看了一眼,眼神中充滿了疑惑。

見此情景,陳海軍急了,他左右看了看:「我承認,我對不起妳父親,但是,桐桐,妳想想,妳母親如果清醒過來想起這一切,這對她多麼殘忍呢?還不如永遠渾渾噩噩生活在假象中⋯⋯桐桐,我們上車裡去說,好嗎?伯伯求你了!」

章桐想了想,隨即點點頭:「你現在跟我去警局自首!」

「好的,好的,我什麼都答應妳,桐桐,伯伯年紀也大了,是該做個了斷了。妳跟我來吧!」說著,陳海軍直接向不遠處停著的黑色奧迪車走去,章桐則緊緊地跟在身後。

在走到轎車門口時,陳海軍突然伸手捂住了胸口,一臉痛苦的樣子,身體則軟軟地斜靠在了車門上,嘴裡發出了一陣陣無助的呻吟聲。

章桐一眼就看出了這是心臟病突發的症狀,她趕緊繞過車子跑到陳海軍的身邊,伸手想要幫忙。

正在這時,令人料想不到的事情發生了,陳海軍猛地探出那隻捂住胸口的右手捂住了章桐的嘴,剛才的發病症狀迅速消失得無影無蹤。章桐還沒有來得及叫出聲,一股刺鼻的惡臭就直衝腦門,眼前一黑,身子便癱軟了下去。

陳海軍迅速拉起失去意識的章桐,打開後車門,把她塞了進去,然後左右看了看,見沒有人注意到自己,這才坦然地打開車門,鑽進車裡後,很快就駕車離開了。

濃濃的夜色就彷彿一塊黑色的幕布,靜悄悄地放了下來,四周復歸一片寂靜,好像剛才那一幕從來就沒有發生過一樣。

＊　　＊　　＊

第八章　妹妹

　　王亞楠的辦公室裡，清晰地迴盪著章桐在錄音中那焦急的聲音。直到最後播放完，王亞楠一時之間還是回不過神來。她難以置信地搖了搖頭：「小桐壓抑得太久了，她從未和我說過內心的痛苦。」

　　「妳也別想太多了，王隊長，章法醫把心裡的話都講出來，其實這樣對她來說也是一件好事。」劉春曉把放音裝置關上後，轉而問道，「錄音中，她再三提到一個叫『雙龍潭』的地方，看來秋秋有可能就是在那裡被害的。」

　　王亞楠點點頭：「我知道，就在胡楊林裡面，現場勘查小組的報告中提到第六具屍骸，也就是小桐的妹妹章秋，就是在那個地方發現的。那地方因為地勢偏陰，樹林茂密，不太容易被人發現。」

　　「那麼，那個叫『梅梅』的，妳有印象嗎？在我實施催眠的過程中，章法醫不斷提到一個叫梅梅的女孩。據她所說，當時帶著妹妹章秋就是應這個梅梅的要求去雙龍潭的，而後來章秋的屍骸就在雙龍潭被發現，妳怎麼看這一點呢？」

　　「梅梅？」王亞楠緊鎖著雙眉，「你等等，我今天剛聽到這個名字！」說著，她翻出了自己的現場記錄簿，很快就找到了那一頁，在掃了一眼後，王亞楠緊張地說道，「梅梅的特徵是什麼樣的？是不是戴著一副眼鏡，視力不太好？年齡和被害女孩很相近？」

　　劉春曉點點頭：「沒錯，章法醫當時就是這麼說的。」

　　一聽這話，王亞楠立刻抓起了桌上的電話機，邊撥號碼邊說：「我們必須馬上找到小桐。」

　　「為什麼？」

　　「我想我有可能找到了所有被害的失蹤女孩之間的連繫！」

「難道就是那個叫梅梅的女孩子？」

王亞楠一臉沉重地點點頭。

電話那頭卻始終沒有人接聽，王亞楠不得不放下了電話，但是她的心隨即懸到了嗓子眼，回頭著急地問道：「你實施完催眠後，小桐是否會記得催眠喚醒的那段記憶？」

劉春曉點點頭。

王亞楠步步緊逼，語氣非常凌厲：「可是你要知道，小桐當初失憶，凶手不會找她，可是現在她的記憶已經被喚醒，這樣一來，小桐的存在對當年的凶手來講就是一個無形中的威脅。劉大檢察官，你怎麼這麼草率，怎麼能讓她一個人待著呢？還不趕緊去找她？」情急之下，王亞楠說話的嗓音不知不覺地變得高了起來，引得辦公室玻璃門外的人都紛紛探頭想看個究竟。

看到王亞楠怒氣沖沖地推開了門，身後跟著鐵青著臉的劉春曉，在場的人都不敢吭聲。

「小鄭，馬上帶上兩個人跟我走！別忘了帶上槍！」此刻的王亞楠已經有些心慌意亂了，但是她知道自己的臉上絕對不能顯露出來。章桐從來都不會不接電話，從王亞楠認識她的第一天開始，無論哪個時候，只要有電話響起，她都會接的。也就是說，今天肯定出事了！

誰都沒有想到的是，章桐就像人間蒸發了一樣，再也不見了蹤影。

章桐已經失蹤整整三天了，劉春曉和王亞楠幾乎找遍了所有她有可能去的地方，結果都是失望而歸。也想到了檢視小區各個路口的監控錄影，但是因為這個小區屬於 1980 年代的老新村，所以，沒有幾個監視器是能用的。

第八章　妹妹

　　王亞楠帶著幾個下屬幾乎走訪了整個小區的住戶，但是除了一個曾經在那晚出來遛狗的中年人提到看見一男一女在小區後門發生過激烈的爭吵外，沒有其他任何有價值的線索。至於爭吵的內容，中年目擊證人雙手一攤，說自己在馬路對面，不好意思上前去看熱鬧，再說了，一個男人湊上去管閒事的話，那不是沒事找事嘛。這樣冠冕堂皇的理由聽得王亞楠一時啞口無言。

第九章　扭曲者

「……你……你會不得好死的！我現在已經全都想起來了。就是你把秋秋帶走的。我看見了，你躲不掉的。」

「妳到現在才想起來？哼！我不得好死？我當初就該把妳也殺了，挖了妳的眼睛，讓妳們姐妹永遠在一起，省得現在來找我的麻煩。」

晚上七點多，心煩意亂的劉春曉接到了趙俊傑打來的一個奇怪的電話，說它很奇怪，是因為接起來放到耳邊時卻沒有半點聲響。他心不在焉地「喂」了兩聲後，見對方仍舊沒有反應，只傳來微微的喘息聲，猜想是無意中撥錯了，劉春曉沒多想結束通話了電話。

劉春曉徹夜難眠，他已經記不清今晚自己是第幾次聽這盤催眠時的錄音了，只是一遍又一遍地播放著，試圖從中找出什麼蛛絲馬跡來。可是，關鍵的地方卻都含糊不清。

關上了MP3，劉春曉轉而在紙上寫下了自己心中的幾個疑點 —— 梅梅、陳伯伯、秋秋⋯⋯

劉春曉陷入了苦苦的思索之中。

不知道過了多久，電話鈴聲又一次響了起來，在這寂靜的夜裡聽上去特別刺耳，就彷彿硬生生地把窗外的夜色撕開了一道血淋淋的口子。劉春曉的心怦怦地跳了起來。在第二次鈴聲響起之前，他伸手接起了電話。

電話是王亞楠打來的：「你馬上來一趟莫干山路。」

劉春曉本以為這麼晚叫自己來是有了章桐下落的線索，可是，當他駕車在十多分鐘後趕到電話中約定的地點莫干山路時，眼前的一幕卻讓他惴惴不安了起來。

凌晨的莫干山路上，剛剛下過一場大雨，路面溼滑，時不時地就有一處很深的積水，只要有車輛開過，立刻就會濺起老高的水花。劉春曉把車停在了警戒線外，鎖好車後，直接向那被紅藍相間的警方專用警戒帶圍起來的現場走去。他邊走邊在心中暗自回憶著王亞楠剛才電話中那帶有命令口吻的十個字，聽上去沒有任何讓人感到異樣的地方。可是看眼前這陣勢，分明是警局處理刑事案件的一般手法，就連自己最熟悉不過的法醫現

場車都來了，那麼，王亞楠現在叫自己來案發現場，究竟是為了什麼呢？

在出示了證件後，劉春曉戴上了一個警方身分牌，然後被允許進入案發現場的中心地帶 —— 一個簡易的倉庫內部。

一路上不斷有身著制服的警察和自己擦肩而過，其中也不乏自己認識的，劉春曉一概含糊地點頭打著招呼，他的所有注意力都被自己正在走近的案發現場給牢牢地吸引住了。

終於，王亞楠出現在了劉春曉的視線中。她正在和身邊的助手說著什麼，見到站在一邊的劉春曉，她和助手打了聲招呼，就走了過來。

「是不是有小桐的消息了？」劉春曉急切地問道，王亞楠的臉上一點表情都辨別不出來。

「你有多久沒有見到趙俊傑了？」

「趙俊傑？他出什麼事了？我昨天還見到他了。」

王亞楠指了指身後的一扇微微打開的冷庫門：「我們找到了他的屍體，就在裡面！」

「你說什麼？」劉春曉的臉色煞白，他簡直不敢相信自己的耳朵。

王亞楠並沒有正面回答這個問題，她向身邊的助手小鄭點了點頭，後者就把早就準備好的一個塑膠證據袋遞給了劉春曉，裡面是一個螢幕被嚴重損壞的手機。

「這是不是趙俊傑的手機？我們在冷庫旁邊的花壇裡找到的，剛才技術人員看了，裡面最後一個電話撥打的時間是 19：15 分，通話時間很短。」

劉春曉的腦海裡立刻閃現出了晚上接到的那個只隱隱約約聽見喘息聲

音的電話，自己因為一時大意竟然錯過了趙俊傑最後的求救電話？劉春曉不敢再繼續想下去了。

「我想是打給我的那個電話，我沒有仔細聽……」

正在這時，虛掩著的冷庫門被推開了，刺骨的寒冷夾雜著霧氣迅速在劉春曉的面前擴散開來，劉春曉突然意識到了什麼，不由得渾身打了個寒顫，嘴裡發出了痛苦的呻吟聲：「這個傻瓜，他既然在最後的時候打了電話給我，為什麼不報警？哪怕在電話裡向我吱一聲也好啊……」

「如果你是凶手，你在殺人的時候會遺留手機讓人報警嗎？根據手機遺棄的位置以及趙俊傑的死亡時間可以確定，凶手在把趙俊傑推進冷庫之後就把手機搶走了。」王亞楠冷冷地說道。

天長市警局的另一位法醫老鄭和助手一先一後地抬著個擔架走了出來，擔架上是一個黑色的裝屍袋，可以很明顯看出是一個人形，兩隻手臂在胸前扭曲著，雙腿微微向上抬起。

見到王亞楠和劉春曉站在門邊，老鄭說道：「因為屍體是在冷庫中發現的，具體死亡時間我暫時沒辦法確定，這要等回去屍體化凍後解剖完了，我才可以給你一個大概的範圍。」

「死因呢？」

老鄭想了想：「目前還不清楚，一有報告出來我就通知你。」

王亞楠點點頭：「那就麻煩您了！」

目送著老鄭和助手遠去的背影，王亞楠長嘆一聲：「我叫你來的原因，是想問你趙俊傑最後在電話中給你說了什麼。作為一名犯罪專欄記者，他的突然死亡肯定是有原因的。你最了解他，所以，我希望你能堅強點，能在這個案子上幫幫我，早日抓到凶手。」

劉春曉心情沉重地點點頭，說：「他什麼都沒有來得及說……但是我會盡我所能的，王隊，你放心吧！」

＊　＊　＊

第二天一早，劉春曉直接來到了解剖室，站在趙俊傑的屍體面前，看著他蒼白的臉，還有那雙睜大的雙眼，劉春曉生平第一次有了想哭的感覺。他的鼻子酸酸的，夾雜著徹骨的疼痛，不知不覺中，眼淚順著眼角悄悄地滑落了下來。

章桐一連幾天都毫無音訊，劉春曉記得很清楚，得知這個消息的趙俊傑非常緊張。他在消失了整整一天一夜後，突然興沖沖地跑來找劉春曉，指手畫腳地表示說他很快就可以有章法醫下落的消息了，並且，他還故作神祕地宣布自己就要徹底揭開這個陳年舊案的謎底。當問及具體資訊時，趙俊傑卻說這是不久的將來《天長日報》的頭版頭條，他要保密。但是他一口答應只要有了章桐的下落，第一時間就會通知劉春曉。

看著趙俊傑那得意揚揚的神情，劉春曉的心裡卻並沒有對他的話抱多大的希望。他對趙俊傑太了解了，再說，做記者的多多少少都會有一些神經質，所以，那天分別時，面對趙俊傑的信心滿滿，劉春曉卻只是一笑了之。

他做夢都沒有想到，這是和趙俊傑的最後一次見面。

「別傷心了，小夥子。」法醫老鄭在劉春曉的身後已經站了很長時間了，看著他因為努力抑制痛苦而在微微抖動的雙肩，老鄭實在想不出自己究竟該用什麼樣的字眼來安慰站在眼前屍體邊正默默流淚的年輕人。

劉春曉抬手抹去了眼角的淚水，略微穩定了一下情緒，然後轉身說道：「鄭法醫，謝謝你為他所做的一切，剩下的，就交給我們吧！」

老鄭嘆了口氣，把一份厚厚的屍檢報告遞給了劉春曉，隨即點點頭，離開了冰冷的解剖室。

＊　　　＊　　　＊

天長市警局會議室，人們的臉上寫滿了悲傷，屋角那張趙俊傑經常坐的椅子上擺放了一朵潔白的小紙花。儘管屋子裡幾乎站滿了人，但是卻沒有人會去把那朵紙花拿開，然後自己坐上去，相反，走過那張椅子的時候，大家都自發低頭默哀。

趙俊傑不是警局的人，但是因為平時和大家打成一片，見面時又沒有架子，所以他的突然被害，讓在場的很多人心情都非常低落。

王亞楠拿出了幾張放大的現場相片貼在了白板上，語調沉重地開始講述案情的經過：

「我們是在晚上十一點零五分的時候接到110報警中心的出警電話的。報警的是位於莫干山路上的一家冷凍廠的冷庫夜班管理員。由於這家冷凍廠效益並不好，所以為了節約成本，冷庫白天基本上就沒有什麼人值守，靠的只是大門口的一條大狼狗和一個看門人。只有到晚上十一點的時候，值班的冷凍廠冷庫管理員才會來巡查一遍，核對冷庫中一天下來的所有庫存。就是在這個時候，他發現了被鎖在裡面的被害人趙俊傑，而冷庫的溫度已經被調到了最低值。在零下四十多度的環境條件下，被害人衣著又非常單薄……」說到這裡，王亞楠指著身後那張冷庫中現場的相片，「被害人的屍體是在門邊被發現的，發現時，他的手指都已經劃破了，由此可以看出，被害人曾經試圖自救離開冷庫，可是，他最終還是失敗了。但是，根據法醫的屍檢報告，被害人在這麼寒冷的條件下努力支撐了整整三個小時，他很堅強！」

王亞楠的視線掃過了會議室中的每個人：「想必大家都已經知道，我們法政部門的章法醫已經失蹤好幾天了，大家為了尋找章法醫的下落也出了不少力。依我看來，趙記者的被害，極有可能和章法醫失蹤的案子有連繫。」

　　這話一出，劉春曉的腦海裡頓時響起了一片嗡嗡聲，他急切地注視著王亞楠的一舉一動。

　　王亞楠拿出了那個在現場找到的趙俊傑被損壞的手機：「技術部門已經幫我們恢復了裡面的資料，我們在這個手機中最後幾天的簡訊裡發現了很多有關章法醫的交流簡訊，內容涉及章法醫妹妹的失蹤被害案。可惜的是，對方的手機號碼是不記名的神州行，經過和移動公司連繫後，我們除了知道對方發簡訊時活動範圍是在天長市市區的這一條線索外，對於對方的身分線索，我們一無所知。如今這個手機號碼已經欠費停機了，時間就是在趙俊傑的屍體被發現的當天晚上。」

　　「動作太快了！」有人忍不住嘀咕了一句。

　　「對，凶手顯然是有備而來，他不想留下任何和自己有關聯的線索。」

　　「請大家注意這張標記為二號的相片。」說著，王亞楠伸手把二號相片從白板靠近邊緣的地方拉到正中央，相片上所拍攝的是一些地面上用石頭刻劃的模糊的筆畫，隱約可以辨認出是一句話——「章秋失蹤和梅梅及陳海軍有關」。

　　一直在一邊默不作聲的李局忍不住問道：「梅梅是誰？」

　　「『梅梅』這個名字在本案中已經多次被提到。我今天來開會前曾經和被害女孩郭桂霞的父親談過，他回憶起了這個叫梅梅的女孩子，全名叫

『陳冬梅』，父親叫『陳海軍』，在天長市醫療系統工作，是有名的神經外科醫生，妻子早年意外亡故。郭父與陳海軍關係不錯，兩家交情很深。陳冬梅隨父親出國前曾經和被害人郭桂霞共同就讀於天長市第一小學，也就是現在的第一實驗小學。被害人父親郭先生一再提起說兩個小孩子的關係非常好。我之所以把章法醫妹妹被害案中的梅梅和這個梅梅聯繫在一起，是因為兩個人都有共同的特徵，那就是視力很差，戴著很重很厚的眼鏡，性格比較內向。還有一點，我記得前段日子章法醫曾經叫我調查過一個人的下落，這個人就是陳海軍。她還給我看過一張很老的相片，是陳海軍和她父親的留影。據她回憶說，陳海軍和她家關係很不錯，平時都以伯父相稱。我本來想和這個陳海軍當面談談，但是人家現在是美籍華裔，這一次回國是應邀參加研討會的，我去了幾次，都在他們研討會的人那裡碰了軟釘子！他作為一名卓越的華裔學者，二十年來頻繁往來於美國與國內之間。聽說他再過十天就又要回美國了，李局，你看你那邊能不能想想辦法呢？」

李局想了想，隨即用力地點點頭：「好吧，這事就交給我，會議結束後我馬上和那邊聯繫。」

正在這時，重案一組的小鄭匆匆忙忙地推門進來，把一份報告單遞給了王亞楠。

王亞楠打開一看，頓時面露喜色。她把報告單遞給了身邊人，示意他傳遞下去，讓在場的人員都看到，然後說道：「我想凶手留下了一條狐狸尾巴。」

「怎麼說？」

王亞楠示意站在一邊的小鄭靠近自己，然後伸出雙手按在了他的胸

口，做出用力推的樣子：「凶手在把死者用力推進冷庫時，由於反作用力，在死者的身上留下了手掌印。如果在一般環境的溫度條件下，掌印不會很明顯，但是由於當時的環境是在零下三四十度，人體表面的皮膚變得非常脆弱，所以，在屍體解凍後一定時間裡，死者胸口就會顯現出很清晰的兩個手掌印！」

「不對啊，在趙記者被推進冷庫之前，體溫是正常的，皮膚也正常，何況還穿著衣服，又不是先被冷凍再推進去的，怎麼可能留下掌印？」李局的臉上露出了疑惑不解的神情，「他的衣服即使穿得再單薄，也不會這麼明顯吧？」

王亞楠點點頭：「像這種專業大型冷庫的溫度是非常低的，在周圍環境的溫度迅速改變的前提之下，人體的表皮細胞會迅速進入休眠的狀態，從而盡可能地保持人體本身的溫度來禦寒。在這種特殊的環境下，人類一旦死亡，血液就會停止流動，而人在死前所受到的各種傷害，哪怕只是一個小小的手指印，只要你用力掐了，都會隨著血液停止流動而顯現出來，前提條件是 —— 環境穩定、有一定的時間跨度，一般是死後兩個鐘頭顯示。話說回來，」她隨即舉起了自己的右手，「你看，我們人類的手掌分布著各種汗腺，不同的汗腺就會有溫度，這加速了痕跡的遺留，所以如果我們的手用力接觸了對方的身體，隔著衣服，就會留下掌印，而裸露著就更有可能會留下掌紋。死者只穿了一件薄薄的棉質襯衣，所以，死後，就能在胸口留下手掌印。」

「我明白了，原來是這個道理！」

「好像凶手的左手少了一根食指！」正在這時，有人注意到了屍檢報告附件中的那張死者胸口的特寫相片。

「對，我們要找的是一個左手少了一根食指的人！」

第九章　扭曲者

＊　　＊　　＊

章桐醒過來的時候，眼前依舊一片漆黑，她努力睜大了雙眼，眼睛上沒有東西，可是卻仍然什麼都看不見。

「有人嗎？有人在嗎？救命啊！」章桐拚命呼救，耳邊卻只是傳來輕微的回聲。

自己這是在哪裡？為什麼自己什麼都看不見？難道自己瞎了嗎？章桐的腦子裡一片混亂，她強迫自己仔細回想失去意識前所發生的一幕，可是，除了幾個零碎的片段外，她什麼都想不起來。

手臂上一陣輕微的刺痛傳來，章桐還沒有來得及反應過來，沒過多久，突然感覺到自己的手腳就像被冷凍一般正在逐漸失去知覺。頓時，一股說不出的恐懼感油然而生，章桐的心裡不由得猛然一震，她確信自己肯定是被注射了某種類似於生物鹼之類的藥物，用不了多久，自己就會渾身麻痺，什麼聲音都發不出來，和一個死人沒有兩樣。

由於恐懼，章桐的呼吸也變得急促了起來。她徒勞地張大了嘴，卻只發出了嘶啞的「啊啊」聲，她更加絕望了，因為緊接著而來的是感覺自己喘不過氣來，體內的氧氣正在逐漸消失……

意識再一次失去的那一刻，章桐輕輕地嘆了口氣，緩緩閉上了雙眼，任憑自己墜入那無邊的黑暗之中。

＊　　＊　　＊

劉春曉從房門頂部門框上摸到了鑰匙，然後打開了趙俊傑租住地的大門。自從親眼看到趙俊傑的屍體被抬出冷庫到現在，雖然已經過去了整整三天的時間，但是劉春曉的心裡卻還是難以接受老同學已經遠離了的事實。

看著眼前依舊是一片凌亂的房間，髒衣服還在那被自己戲稱為「狗窩」的床上胡亂堆放著，電腦邊是吃了一半的變質的泡麵，臭襪子被塞進了窗前的拖鞋裡，當然了，還有那隻似乎永遠都清理不乾淨的菸灰缸，這裡的每一件東西對於劉春曉來說都是那麼熟悉。

趙俊傑和自己是同窗四年的大學室友，也是無話不說的好兄弟。而這個被稱為狗窩的家，也是劉春曉回到天長市後心情不好時經常來光顧的地方。趙俊傑為此還特地把自己房門鑰匙存放的地方告訴了劉春曉，用他的話來說：「怕你吃閉門羹！誰叫我是你的哥們兒呢！」

想到這裡，淚水早就已經無聲無息地滑落了臉龐，以後或許再也找不到像趙俊傑這樣的知心朋友了，劉春曉傷心地哭了。

「你沒事吧？」身後傳來了王亞楠關切的問候。

劉春曉趕緊用手背抹去了眼角的淚水，轉身苦笑道：「還行，我挺得過去。妳快進來吧，屋子裡有些亂，沒辦法，單身漢都這樣。」

聽著劉春曉牽強的笑聲，王亞楠的內心感到一陣痠痛，她暗暗嘆了口氣，把話題轉移開了。

「你說過每遇到一個重要的有價值的新聞事件線索，他都會相應備有一個專門記錄重要事件的摘錄本，但我們已經找遍了現場和他的辦公室，都一無所獲。」說著，她環顧了一下整個房間，「現在就只剩下這裡了，你覺得他會放在哪裡呢？」

「他的工作就是探究那些未破的陳年舊案，所以他也很清楚自己總有一天會惹上很大的麻煩。我問過他為什麼不把資料存在電腦裡，他說電腦現在很容易被人破解的，用最原始的方法那是最好不過的了。」劉春曉一邊檢視房間一邊仔細想著，突然，他的視線落在了那異常乾淨的中央空調

出風口上。

「應該就是這裡了。屋子裡四處亂七八糟的，滿是灰塵，那是因為他成年累月都懶得打掃；只有這裡，卻非常乾淨，要是我沒有猜錯的話，就在裡面了！」說著，他拉過一張板凳放在中央空調出風口下方，然後站了上去，小心翼翼地把右手伸進了出風口摸索著。沒過多久，他的臉上露出了笑容，轉頭面對一邊站著的王亞楠，「我想我找到了！」說著，他收回的右手上多了一本厚厚的黑色筆記本。

這是一本趙俊傑的日記。他詳細地記錄了自己調查章桐妹妹失蹤案的經過以及所得到的線索。翻開筆記本的第一頁，趙俊傑工整的字跡隨即映入了劉春曉的眼簾，他突然有種感覺，自己雖然和趙俊傑認識已經有很多年了，其實自己卻根本就不真正了解他。

日記中，趙俊傑從第一天得知這個案件開始，一直記錄到自己被害前的那一個晚上為止。他幾乎沒有落下任何線索。劉春曉逐字逐句認真地讀著，狹小的房間裡一片寂靜。

王亞楠忐忑不安地坐在劉春曉的對面，時間在一分一秒地過去，劉春曉的臉上卻一點表情都看不出來。

終於，劉春曉合上了日記本，把它放進了王亞楠隨身帶來的塑膠證據袋中。

「怎麼樣？有沒有有用的線索？」王亞楠急切地問道。

「他也提到了『陳冬梅』的名字，透過查詢以前的胡楊林一帶的失蹤人口報案記錄，他注意到了大部分案件中都有一個特徵非常相似的女孩子出現。這一次章法醫失蹤後，他又得到消息說陳冬梅的父親陳海軍正在天長市這邊做學術交流，就透過關係聯繫上了一個研討會的工作人員，想採訪

陳海軍教授。他最後寫道，那個叫阿潘的工作人員有回音了，說陳教授同意近期見面，接受採訪。」

「這麼說他去見陳海軍了？陳冬梅的父親？」王亞楠神色凝重。

劉春曉點點頭。其實他並沒有把日記中所有寫下的事情都一一告訴王亞楠，尤其是趙俊傑在記錄這個案件的同時，字裡行間也寫下了自己對章桐點點滴滴的愛意。劉春曉終於明白了為什麼每次和趙俊傑喝酒聊天時，只要一談起章桐，趙俊傑的神情總是會變得若有所思。他也明白了自己這個朋友一反常態每天心甘情願地待在冰冷的解剖室裡的真正目的所在，原來他是心有所屬了。

＊　　＊　　＊

阿潘，大名叫潘蔚，不過周圍的同事倒是更喜歡叫他「阿潘」，因為他的外貌實在和「小飛俠彼得・潘」長得太像了。阿潘在研討會中每天的工作就是整理來往信件，安排外籍交流學者的一切生活起居等雜七雜八的事情，所以說通俗一點，那就是一個「打雜的」。

要不是早上一時無所事事看了那張該死的《天長日報》，阿潘的心情不會這麼糟糕。《天長日報》的頭版頭條大幅刊登了專欄記者趙俊傑遇害的報導，全文言辭激烈，看得阿潘心驚肉跳。看看趙記者的被害日期，分明就是自己通知他約定和陳教授見面的日子，阿潘頓時渾身起了雞皮疙瘩！回想起那個記者神神祕祕的樣子，阿潘忐忑不安地掃了一眼自己的周圍，除了幾個正在侃大山的同事外，並沒有人注意到自己，阿潘卻還是心神不寧。他猶豫著自己是不是要像報紙上所說打給警局提供線索，電話號碼就印在報紙的下方，字跡非常醒目，阿潘不會看不到。可是一旦打了電話的話，自己好不容易爭取來的工作很有可能就丟了，得罪外籍學者，這

個罪名可不小，可是自己要是不說的話，那麼自己的下半輩子也許就會生活在深深的良心譴責中了。小人物阿潘平生頭一回感到了自己處境的棘手。

正在這時，一個人影出現在了自己的面前，阿潘一抬頭，傻眼了。

既然李局親自出面，陳海軍就沒有辦法找藉口推辭了。坐在李局辦公室的沙發上，陳海軍一副淡定從容的樣子，雙手交叉隨意地搭放在自己的大腿上。

對於李局的問題，陳海軍一問一答應對自如，談到女兒陳冬梅，他也並沒有迴避任何問題，相反侃侃而談，談到女兒的病，談到以前生活的種種艱辛，甚至還談到了章桐家裡所經歷的變故。

王亞楠自始至終都在一邊冷眼旁觀，陳海軍的言談之間並沒有什麼有漏洞的地方，為了更加全面地看清楚陳海軍雙手，王亞楠甚至在中途還借倒水的機會仔細檢視了他雙手的十指。令她感到意外的是，陳海軍修長的雙手竟然是十指健全的，和留在死者趙俊傑胸口的那個缺少一指的手印完全不符合，手掌大小尺寸也不一樣。難道自己的判斷有誤？陳海軍和這個案件沒有關係？王亞楠百思不得其解。

在送走陳海軍後，李局一臉的愁容：「小王，下一步怎麼辦？」

「別急，李局，還有一個人我們還沒有問，你放心吧！總有辦法抓住這隻老狐狸的！」

李局默不作聲地點點頭，轉身回辦公室去了。

潘蔚，也就是阿潘，當王亞楠帶著下屬找到他家的時候，阿潘卻已經再也說不了話了。此刻，這年輕人正大睜著雙眼，靜靜地趴在公寓樓下的水泥地面上，身體就像一個破碎的洋娃娃一般，四肢僵硬地向一個完全不

可能的方向扭曲著。而死者的身體底下則是一攤殷紅的血跡，落日的餘暉使地上的鮮血反射出一種異樣詭異的光芒。

最先接到報警來到現場的當地派出所警察見到緊接著趕來的市局重案組人員，不由得頗為詫異：「你們這麼快就來了？我們還沒有通知市局刑警隊啊！」

王亞楠雙眼緊盯著地面上趴著的屍體，一臉無奈：「我們還是來晚了！」

「你說什麼？」派出所的警員一時沒有弄明白王亞楠所指的來晚了究竟是什麼意思。

「他是我正在處理的一個案件中的重要證人，」說著，她抬頭看了看眼前這棟十多層高的公寓樓，問，「他到底是從哪一層掉下來的？」

派出所警員回答：「應該是十二層，從他自己家裡，欄杆上有很明顯的抓握跨踏痕跡。」

王亞楠皺了皺眉：「馬上帶我去現場。還有，小鄭，你通知局裡立刻調法醫和技術部門的人過來。這很有可能是謀殺案，趕快通知技術部門的人馬上趕到十二樓來找我。」

小鄭迅速掏出了手機和局裡總機聯繫。

王亞楠則緊跟著派出所警員走進了不到五公尺遠的事發樓棟裡，坐電梯來到了十二樓潘蔚所租住的公寓房門前。

這間公寓房並不大，也就是三四十平方公尺的樣子，此時，整個公寓已經被一道警戒線緊緊包圍了起來。

王亞楠和警員鑽進了警戒線，來到房間裡，正對房間門是一個很大的陽臺，後者指了指陽臺說道：「他就是從那邊跳下去的，我的人在欄杆上

發現了半個鞋印。」王亞楠走到陽臺上，看著眼前美麗的落日景象，又回頭看看整潔的公寓擺設，直覺告訴她這分明是一起殺人滅口的案子。想到這裡，她不由得為已經好幾天下落不明的章桐的生死安危深深捏了一把汗，幾天時間之內凶手已經殺了兩個人，而知道真相的章桐很有可能就是下一個，或者，她已經被害。王亞楠不敢再往下想了。

　　痕跡鑑定組的人很快就到達了現場，王亞楠站在一邊，她在等待，她確信謀殺的推論會被證實。

　　很快，負責陽臺區域的工作人員就發現了新的情況。王亞楠來到欄杆邊，蹲下身子，仔細檢視在黑色指紋粉下所顯現出來的指紋，心中不由得一動：死者如果是自己跨過欄杆往下跳的話，那麼，就應該是手掌印在上方，手指印在下方，成握拳狀，但是欄杆上這一組卻恰恰相反，手掌印在下方，手指印卻是在上方。王亞楠比劃了一下，一個人要是採用這種方式抓著欄杆的話，只有一種可能，那就是在拚命阻止自己往下墜落。

　　來到樓下時，法醫老鄭已經做完了現場初步屍檢，正在做最後的掃尾工作。

　　「老鄭，章法醫不在，你辛苦了！」王亞楠這麼說是有原因的。老鄭還有一個禮拜就要退休了，身體也不好，卻要沒日沒夜地像年輕人一樣去跑現場。

　　老鄭微微一笑：「我還沒那麼老，等小章回來，我就可以休息了！」

　　王亞楠點點頭，轉而問道：「那死者死因呢？」

　　「初步斷定符合高空墜落死亡，死者體內所有臟器幾乎都碎裂移位了。但是，」老鄭指了指樓棟，「距離太近了，和樓上的起跳處幾乎呈一個直線。我見過這種場面，王隊長，死者應該是被別人推下來的！死亡時

間是半個小時前，最長不超過四十分鐘。」

「那麼，老鄭，請你解釋一下為何你會認為他是被人推下樓的呢？」王亞楠頓時來了興趣。

「如果是跳樓自殺的話，死者的屍體所在位置應該和樓房之間有一定的距離，因為起跳時的加速度會使人體呈拋物線下墜。但是這個死者，離樓棟門口不到五公尺，幾乎是緊貼著樓層下墜。所以我推斷他是被人推下來的。」

「太好了，這和我在上面死者陽臺上所見到的情景對得上號。他是被殺的！謝謝你，老鄭！」王亞楠鬆了口氣。突然，她愣住了，死者血跡斑斑的左手吸引住了她的目光。

這是一隻少了一根食指的左手！

「老鄭，你看他的手！和你在冷庫死者的胸口發現的掌印是不是很相近？」

一聽這話，老鄭趕緊轉身檢視死者的雙手：「沒錯，沒錯，無論是從大小還是死者的指關節特徵以及缺失的那一根食指所處的位置來看，這雙手很有可能和上一個冷庫案件中印在那個死者胸口的掌印有關聯。我回去後馬上再做一下細緻的指模比對，盡快通知你結果。」

「那就拜託你了！」

在開車回局裡的路上，王亞楠怎麼也想不明白為何潘蔚的手掌印會留在趙俊傑的胸口，難道把趙俊傑推進冷庫並且最終導致他死亡的人竟然就是潘蔚？潘蔚和這個案件至今一點關係都沒有，唯一的連線點就在趙俊傑的那本日記上，可是，他又怎麼會被牽連進來呢？最後竟然還被人殘忍地滅了口！又或者是自己判斷失誤，整個事件根本就是偽裝成他殺的自殺？

　　事情不會這麼簡單。

　　「王隊，有人找！在你辦公室呢！」

　　老遠就有人提醒自己辦公室裡有訪客，王亞楠心不在焉地點點頭，伸手推開了辦公室的門。

　　一個身材苗條、二十多歲年紀、長相頗像大明星的年輕女孩聞聲立刻站了起來，抬頭一臉歉意地和王亞楠打招呼：「你是王隊長？我想和你談談阿潘跳樓的案子！」

　　王亞楠注意到女孩的眼角還有淚痕，就連精心修飾的妝容也被淚水弄花了，女孩卻全然顧不上補妝，一臉的悲傷。

　　見此情景，王亞楠的口氣頓時緩和了許多：「我是，請坐吧，我能幫你什麼？」

　　「我是阿潘的同事，也是他的朋友，我叫李月榮。阿潘不可能自殺的！」

　　「為什麼？」

　　「因為，因為今年聖誕節，我們就要結婚了！他不可能這麼狠心丟下我不管的！」女孩的情緒越來越激動，「請相信我！他是個好人，從來都不得罪別人，肯定是被人殺害的，我有證據。」

　　王亞楠不動聲色：「能讓我看看這證據嗎？」

　　女孩顫抖著雙手從隨身帶著的小包裡拿出了一個黑色的手機，遞給了王亞楠：「這是我今天早上整理我辦公桌時，在檔案籃裡發現的，這手機，是我今年剛送給他的生日禮物。裡面有一段錄音，你聽一下吧，那就是證據！」說到這裡，女孩頓了一下，「另外，他還有留了一張字條給我，您看，我都帶過來了。」說著，女孩小心翼翼地拿出了一張摺疊得整整齊齊

的字條，上面就一句話 —— 如果我出事了，把手機錄音交給警察！

王亞楠打開了手機錄音資料夾，果然有一段錄音，錄製時間正是潘蔚墜樓身亡的前三個小時。

在一聲輕微的「嘀」聲後，手機的放音喇叭裡就傳來了一個年輕人憤怒的斥責聲：「你是個騙子，那個記者死了，是被活活凍死的。你居然利用我殺人，你才是凶手……」

王亞楠看了一眼不知何時已經淚流滿面的李月榮，後者點點頭，肯定了這正是死者潘蔚的聲音。

「是你把他推進去的，門也是你親手鎖上的，和我一點關係都沒有！」這是一個年紀頗大的男人的聲音。王亞楠心裡一動，很熟悉，卻一下子想不起來對方是誰。

「你說只是想教訓一下他，還說半個小時後會放了他，卻故意把溫度調到最低，直到他死了你也沒放……你這分明就是蓄意殺人。我要去舉報……」

「舉報？開玩笑！你可是收了我的錢的！」

「我……我……我會去自首，然後如數上繳。你就等著進監獄吧！」

「哼！我要是被抓了，你能撈著什麼好處？」

「我至少下半輩子對得起自己的良心！」

錄音中年紀頗大的男子發出了一聲惱羞成怒的吼聲，緊接著就是狠狠的關門聲。

潘蔚深深地嘆了口氣，錄音也就終止了。

根據錄音對話內容分析，趙俊傑之死與潘蔚及這個神祕男人有著直接

關聯，凶手得知潘蔚欲報警故而惱羞成怒折返後動了殺機。王亞楠看著面前一臉愁容的女孩子，問道：「潘蔚收了人家的錢？」

女孩點點頭，從小包裡拿出了一張銀行卡，輕輕放在了王亞楠的辦公桌上：「都在這裡，五千美金，我一分都沒有動。密碼是六個八。王隊長，我們結婚買房的錢不夠，但是我早就對阿潘說了，來歷不明的錢我們不能拿。現在，他也走了，我把這錢交給你。」

「對了，這錢是透過銀行轉到你們帳上的嗎？」

「是的！」女孩不明白王亞楠問這句話的真正含義。

王亞楠站了起來，說：「很感謝你把這個重要情況告訴我們，你放心吧，我們會盡快破案的。」

女孩鼻子一酸，眼淚又快要掉下來了。

王亞楠長嘆一聲，按下電話機上的內部通話鍵：「小鄭，來帶李小姐去辦理證據接收手續。」

經濟大隊的同事很快就確定了往潘蔚帳上匯款的，是一個來自美國的運通卡號，卡主人叫羅伯特・陳，中文名字陳海軍。

這個消息讓王亞楠激動不已，因為她總算有了和陳海軍聯繫上的直接證據。只要逮捕了陳海軍，那麼，自己就能知道章桐的下落，不管她是生是死，王亞楠都要找到她！

李局卻提出了異議：「小王啊，這個陳海軍現在可是擁有美國國籍的人，我們沒有權力批捕，我必須和省裡聯繫。」

「可是李局，時間耽擱久了的話，他得到風聲跑了怎麼辦？章法醫還在他手裡呢！」王亞楠急了。

「那也沒有辦法，我們必須按照程序走！」李局的話不容質疑。

「可是……」

李局擺了擺手：「你不要再多說什麼了，我不會同意的，到時候引起國際糾紛來怎麼辦？再說了，陳教授也是名人。要不這樣，你就先派人盯著吧，我向省裡彙報也是很快的！」

王亞楠沒有辦法了，只能無奈地轉身離開了李局的辦公室。

＊　　＊　　＊

陳海軍從眾人的視線中突然消失了。當他打定主意悄悄離開酒店房間的時候，就已經做好了一切周密的打算，但是儘管如此，他仍然感覺到自己的手掌心在冒汗。時間到了晚上十點，酒店客房的走廊裡已經聽不到來往的腳步聲了，靜得就像停屍房一樣，只是偶爾能聽到酒店播放的輕柔的背景音樂。踩在鬆軟的走廊地毯上，陳海軍知道即使自己此刻遇到什麼人，也絕對不會對自己刨根問底。因為自己的外籍身分，即使警察，也會對自己客客氣氣以禮相待。但是陳海軍必須走，自己的祕密隨著章桐的記憶甦醒，很快就會大白於天下。他也不想殺了那個趙俊傑，怪只怪他好奇心太大了，要知道對一些被歲月深深掩埋的東西太過於著迷是沒有什麼好處的。陳海軍很慶幸自己是有備而來的，只不過花了一點小錢，就讓一個乳臭未乾的年輕人乖乖地當了替罪羊。陳海軍唯一感到惱怒的是，這年輕人居然敢威脅自己！這是他所不能容忍的，所以，他毫不猶豫地把這個傻到極點且猝不及防的年輕人用力推下了十二層高樓，聽著那淒厲的慘叫聲劃破天空的那一刻，陳海軍有種熟悉的刺激感覺。他知道自己不能在這個地方久留了，只要坐上飛機，他就自由了。不過在離開這裡之前，陳海軍還有事情要辦，而這件事情他在二十年前就應該完成了。

陳海軍光明正大地從酒店大堂走了過去，儘管他拖著一個小小的行李箱，但是他知道酒店的工作人員不會阻攔自己，因為酒店的包房都是研討會統一預訂的，錢也是他們付的，自然結帳也會由他們來處理，陳海軍所要做的，就只是輕輕鬆鬆離開而已。

他來到酒店大堂的正門口，殷勤的門僮還上前專門為他拉開了沉重的玻璃門。夜晚的空氣清新宜人，陳海軍不由得深吸一口，心情頓時舒暢了許多。

「請問您需要計程車嗎？」見陳海軍站在門口遲遲沒有向前走，門僮隨即禮貌地上前問道。

陳海軍微微一笑，點點頭，同時塞了一張五元的美金在他手裡。看到門僮的臉上迅速閃過一絲感激的笑容，陳海軍的心裡驕傲極了，五美金算什麼，他一分鐘賺的都比這個要多很多，花五美金換得身邊人的點頭哈腰，這種感覺簡直棒極了。

計程車很快就過來了，門僮屁顛屁顛地幫陳海軍打開了門，同時幫他把小型隨身行李箱放進了計程車的備份廂。

車門被用力關上後，計程車很快就駛離了酒店門廊。

此時，一輛早就停在酒店門口不到十公尺遠的馬路對面黑暗中的白色本田雅閣靜悄悄地開了出來，它無聲無息地緊緊跟在計程車的後面，兩車的車距保持在三十公尺左右。白色本田雅閣關上了車燈，在漆黑的夜裡，坐在前面計程車裡的陳海軍根本就沒有注意到身後那輛本田車。想像著過幾天警察打開酒店房間門時臉上所浮現出的詫異和沮喪的表情，陳海軍興奮地笑了。

計程車在一棟老式居民樓前面停了下來，打發走計程車後，陳海軍拉

著行李箱向居民樓左側的停車場走去。

　　這奇怪的一幕都被身後坐在白色本田雅閣車裡的劉春曉看在了眼裡，雖然自己只是和陳海軍打過幾次照面，並無交流，但是這張臉卻是不容易忘記的。

　　此時，劉春曉不由得犯起了嘀咕，陳海軍大半夜從酒店溜出來，葫蘆裡究竟賣的是什麼藥？劉春曉打定主意繼續留在暗中觀察陳海軍的一舉一動。

　　五分鐘不到，一輛黑色奧迪開出了停車場，迅速拐上了大街，與黑暗中的白色本田雅閣擦肩而過。

　　劉春曉猶豫了，由於剛才黑色奧迪車的車速太快，他並沒有來得及看清楚車裡人的長相，也就沒有辦法確定開車出來的是否就是陳海軍。是繼續開車跟蹤還是留在原地？現在再去停車場值班室打聽已經來不及了，劉春曉一咬牙，鬆下手剎，汽車無聲地滑出車道，繼續悄悄地緊跟在黑色奧迪車的後面，事發突然，自己也就只能賭上一把了！

　　接近午夜的馬路上，來往的車輛越來越少，為了不引起前面奧迪車的注意，劉春曉盡量拉長兩車之間的車距。他感到有些憋悶，就隨手打開了車窗，冰冷的夜風瞬間灌滿了整個車廂，讓他清醒不少。

　　奧迪車向城郊開去，路邊閃過的標牌顯示，前面十公里處就是那片一眼望不到邊的胡楊林。

　　此時的劉春曉已經完全確信奧迪車中所乘坐的正是陳海軍，自己並沒有判斷錯誤。他現在唯一擔心的就是章桐的安危。

　　正在這時，車載電話響了，劉春曉把自己的手機轉接到了車載電話上，掃了一眼話機螢幕，上面是王亞楠的號碼。劉春曉猶豫了一下，還是

按下了應答鍵。

「你好，王隊。」

「劉春曉，你在哪裡？」

「有事嗎？」

「我需要你的幫助。我要抓捕陳海軍，可是他是美國國籍，我們這邊許可權不夠，你們檢察院能幫幫忙嗎？盡快向上面彙報，時間拖得太久的話，我怕他得到風聲後跑了，那就麻煩了！」

劉春曉微微一笑：「王隊，這次妳找到充分的證據了？」

「對，但是李局說我們沒有權力逮捕陳海軍，對於有影響的外籍人士，批捕要省裡稽核同意後才可以。」

「如果我們在作案現場抓住他的話，那就不用這麼麻煩了。王隊，我現在正緊跟在他的車子後面，你馬上派人來吧，我猜想他要去胡楊林，小桐肯定也在那邊。」

「你說什麼？你怎麼可以一個人跟著他？你的具體位置現在在哪裡？」王亞楠急了，電話中傳來了一陣稀裡嘩啦翻動的聲音。

劉春曉檢視了一下車裡的 GPS 導航儀：「我剛經過省道三三六的二十五公里處，車速是每小時四十公里，他就在我前面大概五十公尺左右，開的是一輛黑色奧迪。」

「我知道了，你要注意安全，保持聯繫，我們會盡快趕過來的！」

電話結束通話後，劉春曉注意到前面的奧迪車開始轉彎了，他趕緊放慢車速，繼續悄悄地跟在後面。

車道越來越窄，漸漸地，柏油馬路變成了高低不平的泥土路，四周變

得一片漆黑，安靜得就跟墳墓裡一樣。

　　擔心陳海軍發現自己，劉春曉不得不又降低了車速。他不敢打開車燈，只能任由一片漆黑在車子周圍環繞著。夜風吹過，耳邊傳來胡楊林沙沙的枝葉響動，彷彿無數個黑暗精靈在夜空中飛舞。

　　漸漸地，前面奧迪車紅色的後尾燈由最初圓圓的一點變成了若隱若現的小紅點。這時候，劉春曉很清楚自己已經沒有後路可以退了，為了小桐，不管前面多麼凶險，他必須咬著牙堅持下去。

　　汽車像一個喝醉酒的舞蹈者一樣在一眼望不到頭的泥土路上左衝右突，劉春曉死死地盯著前面的小紅點，生怕它會突然消失，那麼，自己就徹底迷失了方向。GPS 導航儀早就失去了功效，螢幕上面除了一片空白以外什麼都沒有。

　　前面的小紅點終於停住了，緊接著，車燈也被關閉了。劉春曉停下了車，緊張地注視著前方。他想打給王亞楠，可是，車載電話卻顯示已經超出服務區。時間已經容不得劉春曉再繼續猶豫下去，他打開車門，手裡拿了一個手電筒，用手帕蒙上，然後深一腳淺一腳地向陳海軍停車的大概位置走去。

　　走了不知多久，藉著朦朧的月光，劉春曉發現自己已經站在了奧迪車的旁邊，可是，車裡卻空無一人。

　　他瞪大眼睛探頭四處張望，左手方向十多米遠處有一個黑洞洞的東西，像是一間被廢棄的打獵人用的小屋。除此之外，周圍就是密不透風的樹林了。

　　劉春曉隨即向小屋走去，並關閉了手電。來到小屋門口，他伸手一推，沉重的木門竟然被推開了，發出了輕微的「吱呀」聲。

　　小屋已經有一定的年分了，空氣中飄浮著嗆人的灰塵，整間屋子裡瀰漫著一種怪異的藥水味道。聞久了，劉春曉有一種難以抑制的想吐的感覺。

　　屋子裡沒有人，劉春曉打開了隨身帶著的手電筒，把光亮調到最低，然後仔細打量起了這間小屋。

　　這間小屋的內部是用水泥砌成的，包括天花板和地面，屋子沒有窗戶，擺設什麼的都沒有。除了進來的那道門以外，劉春曉注意到自己的面前還有一道門，而門裡傳出了微弱的光芒。他的心不由得一動，難道陳海軍就在裡面？

　　想到這裡，他輕手輕腳地靠近那道門，把耳朵貼在了門縫上，屏息靜聽。

　　「……你……你會不得好死的！我現在已經全都想起來了。就是你把秋秋帶走的。我看見了，你躲不掉的。」

　　「妳到現在才想起來？哼！我不得好死？我當初就該把妳也殺了，挖了妳的眼睛，讓妳們姐妹永遠在一起，省得現在來找我的麻煩。」

　　「你根本不配做梅梅的父親，怪不得你用梅梅車禍去世的謊言來掩蓋她自殺的事實，想必你自己也接受不了梅梅是因為你的罪行而自殺吧？你還逼死了我父親，我不會放過你的。你簡直就是一個畜生，梅梅在臨死前還指望你會痛改前非，投案自首，我看她是瞎了眼。」

　　「啪！」一記清脆的耳光，緊接著傳來陳海軍惡狠狠的聲音：「別給我提梅梅，妳不配提她的名字！妳們沒有一個人瞧得起她，尤其是妳妹妹，多次嘲笑她是個瞎眼瞎，妳們才該死！妳說不會放過我，妳還有機會嗎？我今天來就是要妳的命的，做我二十年前早就該做的事情。當時只怪我心

軟，念在梅梅也為妳求情的分上，只給妳注射了麻醉藥，以為讓妳永遠睡過去就算了，沒想到妳甦醒了過來，失憶了二十年後居然還想起了所有事。別怪我狠。妳就認命吧！」

章桐這才明白，原來陳海軍此次回國之所以找到她，是為了試探她是否回憶起當年的事。此刻，章桐對自己的輕率感到後悔不已，早知道報警就不會有今天了。章桐又回想起曾經和梅梅玩遊戲的情景，由於梅梅眼神不好，章桐經常讓著她，有好吃的也會想著給梅梅留一份。沒想到無意中的舉動卻讓自己保住了命，而妹妹卻失去了生命，想到這裡，章桐咬牙切齒地說：「童言無忌，難道就因為小孩子的戲言你就殘殺無辜嗎？要不是你，我父親也不會自殺！」

「哼！我本來不想殺她！可她長得太漂亮，尤其那雙眼睛，忽閃忽閃的就像會說話一樣。」陳海軍一陣奸笑，話鋒一轉，「可是，千不該萬不該她不該嘲笑梅梅！妳們一個個都比不上她！妳們都是垃圾！至於妳父親……」說到這裡，陳海軍的聲音突然有些哽咽，長嘆一聲，隨即咬牙切齒地說道，「這不能怪我！他找不到自己女兒就尋死，這能怨誰？」

「這些年，你不是已經移民去美國了嗎？為什麼還要殺那麼多無辜的孩子？」章桐想起那些無辜枉死的孩子，忍不住怒吼道，「你到底還是不是人？」

「哼，妳哪知道一個做父親的痛苦？每次學術會議回國，看見那些活蹦亂跳的孩子，我就心如刀割，憑什麼梅梅就該永遠活在黑暗中，而她們就能享受陽光感受快樂？她們都該死，妳們都該死，所有辱罵嘲笑過梅梅的人都不該活在這個世界上。還有妳……」失去理智的陳海軍舉起一把尖刀剛要扎向章桐的眼睛，突然，劉春曉整個人猶如從天而降一般把陳海軍

撲倒在了地上。他雙手死死地抱住了陳海軍的身體，回頭大聲叫道：「小桐！快跑！」

見到突然出現的劉春曉，斜倚在地下室冰冷的水泥地面上的章桐又驚又喜，可是，她很清楚自己身體裡的生物鹼毒素還沒有完全被清除，除了上半身以外，身體其餘部位一點感覺都沒有。努力掙扎了幾次後，她無奈只能衝著劉春曉搖搖頭：「不，我現在還動不了！他給我下了毒！」

此時的劉春曉卻根本顧不上回答了，他與陳海軍早就扭作了一團。雖然陳海軍已經年過半百，但是由於經常鍛鍊的緣故，他的體力竟然比劉春曉好多了，再加上因為自己的祕密被揭破而惱羞成怒，陳海軍死命抵抗。漸漸地，劉春曉就落了下風，他被陳海軍控制在了牆角，那把明晃晃的尖刀抵在了他的頸動脈上。

「臭小子，想跟我鬥，你休想！」

「你跑不了的，等等警察就會把這裡給包圍了。你把小桐放了，我留下當你的人質。我是檢察官，比法醫珍貴。」

「哈，來了一個充英雄的！」陳海軍回頭看了看對他怒目而視的章桐，「看來，有人陪妳了！」說著，他狠狠地一刀扎進了劉春曉的腹部。

劉春曉一臉的驚愕，目光中充滿了怒火，他掙扎了幾次想要撲向面前的陳海軍，卻無能為力。

見此情景，章桐心疼得一聲尖叫，猛地舉起身邊的木凳子用盡全身力氣砸向陳海軍的後腦勺。這突如其來的變故讓陳海軍沒有反應過來就被砸倒在了地上，章桐撲了過去，像瘋子一樣拚命地舉起凳子繼續砸向陳海軍腦後的頸椎骨，沒有人比她更熟悉這個位置了。章桐一下一下用力地砸著，此時的她似乎已經沒有了任何知覺，兩眼緊緊地盯著那塊微微凸起的

頸椎骨，一下一下地砸著。陳海軍從最初的扭動變成了無聲無息的癱軟。可是章桐還是沒有停下來的意思，她面無表情，淚水在眼眶裡顫抖著。整個房間裡一片死寂。

「小桐，小桐，快住手⋯⋯」耳邊傳來微弱的說話聲，章桐猛地驚醒。她回過頭，看見了臉色慘白的劉春曉正目光急切地注視著自己，而她身邊躺著的陳海軍早就沒有了動靜。

章桐掙扎著爬到奄奄一息的劉春曉身邊，把他摟在懷裡，眼淚再也止不住了，一邊親吻著劉春曉的額頭，一邊失聲痛哭了起來。

「小桐，別哭！⋯⋯我沒事，我很⋯⋯好。」劉春曉蒼白如紙的臉上露出了微微的笑容，「沒事了，妳別怕，再也沒有人傷害妳了！」他竭力抬起沾滿鮮血的手，試圖替章桐抹去眼角的淚水，「妳別哭，好嗎？答應我⋯⋯」話還沒說完，一陣劇痛襲來，劉春曉的臉頓時扭曲了。章桐這才記起剛才那扎在劉春曉腹部的尖刀，趕緊低頭檢視傷口。這一看不要緊，章桐只覺得天旋地轉，那致命的一刀深深地紮在了劉春曉的脾臟和肺部的間隔區，一旦身體移動或者血液流動不慎導致體內的刀口移動戳破肺部的話，那麼，要不了半分鐘的時間，大量鮮血就會湧進肺部，劉春曉就會被自己的鮮血給活活嗆死！而救援不知道什麼時候才會到。章桐急得直冒汗，刀這麼留在身體裡的話也不是個辦法，失血過多也會要了他的命。

汗水刺痛了章桐的雙眼，她的目光停留在了地下室一角的一個落滿灰塵的小型手術包上。她突然意識到，此時此刻，或許只有自己賭上一把了。

想到這裡，章桐低頭對懷裡半醒半昏迷的劉春曉說道：「春曉，醒醒，快醒醒，千萬別睡著了。我現在要把刀拔出來，你不要動，我一定要救

你。」

　　劉春曉的意識正隨著緩緩流出身體的鮮血在慢慢消失，但是他還是竭力地擠出了一絲笑容。

　　章桐顧不上傷心，她輕輕放下劉春曉，拖著漸漸恢復知覺的雙腿來到牆角，打開手術包。謝天謝地，裡面還有一套簡單的手術工具。完全可以想像得出陳海軍是為什麼要在這裡存放這麼一個手術包的，章桐強迫自己不去注意手術刀上的褐色的物體，只拿出標註著酒精兩個字的瓶子，擰開蓋子，顫抖著雙手給手術刀和縫合針消毒，最後給自己的雙手消了毒。

　　一切準備停當，她重新又來到劉春曉的身邊，用力撕開了他的襯衣，露出傷口，然後把半瓶酒精都倒在了他傷口上，劉春曉痛得哼了一聲。

　　章桐趕緊彎腰湊近他的耳邊：「堅持住，我要幫你動手術！」

　　可是劉春曉已經什麼都聽不到了。

　　這或許是章桐這一輩子最難熬的一個晚上了，當她紮緊血管，順利取出扎進腹部的尖刀時，已是大汗淋漓，幾乎都要虛脫了。可是，抬頭看著劉春曉毫無血色的臉，還有那因為劇痛而緊閉著的雙眼，章桐不敢休息，她必須咬牙堅持。

　　直到最後包紮好傷口，章桐這才疲憊地趴在劉春曉的腳邊睡著了。

＊　　＊　　＊

　　劉春曉再次醒來時，他堅信自己已經死了，因為矇矇矓矓之間，映入他眼簾的是一片雪白的世界，耳邊還傳來嘀嘀的聲音。

　　眼皮像灌了鉛一樣沉，但是劉春曉可不想再睡了，他努力把自己的腦袋轉向一邊，看到了一個穿著白袍的女醫生。

「我還沒死吧？醫生？」

一聽這話，女醫生的臉上露出了笑容：「你還沒死，命大，只不過睡了半個月而已！你這是在醫院，不是在天堂！」

劉春曉放心地笑了，他心滿意足地又閉上了雙眼。

＊　　＊　　＊

一個月後。

劉春曉終於熬到了可以出院的日子。他已經有很長時間沒有見到章桐了，只是從來醫院探望自己的同事那邊聽說案件破了後，她被派去了外地進修，別的一切都好。

由於進醫院時很匆忙，劉春曉沒有太多的個人用品，所以出院時，也就沒有那些大包小包的累贅。

今天是一個陽光明媚的好日子，劉春曉還從來都沒有這麼心情放鬆過，他在同事的陪同下來到了醫院門口。計程車很快就來了，劉春曉剛要彎腰鑽進計程車，卻突然打消了這個念頭，轉而叫同事先坐車走，自己則另外叫了一輛車，直接來到了天長市警局。

老遠就見到了正匆匆走出大門口的王亞楠，劉春曉伸手打了個招呼。

「王隊！」

「喲，是劉大檢察官啊！你出院了？」王亞楠面露喜色，迎了上來，「你怎麼不回去休息？那麼重的傷，可不是一天兩天能好的！」

「章法醫呢？」劉春曉有些尷尬，「她進修回來了嗎？我打她手機總是關機！」

「她還沒有回來。說真的，劉春曉，你是應該好好謝謝人家小桐，如

果沒有她的話，說不定你早就死了！」王亞楠一掃剛才的滿臉笑容，「我們趕到現場的時候，她已經替你做了緊急搶救手術，要不是她，我們現在就得幫你開追悼會了！」

「她救了我？」劉春曉喃喃地說道。

王亞楠點點頭：「她幫你處理了傷口，止住了血，把刀拔出來了。後來急救的醫生說了，要是那把刀還繼續留在你的身體裡的話，要不了多長時間，你就會失血而死了，完全撐不到我們把你送醫院。」

「那她呢？她沒受傷吧？」

「她沒事，還好。過幾天應該就會回來了。這樣吧，等她回來後，我打電話通知你！」

「好的，謝謝！」

看著劉春曉轉身離開時那洋溢著幸福的背影，王亞楠的心裡酸溜溜的，她默默地嘆了口氣，臉上又一次浮現出了舒心的笑容。好朋友總算情有所屬，自己應該為她感到高興才對！

＊　　＊　　＊

天長市公墓，章桐獨自一人站在父親的墓前已經有很長時間了，天空中陰沉沉的，飄著濛濛細雨，她卻任由雨水混雜著淚水在自己臉上流淌。

「……父親，我總算明白了你的苦心，你想用自己的死來向女兒贖罪，可是，父親，你太傻了，妹妹的死不是你的錯啊。好在陳海軍也已經得到了應有的報應，他唯一的女兒寧可自殺也不肯認他。其實有時候我覺得他也很可憐，他深深地愛著梅梅，目睹自己女兒的雙眼漸漸失明，他就痛恨身邊所有和梅梅同齡，有著一雙明亮的大眼睛的孩子，他用救人的雙

手把自己變成了一個魔鬼。那片森林，就是他尋找心靈慰藉的地方，也是妹妹沉睡了整整二十年的地方。父親，現在我把秋秋放在你身邊，你不會再孤單了，秋秋會陪著你的！父親啊，你用自己的死來對妹妹做出補償，這樣做真的不值得啊！你說呢……」

　　雨越下越大，章桐卻絲毫沒有想躲避的意思，她依舊呆呆地站在原地。明天，妹妹的骨灰就可以安放在這裡了，陪著父親，想到這裡，章桐的臉上露出了欣慰的笑容。

　　正在這時，她突然感覺到自己頭頂的雨竟然停了。她詫異地抬起頭，映入自己眼簾的是劉春曉的笑容，他的手中正撐著一把傘。

法醫檔案──罪惡計畫：
人不為己，天誅地滅！法醫從業者的半寫實懸疑小說

作　　　者：戴西
責 任 編 輯：高惠娟
發 行 人：黃振庭
出 版 者：崧燁文化事業有限公司
發 行 者：崧燁文化事業有限公司
E - m a i l：sonbookservice@gmail.
　　　　　　com
粉 絲 頁：https://www.facebook.
　　　　　　com/sonbookss/
網　　　址：https://sonbook.net/
地　　　址：台北市中正區重慶南路一段
　　　　　　61 號 8 樓
8F., No.61, Sec. 1, Chongqing S. Rd.,
Zhongzheng Dist., Taipei City 100, Taiwan

電　　　話：(02)2370-3310
傳　　　真：(02)2388-1990
印　　　刷：京峯數位服務有限公司
律 師 顧 問：廣華律師事務所 張珮琦律師

定　　　價：375 元
發 行 日 期：2024 年 07 月第一版
◎本書以 POD 印製
Design Assets from Freepik.com

國家圖書館出版品預行編目資料

法醫檔案──罪惡計畫：人不為
己，天誅地滅！法醫從業者的半寫
實懸疑小說 / 戴西 著 . -- 第一版 .
-- 臺北市：崧燁文化事業有限公司，
2024.07
面；　公分
POD 版
ISBN 978-626-394-462-6(平裝)
857.81　113008653

電子書購買

爽讀 APP

臉書